龍の墓

Dragon's Grave

貫井徳郎

双葉社

龍の墓

プロローグ

　車から降ろした死体を、台車に載せた。地面は舗装されているわけではないので台車も押しにくいが、死体を抱えて歩くよりはいい。石やくぼみに引っかかりながらも、なんとか目的の地点まで運んだ。

　そこは拓《ひら》けた空き地になっていて、奥にはドラム缶が見える。もともと、ここにあったものだ。内側には焼けた跡があるから、誰かが不要な物を放り込んで焼却していたらしい。同じ目的に使うつもりなので、このドラム缶を見つけたときにはありがたいと思ったものだ。これから始めることを完遂するには、いくつもの幸運が必要になるだろう。初手から恵まれていることに、勇気をもらった。

　ドラム缶を倒し、開口部が横を向くようにした。そこに、膝《ひざ》を抱えた形で硬直している死体を押し込もうとする。人ひとりの重さが相当なものであることは、ここに運んでくるまでに充分身に沁《し》みた。命があるうちは、無意識にでも動かされることに協力してくれる。だが死体になると、当然のことながらまったく動かない。死体の重みがそのまま抵抗となる。死体を頭からドラム缶に入れようとしているので、臀部《でんぶ》や腿《もも》を押してなんとか動かした。はみ出しているのは膝から下

だけという状態になったときには、そんな季節でもないのに全身汗まみれになっていた。

次に、ドラム缶を起こした。ドラム缶の底の側に立ち、開口部に手をかけて一気に後方へ体重をかける。底が土に引っかかってくれたから、梃子《てこ》の原理で起こすことができた。

なんとかなった。思わず、大きく息を吐く。しかし、ここで気を抜くわけにはいかない。すぐに台車を押して車に戻り、今度はガソリンが入っているポリタンクを運んだ。

ガソリンを、ドラム缶の中に注いだ。尻を上に向けた間抜けな格好の死体に、たっぷりとかける。そして、これも用意してきたたくさんの新聞紙を中に落とした。死体が隠れるほど入れてから、最後にマッチを擦《す》った。

夜の闇の中に、小さな明かりが灯《とも》った。今日は月が出ているので広場の視界が閉ざされていたわけではないが、それでも闇に慣れた目にマッチの火は眩《まぶ》しく見えた。ためらいなく、マッチをドラム缶に投げ込む。少し離れたところから、様子を見守った。

火は最初、新聞紙に燃え移るはずだ。新聞紙は乾いているから、徐々に火を大きく育てていく。そしてその火がガソリンに触れれば、一気に燃え上がる。火は炎となって、死体を包み込むのだった。

鈍《にぶ》い音とともに、火炎が上がった。死体に着火したのだ。赤い炎が、ドラム缶の中から立ち上がる。たちまち、広場は赤く照らし出された。その炎を、美しいと感じた。

これはドラゴンの炎だ。悪を焼き尽くす、浄化の炎。悪は駆逐《くちく》されなければならない。心の中で、そう唱えた。

I

屈《かが》んだ姿勢で、そろりそろりと前進した。屈めば気配が消え、敵から存在を察せられにくくなる。だがその代わり、前に進む速度は落ちる。ゆっくり前進している間に、狙う相手が走り去ってしまうかもしれない。そうならないことを願いながら、アリエスは近づいていった。

狙うのは透明な一角獣《いっかくじゅう》だった。もちろん、本当に透明なら見えないが、ガラスのようにそこに何かが存在していることは視認できる。クリスタルの一角獣は、月光を照り返して美しかった。こちらとは逆の方向を向いている一角獣は、まだアリエスの接近に気づいていない。

一角獣は大柄だった。地面から頭までの距離は、アリエスの身長の優に倍はあるだろう。それだけに、正面から戦えばこちらも痛手を負う。下手をすれば、命を落とす。慎重に戦うべき相手だった。

一角獣の臀部まで近づき、一気に剣を突き出した。手応えとともに、一角獣の断末魔《だんまつま》のいなながが聞こえる。一角獣は横倒しになり、絶命した。一撃死だ。思わず鼻から息を吐いた。

難敵なので、一撃死で屠《ほふ》ることができて安堵《あんど》した。一角獣は見かけの美しさとは裏腹に、戦闘力が高い。正面から戦っていたら、相当ダメージを受けていたことだろう。

死体から、戦利品を回収した。一角獣の角だ。これこそ、依頼されていた品だった。

すぐに町まで戻らなければならない。クリスタルの一角獣の死体は、日の光を浴びると消えてしまうのだ。その意味で、クリスタルではなく氷のようだ。角も例外ではないので、夜明けまで

に依頼人に届ける必要があるのだった。

今は馬に乗れないので、走って帰る。だが、夜明けまでそれほど間がない。急がなければならなかった。

街道沿いにひた走っているときだった。突然、右手から襲いかかってくるものがあった。視認できていなかったので、驚く。倒されてから、ようやく何が現れたのか理解した。クリスタルの一角獣だ。もう一頭いたのか。もしかしたら、つがいだったのかもしれない。一頭を仕留められ、恨《うら》んで襲いかかってきたのだろう。なんとか起き上がろうとしたが、一角獣の方が速かった。

正面から、一角獣の角が突っ込んできた。とっさに横っ飛びしようとしたが、立ち上がる動作から切り替えるのが遅れた。角がまともに腹に刺さった。致命傷だ。目の前が暗転した。

2

思わず、舌打ちをした。ようやくの思いで必要アイテムを手にしたので、つい油断してしまった。ネットで情報を仕入れてあれば、一角獣が二頭いると事前に知っておけたが、それでは面白さが減じると思っている。できる限り自力で解決するのが、瀧川《たきがわ》のスタイルだった。

ＶＲゴーグルを外して、ひと息ついた。とたんに、これまで見えていた景色が一変する。幻想性も解放感もない、殺風景な六畳間。散らかりきった男のひとり暮らし空間は、いつも現実に対する幻滅を味わわせてくれる。ＶＲ世界に耽溺《たんでき》して帰ってこられなくなる人が続出し、今や社会問題になっているが、帰りたくない気持ちはよくわかった。

ＶＲは当初、ゴーグルの重さと解像度の粗《あら》さから、長時間の体験が難しかった。疲れるし、頭が痛くなるし、ＶＲ酔いをする人もいたのである。しかし今やそれも過去の話で、ゴーグルは劇的に進化した。重量は眼鏡並みで、長く使うのが苦にならない。解像度は片目８Ｋとなり、ほとんど現実と変わらないリアルさで映像を映し出す。三百六十度から音が聞こえるイヤフォンを使えば、もはやバーチャルと現実の区別はつかなかった。価格も手頃になったことで、ＶＲゴーグルは一気に市民権を得た。

　統計によれば、十年前に比べて町を歩く人が減ったという。それは間違いなく、ＶＲゴーグルの普及が原因だった。もう歩く必要はなく、世界のどこにでも行けるのである。特に夏場は、わざわざ自分の足で歩く人はいなくなった。殺人的な猛暑の中、外に出るのは自殺行為である。皆、エアコンの効いた室内でバーチャルの旅行や散歩を楽しむようになったのは、ある意味必然だった。一度そんな社会的慣習ができあがると、たとえ散歩日和《びより》であっても外には出なくなる。体力の衰えを気にするならば、屋内でいくらでもエクササイズができる。かくして、人は部屋に籠《こも》るようになったのだった。

　ＶＲの用途は様々だ。現実の風景を堪能することもできるし、幻想の世界に入り込むことも不可能ではない。ゲームを楽しむのも、アダルトな目的も、他者とコミュニケーションをとるのも、すべてＶＲ世界内で完結する。かつてはスマートフォンが生活必需品だったが、今はＶＲゴーグルが完全にそのポジションを奪い取ったと言えた。

　瀧川はＶＲゴーグルを連絡手段として使わないわけではなかったが、ほとんどゲーム専用機となっていた。仕事をしているときにはあまりに多忙で遊ぶ余裕などなかったから、その反動です

っかりゲーム世界に入《い》り浸《びた》っているのである。現実を忘れる、という表現はかつて比喩《ひゆ》だったが、今や譬《たと》えでもなんでもない。本当に現実世界を離脱し、幻想の空間に自分の存在を置いている。ゴーグルを外すと見えるこの汚い六畳間の方が、瀧川にとっては非現実だった。こんな悪夢からは、さっさと抜け出したかった。

　瀧川が耽溺しているゲームのタイトルは、《ドラゴンズ・グレイブ》といった。龍の墓、という意味である。発売当初から話題になり、現在はワールドワイドで一千万本以上売れている。設定は中世ヨーロッパ的世界を舞台にした剣と魔法の物語で、ごくオーソドックスだが、細密なＶＲで展開されると人々の度肝《どぎも》を抜いた。テレビ画面に映っているのと、実際に自分の周囲に世界が広がっているのでは、体験がまるで違う。もちろん《ドラゴンズ・グレイブ》以前にもＶＲゲームはあったが、フィールドの広さが先行作品とは段違いだった。行けども行けども果てに辿《たど》り着かない世界は、まさにリアルだったのである。クエストを引き受けて達成するもよし、のんびりと釣りや狩りを楽しむもよし、ただ風景を見るために旅をするもよし、あるいはそれすらもせず他のプレイヤーとのコミュニケーションに徹することすら可能だった。《ドラゴンズ・グレイブ》に全世界から人が集まるのは、ここがもうひとつの現実に他ならないからであった。

　瀧川はゴーグルを置き、立ち上がった。喉《のど》が渇いたのだ。ＶＲは今のところ、視覚と聴覚、それとわずかに触覚に訴えるだけである。さらに技術が進んで五感で感じられるようになり、現実の飲食すら必要なくなればいいのにと思う。飲み食いもトイレも風呂も、もはやすべてが煩《わずら》わしい。ＶＲ廃人まっしぐらだなと、自分でも苦笑した。

3

こりゃあとうぶん焼き肉が食べられなくなるかもしれないな、と保田真萩《やすだまはぎ》は思った。

明らかにそれは、焼きすぎた肉の臭いだった。これまで何度か死体を目の当たりにしたことはあるが、死臭はこんな臭いではなかった。もっと生臭く、退廃的で、まさに死の臭いと表現すべきものだった。しかし漂ってくる臭気は、肉を焼いた臭いでしかなかった。それだけに、食べ物の記憶と直結する。勘弁して欲しいと、内心だけで顔を顰《しか》めた。

今はドラム缶の周りを、鑑識係の者たちが取り囲んでいる。真萩たちは近づいてはいけないので、まだ焼死体を見ていない。それがありがたく、できることならこのまま見ずに済ませたいとすら思った。見てしまったら、少なくともバーベキューは今後食べる気になれないだろう。バーベキューが取り立てて好きというわけではないが、嫌いでもなかったものが食べられなくなるのはいやだ。人が焼けた臭いなど知らずに一生を終えたかったと、心底思う。

「バラバラ死体よりはまし、かな」

横に立っている同僚が、不謹慎なことを言った。遺族に聞かれたら大問題になりそうだが、不謹慎なことでも言わなければ耐えがたいのはよくわかる。真萩がハンカチを口許《くちもと》に当てたのを見て、自分は肘《ひじ》の内側で鼻と口を覆《おお》った。ハンカチを持っていないようだ。トイレに行っても手を洗わないタイプか、と変なところで同僚のいやな一面を発見してしまった。

離れたところにいる課長に呼ばれて、安堵した。課長はちゃっかりと、臭いが届かない辺りに

立っていたのだ。この空き地の持ち主が判明し、近くに住んでいるようなので、話を聞きに行ってこいと命じられた。この場を去れるならどんな仕事でもかまわない。喜んで引き受けて、同僚とともに直ちに出発した。

「助かったなぁ。おれ、吐きそうだったよ」

歩きながら、同僚はうきうきした口調で言った。心底嬉《うれ》しいのだろう。助かったとの思いは、真萩も同感である。「そうですね」と応じた自分の声も、弾んでいるように聞こえた。

「ドラム缶に頭から突っ込んでるってことだったから、死んでから焼かれたんだろうな。生きたままなら、さすがにドラム缶の中でおとなしくしてないもんな」

同僚の名は小久保《こくぼ》という。小久保は動揺しているのか、多弁だった。真萩より年次は三年上だが、どこか子供っぽいところがあるので、あまり先輩という気がしない。そのくせ子供はもう三人もいるというから、どういう人物と認定すればいいのか未《いま》だに戸惑う。まあ、子供がいることと自分自身の成熟は別問題か、と考えている。奥さんにしてみれば、子供が四人いるようなものなのだろうなと、密かに同情もしていた。

「そうですね。生きたまま焼かれるなんて酷《むご》いから、せめて死んでからであって欲しいと思います」

真萩が同意すると満足したのか、「そうだよなぁ、酷いよなぁ」と小久保は繰り返した。町田《まちだ》署の管轄《かんかつ》は都下とはいえ、それなりに都会なので、大事件も発生する。だが、火事でもない焼死体はさすがに初めてだった。小久保が動揺するのも無理はなく、真萩も自分が冷静でいるとは思っていなかった。おそらく第三者の目には、小久保と同様に動転しているように映るのではない

か。

　しかし、歩いているうちにさすがに気持ちは落ち着いてきた。酷い事件だからこそ、きちんと仕事をしなければならないと決意を新たにする。まず最初にやるべきことは、被害者の身許《みもと》特定だ。身許を証明する物がすべて燃えてしまっていたら、難航が予想される。空き地の持ち主の話は大事だった。

　町田市内は、賑《にぎ》やかなところと人気《ひとけ》のないところの差が激しい。小田急《おだきゅう》線とＪＲ横浜《よこはま》線の町田駅付近は都心部にも負けないほど開けているが、人が通わない山奥のような雰囲気のエリアもある。ドラム缶内の焼死体が見つかったのは、もちろん後者でのことだった。人が通わないエリアにもかかわらず発見されたのは、たまたま訪れた人が見つけたからではない。一一〇番に匿名《とくめい》の通報があったのだ。いたずらの可能性も考えられたが、最寄りの交番から警察官が駆けつけてみると、本当に焼死体があった。そうなると通報者の身許が問題となるが、公衆電話からの通報だった。やり取りは録音されているものの、微妙におかしな声だったという。プログラムによる音声読み上げなどを使い、自分の声が記録に残らないようにしていたのではないかと見られている。ならば、通報者は犯人自身か。

　もっとも、まだ殺人と断定されたわけではない。自然死した遺体を焼いたのかもしれない。予断は禁物だった。

　死体発見現場はちょっとした小山で、木が生い茂っていた。その中にぽっかりと空き地があり、そこにドラム缶があったのだ。遠目にはドラム缶は新しい物に見えなかったから、以前から置いてあったのだろう。だとしたら、地主がゴミを燃やすためにでも設置したのか。本来、勝手な焼

却は違法だから、地主は白《しら》を切るかもしれない。慎重な聞き込みをする必要があった。

小山の麓《ふもと》に、地主の家があるとのことだった。車に乗るほどの距離ではないので、下り坂を歩いている。三分ほどで、かなり大きな家の前に出た。屋敷と評しても大袈裟《おおげさ》ではない。大きすぎて、建坪の見当がつかないほどだ。町田には、駅から離れるとこの規模の家がある。おそらく、昔からの地主なのだろう。

胸くらいの高さの門扉があり、その横のインターホンを小久保が押した。門扉から家の玄関までは、飛び石が続いている。いちいち出てくるのも面倒そうだ。インターホンから、「はい」と女性の声で返事が聞こえた。小久保が顔を近づけて、話しかける。

「恐れ入ります。町田警察署の者です」

「あ、はいはい」

所有地内で死体が見つかったことは、すでに耳に入っているのだろう。警察と聞いても驚くことなく、「少々お待ちください」との言葉が続く。しかし実際には待たされることなく、すぐに玄関扉が開いた。

初老の女性が出てきて、頭を下げた。門扉まで、飛び石伝いに歩いてくる。身長が高くないので、門扉で顔半分が隠れてしまっていた。小久保は改めて身分を名乗り、切り出した。

「少しお話を聞かせていただきたいのですが、お時間をちょうだいできますか」

「あ、はい。それはかまいませんが、主人は出かけております。私ではあまりよくわかりませんけど、よろしいですか」

「旦那さんはいつ頃お戻りですか」

「仕事に行ってますので、夜になります」

「でしたらまたそのときに改めてお邪魔しますが、まずは奥さんの話を伺わせていただけますか」

「はあ。では、どうぞ」

あまり気が進まないようだったが、そんなことを斟酌《しんしゃく》するわけにはいかなかった。ゴミの捨て方なら、主婦でもわかっているはずだ。むしろ、夫婦は別々に質問した方がいい。双方の話が食い違えば、そこを衝《つ》いて真実を引き出せるかもしれないからだ。

幅が三メートル以上はありそうな玄関を通り、応接間に案内された。応接間にはソファセットと、ローボードや木目調のステレオセットがあった。ローボードの上には皿や木彫りの熊などが置いてある。ふた昔前の、昭和の応接間といった趣《おもむき》だ。まだこういう家があるのか、と言葉にせず感心した。流行遅れ感すら通り過ぎ、歴史を感じさせる風情《ふぜい》がある。

「少々お待ちください」

女性は真萩たちを応接間に入れると、そのままどこかに消えようとした。お茶でも淹《い》れるつもりか。「どうかおかまいなく」と呼び止めたが、女性は聞かなかった。五分ほどして、盆を手にようやく戻ってくる。

「どうぞ」

案の定、お茶を真萩たちの前に置く。いらなかったのに、とは言えず、頭を下げて礼を述べた。

「どうぞ、おかけください。二、三、お伺いしたいことがあります」

小久保が自分の正面のソファに手を差し伸べた。女性はまた、「はあ」と返事をして浅く腰か

ける。いかにも、すぐに立ち上がりたそうだ。小久保は軽く身を乗り出した。

「失礼ですが、まずお名前を伺えますか」

姓が田崎《たさき》であることはわかっているが、下の名前までは情報がない。女性は言いたくなさそうに眉根を寄せながらも、答えた。

「田崎トヨコです」

「田崎トヨコさん。どんな字を書きますか」

「豊富の豊に子供です」

「旦那さんは？」

「リョウジです。良い悪いの良いに、治める」

田崎豊子、良治と真萩はメモを取る。その横で小久保は、矢《や》継《つ》ぎ早《ばや》に質問を重ねた。

「ご家族は、他にいらっしゃいますか」

ふたりで住むには大きい屋敷である。他に住人はいないのかと真萩も思っていた。田崎豊子は頷《うなず》く。

「はい、息子と娘が」

「ええと、おひとりずつ？」

「はい。ふたりとも、出戻りで」

つまり、息子も娘も結婚はしたが別れて実家に戻ってきたということか。経緯はどうあれ、四人家族だとわかれば情報としては充分だ。

「今、いらっしゃるのは奥さんだけですか」

「はい。息子も娘も仕事に行ってます」

顔を出さずにいるわけではないようだ。前提条件が明らかになったところで、いよいよ本題だった。

「ここの山は、田崎さんが所有されているのですよね。空き地に死体があったことは、聞いてますか」

「聞きましたが、私どもは何も知りません」

先ほどまでのぼんやりした反応が嘘《うそ》のように、田崎豊子はきっぱりと言い切った。厄介事はごめん蒙《こうむ》る、と顔に書いてあった。

「空き地に置いてあったドラム缶は、こちらで設置したのですか」

最も大事な点を質《ただ》すと、田崎豊子は曖昧《あいまい》な返事をした。

「さあ」

「さあ、とはどういう意味ですか。誰かが勝手に置いたのですか」

「いえ、あの、わかりません」

「わからない？　誰かが勝手に置いたのか、田崎さんが設置したのか、それもわからないと言うのですか」

子供っぽい面がある小久保であるが、一応刑事である。追及の手は、優しくはなかった。

「いや、あの、そうじゃなくて……」

この答え方で、実際はどうなのかわかろうというものだ。間違いなく、ゴミ焼却のために田崎家でドラム缶を置いたのだろう。それを咎《とが》められるのを恐れ、しどろもどろになっているのだ。

勝手なゴミ焼却はよくないが、ここは事件捜査のために手心を加えるべきところだった。

「田崎さん、ご自身でゴミを燃やしてましたね。ごまかそうとしているということは、それが違法だとご存じなわけだ。本来なら警察としては見過ごしにできないですが、今は焼死体が発見されたという異常事態です。取りあえずゴミのことは怒りませんので、正直に話していただけませんか」

当然、小久保も同じ判断をして譲歩をして見せた。田崎豊子は安堵したように、小さく息をつく。

「はあ、すみませんでした。町田も昔はただでゴミを収集してくれたんですけど、あるときから有料になっちゃったんですよ。で、主人が冗談じゃないって、ちょっとしたゴミなら裏山で燃やすようになったんです。あのぅ、すみません」

燃やすと有害物質を発生させる物が、現代社会では多い。だから個人での焼却は禁止されているのだが、たかだか数円をけちって自分で処分する人は少なくないのだろう。こんな屋敷に住んでいるくせに、と思うが、金持ちは意外にけちだとも聞く。けちだからこそ、豪邸に住めるのかもしれない。

「そうですか。では、最後にドラム缶の中身を見たのはいつですか」

「ええと、昨日です」

「昨日の何時ですか」

「うーんと、午前中の九時過ぎ頃ですかねぇ。昨日は燃やしてないんですよ。ある程度溜《た》まってから燃やすので」

ならば、死体はゴミの中に突っ込まれて火を点《つ》けられたのだ。いっそう憐《あわ》れに感じる。

「もちろん、そのときには死体なんてなかったわけですよね。それ以後は空き地に近づいてないですか」

「はい。ちょっと坂を上らなければならないですから、そんなにちょくちょく行くわけではないです」

「あの空き地は、少し奥まってますね。つまり、あそこにドラム缶があることを知っていないと、死体を空き地で焼こうとは考えないはずです。ご家族の他に、ドラム缶があることをご存じの方はいますか」

小久保がこの質問をすると、田崎豊子はまた目を泳がせた。何か不都合があるようだ。だが、見当がつかない。警察に言えないことが、他にあるのか。

「どうなんですか。近所の人ならご存じなんですか」

「はあ」

「ご存じなんですね。それはどうしてですか。田崎さんが話したからですか」

「いや、あのう、ええと」

田崎豊子は視線を落とし、両手の指を組み合わせたり、手揉《ても》みをしたりした。かなり言いづらそうだ。しかし、ならばよけいに語ってもらわなければならない。近所の人がドラム缶の存在を知っていることの、何がまずいのか。

「あの、ゴミを自分で燃やしていたことはお咎めなしなんですよね。そのことで捕まったりはしないんですよね」

「まあ、そういうことにせざるを得ないでしょう。ですから心配なさらず、本当のことを話してください」

「は、はい」

促《うなが》され、田崎豊子は告白する勇気を得たようだ。唾《つば》を飲み込み、顔を上げた。

「実は、ご近所さんのゴミも一緒に燃やしてたんです」

「えっ」

思いもかけないことだった。つまりあれは、地域共有のゴミ捨て場になっていたのか。そんなにゴミ処理に金を払うのがいやなのかと、呆《あき》れる。エコも地球温暖化も、この世代の人にはまったく他人事《ひとごと》なのだろう。

「ご近所のゴミも。だったら、ドラム缶のことを知っていた人はひとりやふたりではないわけですか」

「はあ」

「もしかして、お金を取ってゴミ処理をしてました？」

思いついて、真萩は横から口を挟《はさ》んだ。すると田崎豊子はまた、ばつが悪そうな顔をした。

「いえ、あの、一回いくらとかそういうことは言ってませんよ。ただ、ご近所のお付き合いですから、ゴミを燃やしてあげればたまにお礼をいただくこともあります。お菓子とか、お酒とか」

言葉がなかった。とても東京都内の話とは思えないが、この辺りにはまだそんな風習が残っていたようだ。問題は、死体遺棄の容疑者がぐっと増えてしまったことである。まあ、近所の聞き込みはもともとやらなければならないことではあったが。

具体的に、ドラム缶の存在を知っている人の名を挙げてもらった。田崎豊子は身の置き所がないかのように、肩を窄《すぼ》めていた。

4

検視官の所見では、他殺か自殺か、あるいは事故死か病死か、そういったことはいっさい判断できなかった。全身丸焼けなのだから、やむを得ない。解剖の結果待ちということになった。見たくなかったが、鑑識の作業が終わったら死体に近づかざるを得なかった。完全に黒焦げになっている死体は、グロテスクではあるが元が人間とは思えなかった。何か別の、人の形に似たものに見える。そのことに、わずかに安堵した。

田崎家での聞き込みの詳細は、課長に伝えた。近所の住人の大半がドラム缶のことを知っていたと聞き、課長は顔を顰めた。簡単には済みそうにないと、予感したのかもしれない。真萩も同じ感触を抱いていた。

遅れて機動捜査隊がやってきたので、チーム分けして近所の聞き込みを開始した。ふだんなら真っ先に事件現場に駆けつける機動捜査隊だが、さすがにこんな町田の奥地では遅くなるようだ。後れを取ったのが腹立たしいかのように、コンビを組んだ機動捜査隊員は仏頂面《ぶっちょうづら》だった。やりづらいので、こちらも積極的にコミュニケーションをとりたいとは思わなかった。最低限の挨拶《あいさつ》だけして、後は機動捜査隊員のお供に徹した。

その結果判明したのは、空き地にドラム缶があることは広く知られているという事実だった。

ゴミ焼却を田崎家に頼んでいる家庭だけでなく、その他にも知っているだけの人なら大勢いるとわかったのだ。死守しなければならない秘密、という認識はさらさらなかったようで、誰に話したかもわからないという家庭が多かった。

　田崎家の残りの人たちも、なんらめぼしい情報を持っていなかった。最近は空き地に行っていないので、もちろん死体は見ていない。あんなところに死体を置く人に、心当たりはない。誰かに恨まれる憶《おぼ》えもない。彼らが嘘をついているようには思えず、ただ単にドラム缶を勝手に使われただけというのが事実のようだった。

　加えてうんざりしたことに、ネットで検索してみたところ、あのドラム缶の写真がヒットしたのだ。なんのつもりでドラム缶の写真をネットにアップするのかわからないが、どうでもいい写真は世の中に溢《あふ》れている。死体を燃やしたい人がネットで検索してみれば、簡単にあの空き地のドラム缶に行き着いたことだろう。ドラム缶の存在を知っている人こそ死体遺棄の容疑者、という限定は無理だと判断せざるを得なかった。

「なんか、めんどくさそうだな」

　署に戻り、ひととおりの情報共有が終わると、小久保が正直な感想を口にした。おそらく、刑事課の者全員が同じ思いだろう。死体遺棄が可能な人は絞り込めず、死体は黒焦げで身許は不明だ。かろうじて背格好と、男性であることだけがわかっている。身長は百六十五センチ前後。しかし年齢は推定できない。せいぜい、七十歳以上の高齢者ではないと見当がつけられる程度だ。遺留品はなし。一緒に燃やされていた物もあるが、田崎豊子の話からするとそれは田崎家が出したゴミかもしれない。焼死体は厄介なものだと、初めて実感した。

「解剖しても、身許まではわからないよなぁ。胃に名前でも書いてあればいいんだけど」

小久保が言うと、冗談なのか本気なのか判然としない。小久保の子供たちは保育園に行っているから、おそらく持ち物には必ず名前を書いているはずだ。そこから来る発想なのだろうが、いくらなんでも本気で言っているわけはないと信じたい。冗談だと断じて、「そうですよね」と相《あい》槌《づち》を打った。

「せめて、名前を書いた紙でも呑み込んでてくれれば助かりますが」

「おっ、それいいね。そうだといいなぁ」

口にしてみたものの、そんな可能性はほぼゼロに近いと真萩も考えていた。これが殺人で、被害者は殺される前に自分が燃やされるとわかっていたなら、そうした手を打つかもしれない。だが、普通はそこまで機転が利かないだろう。せめて歯型から身許がわかればいいが、そうでなければ特定の手段が極端に限られる。これは所轄《しょかつ》の手に負えることではなく、本庁の捜査一課に任せるべき事件ではないかと思えてきた。

死体は今、国領《こくりょう》にある東京慈恵会《じけいかい》医科大学に搬送されている。司法解剖をするためである。解剖学講座の教授がすぐ対応してくれるかどうかによるが、おそらく今日じゅうには結果が出るだろう。果たして他殺か、単なる死体損壊か。後者であることを願うが、きっと他殺だという確信があった。ゴミならともかく、死体を勝手に燃やす人がいるとは考えにくい。匿名の通報によって発見されたことを思えば、何者かの作為と、そして悪意が見て取れた。

午後十時半過ぎに、解剖の結果が届いた。死因は絞殺《こうさつ》。首に索条痕《さくじょうこん》があったそうだ。肺は綺《き》麗《れい》だったので、死後に焼かれたとわかる。この二点をもって、他殺と断定されていた。

二十代から四十代の男性。もう少し絞り込むなら、確度が落ちてしまうらしい。胃の内容物はほとんどなく、眼球も焼けてしまっているので、死亡推定時刻を割り出すのは難しい。ただし、歯は砕かれずに残っているという。大半のことが不明の中、それだけは朗報だった。

「警察歯科医には、明日診てもらえる。で、他殺と判明したからには本庁の捜査一課様にお出まし願わなくちゃならない。今から捜査本部設置の準備にかかってくれ」

そうなると思ってはいたが、うんざりする気持ちは拭《ぬぐ》えなかった。本庁捜査一課が出てくれれば、所轄刑事の役割は完全に下働きになる。捜査本部設置の準備とは、本庁の刑事が寝泊まりできるように布団の手配をするとか、その際に飲む寝酒を買っておくなどのことだ。課長が〝捜査一課様〟という言い方をするのも、気持ちはよくわかる。

真萩自身は、捜査本部設置の経験が二度ある。だから何をすればいいかはわかっていたため、刑事課の他の者たちと手分けして素早く準備を終えた。タクシーで駅まで向かう人たちと同乗し、なんとか電車があるうちに帰宅できた。明日からの激務に備え、シャワーだけ浴びてさっさと寝た。

翌朝にはさっそく捜査本部が立ち上げられた。真萩たち所轄署の刑事は、本庁捜査一課刑事の案内役である。聞き込み時は、捜査一課刑事が質問するのをただ横で聞いているだけだ。よけいな口を挟もうものなら、怒り狂う人も中にはいる。警察は階級社会なので、上の者の仕事に下の者が口出しなど許されることではないのだ。だから、コンビを組むなら話がわかる人がいいなと密かに思っていた。

現在判明していることを捜一刑事と共有した後、コンビが発表された。真萩は南条《なんじょう》という、

三十代後半ほどの比較的若そうな刑事と組むことになった。若いだけでなく、なかなかいい男である。鼻筋が通っていて、少し吊《つ》り気味の目には力がある。何かの間違いで刑事になったかのような外見だった。

「保田です。どうぞよろしくお願いします」

名乗って、頭を下げた。南条は小さく頷いて、答える。

「おお、よろしく。南条だ」

その物言いで、気さくな人なのかなと考えた。若く気さくで、その上いい男とは、コンビを組む相手として悪くない。幸先《さいさき》がいいなと、内心でガッツポーズを取った。

「町田は奥に入るととんでもなく田舎なので、びっくりされるかと思います」

会話のとっかかりとして、そんなことを言ってみた。すると南条は、軽い口調で応じる。

「知ってるよー。前に行ったことある。東京は広いよな」

眉間《みけん》に皺《しわ》を寄せてろくに言葉も発さないような人はいやだが、南条の話しぶりはいささか軽薄にも響いた。いやいや、天下の本庁捜一刑事なのだから、ただの軽い男のわけがない。こういう人が、実は切れ者だったりするのだ。第一印象で決めつけるような真似《まね》はよくないと、真萩は自分を戒《いまし》めた。

「よし、じゃあ出発しようか。車でもけっこう時間がかかるんだろ」

「はい。三十分くらいは」

「遠いな。都心部だったら、隣の隣の管轄に入っちまいそうだ」

「はあ。管轄区域が広いんです」

そんな言葉を交わしながら、駐車場に向かった。出せる車の数は限られているので、一台に四人乗って出発する。前の座席に所轄刑事、後部座席に南条たち一課刑事が坐《すわ》った。道中、南条たちはなにやら楽しげにお喋《しゃべ》りをしていた。対照的に、真萩はハンドルを握る同僚とはひと言も話さなかった。おとなしくしているのが、所轄刑事の務めだからだ。

　死体発見現場周辺で聞き込みをしている間に、警察歯科医によるデンタルチャートが作成されているはずだった。デンタルチャートとは、歯の特徴を詳細に書き留めた記録である。これと歯の写真、レントゲン写真をこの地域の歯科診療所にファクスし、該当する患者がいないか尋ねる。返事があるにしても、早くて夕方であろう。

　周辺の聞き込みで期待するのは、死体を運んできた者が目撃されていないかだった。おそらく人目を避けて夜間にやってきたのだろうが、誰かが見ている可能性はゼロではない。死体運搬には車を使ったはずなので、せめて見慣れない車両の目撃証言だけでも得られればと期待していた。

　しかし、捜査本部設置初日の聞き込みは、空振り続きだった。夜になると真っ暗になる地域なので、住人たちは就寝時刻も早いのだ。皆、寝ていて何も気づかなかったと、口を揃《そろ》えて言う。これは先が思いやられると、嘆《なげ》きたくなった。

　当然ながら、Ｎシステムなんて便利な物はこの地域に設置されていない。新町田街道にはあるものの、もともと交通量の多い道である。そこから逸《そ》れた車が死体発見現場に向かったかどうかがわからなければ、Ｎシステムの記録も意味がなかった。

「なんで死体を焼いたと思う？」

　聞き込みの途中で、南条から問われた。成果が得られないので、退屈したのかもしれない。真

萩はさほど考えずに、答えた。

「身許をわからなくするため、ですか」

「だとしたら、歯も砕いておくべきだろう。歯型から身許を特定できることくらい、今は一般人でも知ってるんじゃないかな。そうしてなかったってことは、身許がわかったとしても犯人はかまわなかったのかもしれない」

「では、どうしてわざわざ死体を焼いたのでしょうか」

「さあ。それが謎《なぞ》だよな。その謎が解けたら、犯人《ホシ》に行き着けるんじゃないか」

　これは経験に基づく見通しなのだろうか。それとも単なる思いつきか。死体を焼いたことの目的をあまり深く考えていなかったので、指摘されてなるほどと思った。やはり捜一刑事は着眼点が違う。

　夜になるまで聞き込みをしたが、これはという証言は得られなかった。歯型から身許が特定されることを期待していたが、その報《しら》せも入らない。手ぶらのまま町田署に帰り、報告を終えた。前途は多難そうだった。

5

　地べたに坐り込んでいる人は、もの言いたげにこちらに目を向けていた。明らかに、声をかけられることを期待している。アリエスは歩みを止め、坐っている人に話しかけた。

「ああ、こんな老いぼれに話しかけてくれるか」

開口一番、相手はそんなことを言った。確かに見た目は、かなり高齢そうだ。白鬚《しらひげ》が胸の辺りまで伸び、見えている肌には皺が寄っている。こちらの返事も待たず、老人は一方的に喋った。

「おや、立派な剣をお持ちだ。ひとかどの戦士とお見受けする。なに、昔は仕事柄、腕が立つ人と何人も会ったものでね。人を見る目はあるのさ。私はこれでも、元は鍛冶《かじ》なんだ」

鍛冶は常に高温の火と向き合っているので、体力がいる。この痩《や》せさらばえた老人が鍛冶だったとは意外だが、仕事を辞めてすでにかなりの年月が経《た》っているのだろう。

「年を取って、鍛冶仕事は辛《つら》くなったので引退したんだが、どうにもひとつだけ心残りがある。己のすべてをかけて作った渾身《こんしん》のひと振りを、これぞという戦士に使って欲しかったのさ。しかし、渾身のひと振りなど作れず、それを託せる戦士もいなかった。あなたを見たら、とっくに忘れていたそんな昔の夢を思い出したよ」

渾身のひと振り。そんな表現には、魅力があった。ぜひ作ってもらいたい。そのためには、何をすればいいのか。

「いい剣を作るには、火力が必要だ。高温で鋼《はがね》を熱さなければ、本当に強い剣にはならない。だが、普通の炉《ろ》を使うだけでは駄目なんだよ。めったに手に入らない、迦具土石《かぐつちいし》で火を熾《おこ》してこそ、特別な剣を鍛《きた》えることができる。その迦具土石が、とうとう手に入らなかったのさ」

では、迦具土石を持ってくれば、いい剣を作ってくれるのだな。行こうじゃないか。強い武器が手に入れば、今後の冒険はぐっと楽になる。

「もしあなたが迦具土石を持ってきてくれるなら、それも運命だと思い、最後の命を振り絞って渾身のひと振りを作ろう。どうだ、引き受ける気はあるか」

老人の問いには、承知と答えた。断る手はない。

「そうか。引き受けてくれるか。だが、どこに行けば迦具土石が手に入るのかは私も知らない。この老いぼれが死ぬ前に見つけて、戻ってきてくれよ」

　当てはないのか。強い武器は、そう簡単に手に入らないようだ。では、まず聞き込みから始めよう。ここは町の入り口なので、話しかけられる人が多いはずだ。アリエスは老人の前を離れ、町へと踏み出していった。

6

　これは時間がかかるクエストかもしれないな。瀧川は小休止するためにセーブして、ＶＲゴーグルを外した。オープンワールドのＲＰＧでは、メインのストーリーはあるものの、それを追う必要はない。どこに行こうと自由なので、メインストーリーそっちのけで楽しむこともできる。メインの他にもエピソードはあり、それはサブクエストと呼ばれる。今、瀧川は新しいクエストを受注したのだった。

　瀧川がゲームに没頭する理由のひとつは、達成感にあった。ひとつのことに注力し、成し遂げる。現実ではなかなかそんなことはできず、むしろ中途半端に終わることばかりだが、仮想世界の中では達成感が味わえた。だから、サブクエストは積極的に受注している。サブクエストを面倒だと感じて嫌う人もいるそうだが、もったいないと思う。クエストを終えたときの達成感は、何物にも代えがたい。今や瀧川は、達成感中毒になっていると言っても大袈裟ではなかった。

クエストの種類は様々で、ある特定のアイテムを取ってくるだけのものから、人と人との間を執《と》りなしたり、あるいはひとつの町の復興に手を貸したり、強敵と戦ったりと、バラエティーに富んでいる。クエストをクリアーすることで他者を理解し、世界も見えてくる。特に大規模なクエストは、見逃すべきではなかった。

冷蔵庫から麦茶を取り出し、飲んだ。ふと思いついて、コーヒーを飲むことにする。仮想世界に長くいると、嗜好品《しこうひん》に対する欲求がなくなってしまう。仮想世界内の刺激が強すぎて、現実のカフェインやアルコールには心が動かなくなるのだ。しかし、どんなことでも久しぶりなら新鮮に感じられる。ここしばらくコーヒーを飲んでいなかったことに気づくと、なにやら魅力的に思えたのだった。

とはいえ、コーヒー豆を常備するほどしゃれた生活を送っているわけではない。コーヒーを飲みたければ、インスタントのものを淹れるだけだ。だからまずは、お湯を沸かさなければならない。電気ポットに水を入れ、コードをコンセントに差し込んだ。

瀧川の住む部屋には、テレビもスマートフォンもない。それは貧乏だからではなく、ＶＲゴーグルに取って代わられたからだった。今でも五十代以上の人がいる家庭にはテレビがあると聞くが、もはやない家の方が多数派だ。リビングルームにテレビがある映像を見ると、「ああ、平成だなぁ」という感想を抱く。昔はよく、あんな大きい物を狭い部屋に置いていたものだ。邪魔ではなかったのだろうか。

スマートフォンは、テレビに比べれば使っている人は多い。タッチ画面がないと駄目なんだ、とこだわる人がいるので、販売は続いている。子供の頃にスマートフォンを使っていた人はその

まま継続して使用している傾向があるらしいが、三十代くらいまではまだＶＲゴーグルを嫌う人がいないではなかった。二十代以下となれば、スマートフォンユーザーはほぼゼロだろう。

　お湯が沸く間に、またゴーグルをかけた。今度はゲームではなく、ネットを見るためである。たまにこうして世間で起きていることを把握しておかないと、本当にただの世捨て人になってしまう。世間の動きから目を逸らしていたい気持ちもあるのだが、さすがに自分を完全に現実世界から切り離してしまう勇気はなかった。

　音声による命令で、眼前にディスプレイを広げた。指には、ゴーグルとセットのリングを嵌《は》めている。リングをつけた指の動きで、カーソルを操作するのだ。仮想ディスプレイに触れたときの振動フィードバックもあるので、現実にはそこに何もないとは思えない。一度でもこの仮想ディスプレイを体験すれば、画面が小さいスマートフォンなんてとても使う気にはなれなかった。

　ニュースサイトにアクセスし、見出しを見て回った。ポップアップ形式で次々に見出しが表示されるので、ぼんやりと前方を見ているだけで情報が入ってくる。気になった見出しのポップアップに触れると、それが大きくなって詳しい内容を表示する。読むのが面倒であれば、音声で読み上げてもくれる。もちろん、文字ベースでなく映像ベースのニュースに切り替えることもできるが、短時間にたくさんの情報を得られる文字ベースの方が瀧川は好きだった。

　政治や経済の世界では何かしら起きていて、それはおそらく大事なことなのだろうが、あまり興味が持てない。意識が向くのはやはり、なんらかの事件だ。今も見ていたら、「都内で焼死体発見」との見出しが目に入った。珍しいので、開いてみる。

　都内のどこで死体を焼くんだと思っていたら、意外にも発見場所は町田だった。町田って、そ

んな地域なのか。気になって、映像を引き出す。すると、これはどこの山奥かという風景が表示された。

いや、遠景で見ればそれほどの山ではなかった。小山と評するのが適切だろう。ただ、木はかなり生い茂っていて、ちょっとした林だ。その中に部分的に切り拓かれた場所があり、そこに置いてあったドラム缶の中から焼死体が発見されたようだった。

町田といえばそこそこ開けた町というイメージがあったが、市内にはこんな場所もあるのか。そう考えてすぐに、以前にも聞いたことがあったのを思い出した。誰に聞いたのかも、芋蔓式《いもづるしき》に記憶から掘り起こされる。あれは同期の真萩だった。

女友達を下の名で呼ぶような習慣はなかったのだが、真萩の場合は名字なのか名前なのか聞いただけではわからないお蔭で、下の名で呼ぶことに抵抗がなかった。加えて、同期にはもうひとり「安田《やすだ》」という奴がいたので、そいつとの区別のために皆が真萩と呼んだ。下の名前で呼ぶからといって、特に親しかったわけではない。大勢いた同期の中のひとりだった。

真萩は確か、町田署に配属されたはずだった。同期の飲み会で、町田にはけっこう自然が残っているといった感じのことを聞いた気がする。真萩は真面目な奴なので、町田署ではなんと刑事課に配属された。着実にエリート街道を歩んでいて、瀧川とは大違いだ。違いすぎて、引け目すら感じない。

刑事課ということは、もしかしてこの焼死体発見事件を担当するのか。だとしたら面白いなと思い、久しぶりにメッセージを送ってみることにした。音声でメッセージアプリを呼び出し、宛先を真萩に指定する。続けて、本文を考えた。

「ご無沙汰。元気に刑事やってる？　ニュースで見たけど、焼死体が発見されたよね。もしかして、担当？」

口頭で綴《つづ》った文章は文字として表示されているが、文字ベースのメッセージを送るわけではない。音声をそのまま送信した。場合に応じて文字のメッセージも使われるものの、仕事でないなら音声の方が普通だ。文字のメッセージは、書くのも読むのも面倒臭い。

送った後で、もしこの事件を担当しているなら返事なんてする暇はないよなと気づいた。まあ、返事を期待して送ったメッセージではない。それきり忘れて、またネットニュースを見て回った。ひととおりチェックしてから、ゲームに戻った。

夜に、いつの間にか返事が来ていたことに気づいた。真萩はひと言だけ、「今、忙しい」と声を送ってきた。そうだよな、と苦笑して、さらなる返事はしなかった。

7

デンタルチャートは死体発見現場周辺の歯科医に届いていたはずなのに、反応はなかった。どうやら被害者は、町田近辺の住人ではなかったらしい。死体はどこか別の場所から運ばれてきた可能性が高かったので、予想どおりとも言えた。改めて、都内全域にデンタルチャートを配布した。

すると、チャートと符合する患者がいるとの連絡が入った。捜査本部に安堵の気配が流れた。町田市は神奈川県と接している。被害者が神奈川在住の人であったら管轄外なので、手続きが面

倒になるところであった。都内の歯科医から反応があったことに、捜査本部は安堵したのだった。

デンタルチャートと符合する歯列の患者は、江戸川《えどがわ》区在住だった。亀沢一記《かめざわかずき》、三十六歳。歯科医からの通報なので、わかることはそれだけでしかない。だが住所氏名年齢がわかっただけでも、大きな前進だった。

真萩と南条は鑑取《かんど》り、つまり被害者の周辺事情を調べる役目を割り振られていた。歯科医からの情報に応じ、町田署を後にして電車で江戸川区を目指す。住所がわかったからには、その周辺の聞き込みができる。家族がいれば被害者の詳しい情報が得られるが、いなければなおさら、近隣の聞き込みが大事だった。

電車に乗って空いていた座席に坐ると、南条はさっそくゴーグルをかけた。ゴーグルの映像はスマートフォンと違って横から覗《のぞ》き込むことができないが、指の動きで何をしているかなんとなくわかる。手がフリックの動きをしているので、おそらくニュースサイトで情報を拾っているのだろう。

真萩はゴーグルが苦手だった。本当はないはずのものが目の前に見える、という状況にどうも馴染《なじ》めないのだ。だから今でもスマートフォンを使っていて、「若いくせにスマホ？」とよく馬鹿にされる。しかし真萩が子供の頃はゴーグルなんてものはなく、誰もがスマートフォンを使っていたのだ。そんなことも忘れて前世紀の遺物扱いされるのは、どうにも不本意だった。スマートフォンが廃《すた》れてゴーグルが主流になったのは文明の進歩なのかもしれないが、世の中が軽佻《けいちょう》浮薄《ふはく》になった証《あかし》とも思える。まあ、自分が古い人間だという自覚はあるのだが。

真萩もスマートフォンで、江戸川区内で何か事件が起きていないか検索した。例えば交通事故

なり喧嘩《けんか》なりで相手を死なせてしまった人が、犯行の痕跡を隠すために死体を燃やしたという可能性を考えたのである。だが特にそれらしいことは、少なくともネット上では記事になっていなかった。なんらかの通報があればその情報が捜査本部にも回ってきているはずだから、仮に江戸川区内で犯行があったとしても人目にはつかなかったのだろう。ネットで手がかりを得ることなど、めったにない。ならば連絡手段としてスマートフォンで充分だと、改めて思った。

　幾度か電車を乗り換え、都営新宿《とえいしんじゆく》線の一之江《いちのえ》駅で下車した。駅前にはいくつか商店があるが、数えられるほどだ。ターミナル駅ではないから、おそらく周辺の家賃相場はそれほど高くないだろう。

　所轄刑事は管轄内でこそ道案内ができるが、こうして管轄の外に出てしまうとなんの役にも立たない。ただ南条の後についていくだけだ。自分の立場はわかっているので、こちらから南条に話しかけたりはしない。南条が会話の相手を欲したときだけ、受け答えするつもりだった。

　ゴーグルをかけっぱなしの南条は、目の前にナビの地図を展開しているのだろう。迷う様子はなく、さっさと歩いていく。ゴーグルの使用が一般的になって、方向音痴の人には大きな福音《ふくいん》になったと言われる。歩いていれば行くべき方向を示す矢印が表示されるのだから、いくら方向音痴の人でも迷いようがない。実は真萩も、さすがに管轄内の地理には詳《くわ》しくなったが、若干方向音痴の気味がある。ゴーグルを使う人を唯一羨《うらや》ましいと思うのが、道に迷うことがないという点だった。

　日本ではゴーグルと呼ばれるが、実際は眼鏡型である。スキーのゴーグルのようなものではないので、町中で着用するのも抵抗がない。眼鏡型になって、ゴーグルは爆発的に普及した。眼鏡

型なのでアメリカではＭＲグラスィズという名前だが、英単語は日本語化される際に単数形になる傾向がある。するとグラスになってしまうので、どうもしっくりしないと思った人が多かったのだろう。結局、ゴーグルという名称が日本では定着したのだった。

「ねえ、なんでゴーグルを使わないの？」

不意に南条が尋ねてきた。電車の中でもスマートフォンを使っていたので、不思議に思っていたようだ。南条のゴーグルは銀縁である。顔立ちが整った南条が銀縁ゴーグルをかけると、インテリに見える。似合う人はいいですよね、と内心でぼやいた。

「焦点が合わない体質？」

目の前に表示されるバーチャルな画面に、どうしても焦点が合わない人もいるらしい。ゴーグルを使っていない人の大半は、そういう体質的な理由だとも聞く。何しろ操作ひとつ取っても、スマートフォンより簡単なのだ。お年寄りの場合は視界をくっきりさせてくれるという効果もあるので、むしろ好んで使われている。スマートフォンに固執しているのは、子供の頃から使っていた四、五十代の人らしい。まだ二十代の真萩がスマートフォンを使っているのは、奇異に見えるのだろう。

「いえ、そういうわけではないのですが、手で触れるものでないとどうも納得できなくて」

「納得？　ないものがあるように見えるのは、嘘臭いって思うのか」

「嘘というか、不安というか……」

「なるほどね。まあ、刑事に向いてるんじゃないか」

思いがけなく、肯定された。たいてい馬鹿にされるので、身構えていたのだ。驚いて南条の顔

を凝視《ぎょうし》してしまうと、にやりと微笑《ほほえ》み返される。少しどぎまぎして、慌《あわ》てて目を逸らした。

しばらく歩いた末に、南条が「ここだここだ」と言って立ち止まった。二階建ての集合住宅である。開放廊下だから玄関ドアが並んでいるのが見えるが、その間隔が広くないのでおそらくワンルームだろう。ならば、被害者は独身だと推測される。ともあれ、近隣の人たちに聞き込みをすれば生活実態がわかるはずだった。

しかし、集合住宅の各戸の呼び鈴を順番に鳴らしたが、応じる人はひとりもいなかった。町田署を出発する前にこの建物の外観をネットで確認し、独身者用だろうと予想していたので落胆はない。夜にまた、改めて聞き込みをする必要があった。

次に、周辺の家を訪ねた。周辺の戸建てには在宅する人もいて、この集合住宅がやはりワンルームであることが判明した。ふたりで暮らしている人もいないではないが、大半は独身だろうとのことだった。被害者である亀沢一記と付き合いがある人は、見つけられなかった。独身者用集合住宅の住人と、近隣の戸建てに住む人では、交流がないのは無理からぬことであった。

「さて、どうしようかね。被害者《ガイシャ》の顔写真がないってのは、意外と面倒なもんだな」

ひととおり聞き込みが終わってから、南条は嘆いた。焼死体の顔写真を見せたところで、親でも判別がつかないだろう。だから捜査本部は、まだ被害者の生前の顔を確認できていないのである。せめて顔写真があれば、近くのコンビニエンスストアの店員に見せて、いつもひとりで来るか連れがいるかを尋ねるという手があった。今どき、コンビニエンスストアに寄らない人はいない。しかし残念ながら、そうした聞き込みもできないのだった。

「通報してくれた歯医者さんに協力してもらって、似顔絵を作ったらどうでしょう？」

単なるぼやきとは思ったが、意見を求められたと解釈して提案した。すると南条は、「おっ」と声を上げる。

「いいね、それ。キミ、頭いいな」

誉められて嬉しかったが、微妙に複雑でもあった。まったく思いつかなかったのだろうか。警視庁の精鋭である本庁捜査一課刑事が、そんなはずはない。気づかない振りをして、花を持たせてくれたのだと受け取った。いい人だなと、勝手に好感度を上げておく。

南条はすぐに捜査本部に電話をし、似顔絵の必要性を訴えた。歯医者に協力してもらい、リモートで似顔絵を作成して、でき次第送ってくれるという。これで聞き込みも捗《はかど》るだろう。それまで少し休憩することにし、駅前に戻った。

8

町に入ると、往来《おうらい》は賑わっていた。道行く人に話しかけ、迦具土石について尋ねる。だが誰ひとりとして、迦具土石の名前すら知らなかった。特別な石なのだから、そう簡単に情報を得られるわけもない。無収穫は、ある意味当然だった。

しかしひとりだけ、すでに廃坑となった鉱山の話をする人がいた。場所も定かでなく、漠然と北東の方角としかわからないが、この町で得た唯一の情報だった。

当面は、特にやりたいことがあるわけではない。ならばと、馬に乗って北東を目指した。北東方面はまだ足を踏み入れていない地域なので、行ってみる価値がある。街道が延びているのだか

ら、無理な旅ではないだろう。敵が強くて手に負えないようなら、引き返せばいいのである。

街道を進んでいたら、また新しい町に辿り着いた。町の入り口には街灯が立っていて、そこに触れることにより来訪の証が残せる。地図上に来訪の証があれば、別の場所に行っても一瞬で戻ってこられるのだ。このようにして、行ける範囲を徐々に拡大してきた。

下馬して、町に入った。すると、泣いている子供がいた。話しかけると、切れ切れの言葉で訴えてきた。

「ご主人様に……、ご主人様に怒られてしまいます……」

目に涙を浮かべた子供を、無視することなどできない。どうしたのかと尋ねると、子供は切々と訴えた。

「ご主人様が大事にしている壺《つぼ》を……割ってしまったのです。この世にふたつとない壺だというのに……。ああ、どうすれば……」

この世にふたつとない壺とは、厄介だ。弁償することすらできないのでは、どうしようもない。平謝りするしかないのではと、いったんは考えた。

だが次の瞬間、記憶の底から以前に聞いた話が浮かび上がってきた。どこかの町で、水をかけると瞬時に固まる粘土《ねんど》の話を耳にした。その粘土があれば、壺を修復することもできるのではないか。うまくいくとは限らないが、探してみる価値はあるだろう。まずは、その粘土の情報を仕入れなければならない。

なんとかなるかもしれないと告げ、子供の前を離れた。地図を広げ、粘土の話を聞いた町はどこだったか考える。確かな記憶はないが、ともかく飛んでみよう。

町を選び、移動すると念じた。アリエスの姿は、一瞬で消えた。

9

面白そうなクエストが始まるようだ。一度クエストが始まると、なかなかやめられなくなる。だからここでいったんセーブし、ゴーグルを外した。ゴーグルはほとんどかけっぱなしだが、数年前に遠距離無線充電が実用化されたので使いながらでも給電されている。バッテリー切れがないというのも良し悪しで、そのせいでゴーグル中毒者が一気に増加したのは間違いなかった。むろん、瀧川もそのひとりだ。

退職前は、眼鏡型を使っていた。眼鏡型なら外出時にも使用できるし、何より軽くて装着感が快適だ。だが、仕事を辞めて真っ先にゴーグル型を購入した。ＶＲが目的なら、ゴーグル型の方が没入感が高いからである。現実がいやになって仕事を辞めた瀧川は、逃避先が必要だった。とはいえ、遠くの地方や海外に行くという発想はなかった。現代の現実逃避といえば、ＶＲである。バーチャルな世界に逃げ込むことで、自分の心は救われたと瀧川は感じていた。

トイレに行って戻ってくると、ゴーグル上部のランプが点滅していた。誰かからメッセージが来たようだ。ゴーグルをかけ、左右独立型のコントローラーを手にして操作する。こんなときは眼鏡型の方が楽だが、どうせこの後もゴーグルをかけ続けるのである。装着のひと手間も、慣れればどうということはなかった。

通知バナーには、旧知の人物の名が表示されていた。連絡が来ることは期待していなかったの

で、少し驚く。メッセージの送り主は、警察官時代の同期生の梅沢《うめざわ》だった。

〈その後、元気？　そろそろ久しぶりに飲もうぜ〉

思いがけない誘いに、喜びが湧き上がってきた。梅沢は同期の中でも、かなり馬が合う方だった。しかし警察官を辞めたとき、付き合いが途絶えてもやむを得ないと覚悟していた。やはり警察官同士の関係の方が大事だろうと考えたからである。

だが梅沢は、退職後の瀧川を気にかけてくれた。それがありがたく、感激すら覚える。まさに持つべき者は友だと、しみじみ思った。

〈メッセージありがとう！　ぜひ飲もう。こっちは暇な身だから、いつでもいいぞ〉

向こうが文字ベースで送ってきたので、こちらも文章にして返事を書く。非番なのかもしれないが、仕事の合間を見てメッセージをくれたのかもしれないから、即座のレスポンスは期待しなかった。それでも、いつ返事が来るかと思うと没頭できないので、ゲームの世界には戻らなかった。

特に目的もなくネットを見て回っていたら、メッセージが届いた。梅沢だ。すぐに開くと、〈じゃあ飲もう。今夜はどうだ〉と書いてある。当然断らず、梅沢の自宅に近い場所で落ち合う約束をした。夕方までは、まだ六時間近くある。それを楽しみに思いつつ、今度は心置きなくゲーム世界に耽溺した。

午後六時過ぎに、家を出た。近所のスーパーマーケットやコンビニエンスストアには行くが、電車に乗っての遠出は本当に久しぶりだ。今は欲しい物がネットで買えるので、人に会う以外の用件で電車に乗ることはほとんどない。退職後は誰とも会っていなかったのだから、遠出の必要

はなかった。電車に乗っただけで、社会復帰した気分になる。

　ＪＲ中央《ちゆうおう》線の高円寺《こうえんじ》駅で降り、北口で梅沢を待った。交番勤務の梅沢は、今日の午前中に夜勤が明けたらしい。ひと眠りしてから、瀧川と会うと言っていた。瀧川も同じく交番勤務だったから、生活のペースはよくわかる。できるだけ寝る時間を与えてやろうと考えて、梅沢の自宅に近い高円寺で飲むことにしたのだった。

「おっす、久しぶりだな」

　さほど待つことなく、ラフな服装の梅沢が現れた。警察官は柔道か剣道のどちらかをやらなければならないが、梅沢は剣道の段持ちなので、筋骨隆々という体型ではない。瀧川と同じく、どちらかといえば細身だ。だから私服を着ていれば、威圧感はない。現在無職の瀧川と、雰囲気は似たようなものだった。

「憑《つ》き物《もの》が落ちたような顔してるな。解放感を味わってるか」

　こちらの顔を覗き込み、ニヤニヤしながら梅沢は言った。そんなに顔つきが変わっただろうか。自分ではよくわからないので、戸惑う。するとそれが面白かったのか、梅沢は大笑《たいしょう》した。

「冗談だよ。別に大して変わってないって。むしろ、変わってなくてホッとしたぜ」

「そうか。だらしない生活を送ってるから、体重は増えそうだけどな」

　ようやく軽口を返せた。実際、ひどい不規則な生活を送っている。このままでは太るのは間違いなかった。

「まあ、節制は明日からにしろ。今日はプリン体をたっぷり摂取だ」

　夜勤明けの梅沢は、明日は非番である。今夜は存分に飲むつもりのようだ。むろん、瀧川もそ

れに付き合う気満々だった。

　高円寺はいい店がたくさんある。むしろ迷うほどなので、さっさと店に入って落ち着いた。創作料理を出す居酒屋で、メニューのどれもおいしそうだ。気になったものを注文し、まずは生ビールで乾杯する。

「気にしてたんだぜ。社会の視線が気になって、引《ひ》き籠《こも》りになってるんじゃないかと心配だった」

　一気にジョッキの三分の一ほどを飲み干すと、梅沢はそんなことを言った。引き籠りになっているという予想は外れてはいないので、苦笑とともに認める。

「いや、そのとおりだよ。今日は退職して初めて、電車に乗った」

「まじかよ。家に籠って、何やってんだ」

「ゲームだ。ＶＲの」

「おー、典型的な現実逃避だな。呼び出してよかったぜ」

　瀧川も、誘ってもらってよかったと思っている。現実逃避はしたいが、いつかは現実に戻らなければならないとも感じていたのだ。

「ゲームって、何をやってるんだ？」

「《ドラゴンズ・グレイブ》。知ってるか？」

「ああ、知ってる知ってる。すげえ売れてるよな。あっちの世界に行っちゃって帰ってこない人が続出して、ちょっとした問題になってるだろ」

「そうそう、ホントにリアルだからな」

このように答えてはみたものの、ＶＲの世界は実際に体感してみないとわからない。きっと梅沢も、どれくらいリアルなのかは想像できていないはずだった。だから、ゲームの面白さについて力説するつもりはなかった。

「ゲームの世界にしばらく行ってるのもいいけど、ちゃんと食事はしろよ」

「ああ、気をつけてる」

寝食を忘れてＶＲの世界に没入し、体を壊して救急車で病院に運ばれるという話も、特に珍しくはなかった。瀧川も実は、その一歩手前だった。眠気とは闘わないが、食事は面倒に感じる。本当に空腹に耐えられなくなったときだけ何かを食べるという生活なので、一日一食しか摂《と》らないこともあった。そんなことを正直に言えば梅沢を心配させるだけだから、気をつけてると答えたのだった。

「でもさ、ゲームの世界でも人付き合いがあるんじゃないのか。昔はそういうトラブルもあったって聞くけど」

ゲームについて疎《うと》い梅沢は、聞きかじりの知識で訊《き》いてくる。それを正すのは、特に面倒ではなかった。

「《ドラゴンズ・グレイブ》がいいのは、まったく自由なところなんだ。人と交流したければできるけど、したくなければずっとソロプレイでもかまわない。もちろんおれは、ひたすらソロプレイだね」

「そうか。まあ、いいんだか悪いんだか」

人間不信になって警察を辞めた瀧川だから、それを癒《いや》すためにひとりでいることはいいと考え

ているのだろう。だがずっとそうでは、社会性を失って引き籠りになる。その可能性があるから、いいとも悪いとも評価できないと言いたいようだ。

「前にも言ったし、他の人も言ってるだろうけど、世の中悪い人ばっかりじゃないぜ。現におれも、警察官やっててよかったなって思うこともたまにあるからな」

「わかってる」

短く答えた。おざなりにあしらったのではなく、本当にわかっているつもりだ。それでも、他人に対する不信感はなかなか拭えない。時間しか解決してくれないと、開き直って考えているところがある。

10

瀧川が交番勤務だった当時のことだ。よく交番に顔を出す女性がいた。最初は落とし物をしたと言って駆け込んできた。その際に応対したら、親切なお巡りさんと思われて懐《なつ》かれた。懐くといってもそんなに年が離れていたわけではなく、せいぜいふたつ三つ年下だっただけだろう。通りかかったと言っては交番に立ち寄り、瀧川とどうということのない話をするようになった。

女性の名は、速水《はやみ》といった。速水は人目を惹《ひ》く外見をしていた。背が高く、体の線にメリハリがあり、顔立ちが人形のように整っている。つまりは美人であり、大勢の中に交じってもごく自然に目立ちそうだった。当然、瀧川も初めて顔を合わせたときからその容姿には気づいていた。魅力的な見た目の女性だとは思ったが、瀧川には当時、付き合っている人がいた。だから交番

にやってきた人がどんな外見をしていようと、関係なかった。特に甘い態度を見せたつもりはなく、一般市民のひとりとして接した。

　しかし、速水には気に入られた。瀧川の応対が優しかったと言うのだ。以後、交番に瀧川がいるのを見ると、嬉しそうに近寄ってくるようになった。お巡りさん、と声をかけ、緊急性のない世間話をしては帰っていく。お前いい女に気に入られたなぁ、と同僚には冷やかされた。正直、悪い気はしなかった。

　そのうち、非番の日はいつかと訊かれるようになった。強引に誘ってくるわけではないが、質問の意図は明らかだった。この時点で、警戒心が皆無だったわけではない。これほどの美人が自分に接近してくるなんて、そんなうまい話があるかと訝《いぶか》る気持ちはあった。だが、それがほんのわずかであったのも事実だった。美人に好かれているシチュエーションを、瀧川は間違いなく楽しんでいた。

『おれが非番だったら、どうだっていうの？』

　そうした思いがあったから、同僚が気を利かせて奥の部屋に行っている際に、つい訊き返してしまった。当時の恋人の顔が頭の片隅にあったかどうかは、もう判然としない。あったとしても、無視してしまった。それだけでもう、紛れもない浮気心だったと思う。

『私の休みと合うなら、一緒に行きたいところがある』

　予想できた返事だった。そう言われるのがわかっていて、訊き返したのである。しかしまだ、ふたつ返事で『行こう行こう』と答えるつもりはなかった。あくまで自分は受け身だと、己自身に釈明をしていた。

『行きたいところって？』

確かめると、日本橋《にほんばし》でやっている期間限定のイベントだという。名画を立体化し、自分がその風景の中に入ったかのようなVRを体験できるらしい。面白そうだと思ったし、何より期間限定という言葉が効いた。今行かなければ、もう二度と体験できないと言われると、自分の中にある抵抗感が脆《もろ》くなった。

『なんでひとりで行かないの？』

そう尋ね返したのは理性のお蔭のようだが、実際は違った。ひとりで行けないイベントではなさそうだし、そもそも速水なら付き合ってくれる相手に事欠かないはずである。それでも瀧川を誘うのはなぜか、その理由をはっきり口にして欲しかったのだ。

『えっ、瀧川さんと行きたいからだよ』

速水は怒ったように口を尖《とが》らせた。こんなことまで言わせるのか、という意味の怒りだと理解できた。意図的に怒らせたのだが、速水が怒ったことは最後のひと押しになった。これ以上相手を不快にさせるのはよくない、という言い訳が成立した。

仕方ないな、というポーズを見せて、非番の日を教えた。速水はそのうちの一日を指定し、他の予定を絶対入れないでねと念を押した。さらに、互いの連絡先も交換した。それでもまだ、相手に無理矢理押し切られた、という状況のつもりだった。一回限り、とも思っていた。

当日、待ち合わせ場所にやってきた速水は、遠目にもちょっとびっくりするほど綺麗だった。あまりに相手の容姿が秀《ひい》でているので、戸惑うほどだった。たちまち、悪いことをしている気になった。やはり誘いに乗るべきではなかったと、心の中で後悔した。

『ホントに来てくれた！　すっぽかされるんじゃないかと、ついさっきまで不安だったよ』

少し息を弾ませた速水は、そんなことを言った。こちらは警察官なのだから、嘘はつかない。不本意に思い、言い返した。

『すっぽかすわけないだろ。約束は必ず守るよ』

『言ったね。じゃあ、いろいろ約束してもらおう』

速水は嬉しそうだった。これは軽々しく約束なんてできないな、と留意した。おれには付き合っている人がいるんだぞ、と自分に思い出させた。

バーチャル立体美術展は面白かった。技術の進歩が、美術品の新しい楽しみ方を創り出している。そういう時代なのだから、積極的に満喫すべきだなと考えた。誘ってもらわなければ体験できなかったと、己の行動を正当化した。

そのまま別れるべきだったのだろうが、それでは愛想がないと思ってしまった。速水に求められるまま、喫茶店に入った。お茶くらいはかまわないと、自分に許可を出した。

『速水さんって、ＯＬ？』

まだ速水の職業すら知らなかった。瀧川の土曜日の非番を指定したから、普通に週末休みなのだろうとは思っていた。だから確認すると、速水は頷く。

『おっ、やっと訊いてくれた。私に興味出てきた？』

いたずらっ子のような表情で、速水はこちらの顔を覗き込んでくる。瀧川は強がった。

『興味っていうか、こうやって一緒にお茶を飲むんだから、それくらい知っておいて当然だろ』

『そうね。なんでも訊いて。なんでも話すから』

そう言われたら、尋ねないわけにはいかない。あまり立ち入り過ぎない程度に、ざっと履歴を聞く羽目《はめ》になった。下の名前が理帆《りほ》であることや、現在二十六歳ということは知っていたが、居住地や家族構成、勤め先についてはそのとき初めて聞いた。父親はすでに亡く、年が離れた弟がいて、大学に行かせてやるために母とふたりでがんばっているという。想像していたよりは苦労をしているようで、意外に感じた。いつも陽気に振る舞っている速水からは、経済的な問題を抱えている印象を受けなかったのだ。

『そうかぁ。弟さんのためにねぇ。速水さん、偉いんだな。見直したよ』

　感じたことを率直に言葉にした。すると速水は、不本意そうに眉を寄せる。

『見直したって、何？　どう思ってたのよ』

『いやいや、別に悪く思ってたわけじゃないよ。特になんとも思ってなかった』

『あーっ、それはそれでなんかやだ』

　速水は口を尖らせた。速水の表情は、ころころ変わる。その変化は魅力的で、視線を奪われる。まずいなと思いながらも、速水との会話を楽しんだ。

　一時間半ほどで切り上げた。夕食に行くには時間が中途半端だったので、お開きとした。速水は残念がったが、お喋りを楽しんでしまった瀧川は罪悪感を抱えていた。今日はここまでと断固として言い切ると、『じゃあまた付き合って』と速水はあっさり言った。

『うちの経済事情とか、誰にも話したことなかったんだ。瀧川さんはお巡りさんだから、つい話しちゃった。聞いたからには責任持って、今後も相談に乗ってよね』

　そんなふうに畳みかけてくる。なにやらうまく誘導されてしまったかのようだが、不快ではな

かった。お巡りさんだから話した、と言われれば、相談を撥《は》ねつけるのは難しかった。

喫茶店を出る際には、つい見栄を張って『お茶代はおれが』と申し出た。速水は一瞬黙ってから、『ありがとうございます』と思いの外《ほか》に丁寧《ていねい》に頭を下げた。遠慮しようともしなかったのは、できるだけ節約しなければならないからか。もし次があるなら、そのときも奢《おご》るべきかと考えた。

家に帰ると、妙に時間を持て余した。もう少し速水とお喋りしていてもよかったか、と思った。

II

その後も速水は交番に顔を出し、瀧川の非番の日を訊き出しては強引に誘った。非番の日にやることがあるわけではないので、暇潰しのつもりで誘いに応じた。速水の希望は金がかからないことばかりだったから、負担ではなかった。例えば、『ただで乗れる和船があるから行こう』とか、『つい最近まで使われてた水車が見たい』とか、『東京ってけっこう古墳が残ってるんだって。知ってた?』などと言って瀧川に同行をせがむ。それらがいちいち興味深いので、断る気になれなかった。

会いたいと恋人から言われ、その日はすでに速水との約束を入れていたときには、さすがに後ろめたかった。先約があるとだけ答えると、恋人は特に怪しみもせずに別の日を提案した。会うこと自体を断ったわけではないから、恋人を蔑《ないがし》ろにしたのではない。そう理屈づけして罪悪感を心の隅に追いやった。

速水と五度目に会ったときだった。いつも陽気な速水が、会話の切れ目に何度か無表情になっ

た。『どうしたの？』と訊くとすぐ笑顔になるのだが、何か思い煩《わずら》うことがありそうだと、さほど敏感でもない瀧川でも気づいた。そういえば『相談に乗って』と言われていたのを思い出す。悩みがあるなら聞かせてくれ、と水を向けた。

『弟がね、国立大学を目指してたんだけど、私立も受けたいって言うんだ。狙ってる国立大学はレベル高いところだから、滑り止めに私立も受けさせてやりたいのよ。ただ、もし行くことになったら学費がね』

　速水は両方の眉を吊り上げた。私立大学の入学金や学費は、速水や母親の稼ぎで賄《まかな》いきるのは難しいのだろう。その辺りの事情は、弟も理解しているのではないか。

『あんまり弟には、お金の心配はさせてないのよ。甘やかしてるんだろうけど、お金のせいで弟の可能性が狭められるのは私も母もいやなの。なんとかできるならなんとかしたいから、弟は無邪気に私立も受けるって言い出したわけ』

　他人の家庭の事情に口出ししたくはない。高校三年生ならば一家の経済状況を把握していてもいいとは思うが、それは速水や母親が判断することだ。問題は、なんとかできるのか、だ。

『なんとかって、何か手段があるのか』

　奨学金くらいしか思い浮かばないが、日本の奨学金は本来の意味の奨学金ではなく、借金だ。弟に借金を背負わせることを、速水はよしと考えていないかもしれない。

『ずっと考えてたことがある』

　速水は思い詰めた顔をしていた。よくないことを考えているのではないかと察した。

『何？』

『パパ活』

そんなことではないかと思った。パパ活という言葉が生まれたのはずいぶん前のことらしいが、今やすっかり定着した。そうした関係性が、いくら時代が変わってもなくならないからだろう。若い女性が手っ取り早く金を稼ごうと思ったら、金を持っている男からもらうのが最も簡単だ。

『馬鹿言うな』

『うん、私は馬鹿だからさ、こんなことしか思いつかないんだよ。私だって、いやだよ。でも他に方法がない』

『そんなに自分を犠牲にしてまで、弟を大学に行かせたいのか。弟はそれで喜ぶのか』

『弟には絶対言わないよ。いい大学に行っていい会社に入って、お金を稼ぐようになったら、恩返ししてもらう。きっとその方が、私たち家族にとっては幸せなんだよ』

『何を言ってるんだよ……』

金を貸してやろうとは思わなかった。瀧川にそんな余裕はなかったからだ。ならば、何ができるのか。考えたが、何もない。何もできない自分の無力さがもどかしかった。

『幻滅した？　そうだよね。でも私、最初からこの話を聞いてもらうためにお巡りさんと仲良くなったんだ。聞いてもらうだけでいいの。なんとかしてもらえるなんて思ってない。ただ、誰かに聞いて欲しかっただけなんだ。友達になんて言えないから、それまで付き合いがなかった信頼できる人に話したかったの。迷惑だよね。ごめん。これも仕事だと思って諦《あきら》めて』

速水は乾いた笑い声を発した。諦めて、と言う速水自身が何かを諦めているかのようだ。ただ話を聞いて欲しかっただけだと速水は言うが、そんなはずはない。心の中では、助けを求めてい

るに決まっていた。それなのに、かける言葉すら見つけられない。自分にできることは本当にないのかと、渾身の力で考えた。

『あのさ、今は話を聞いたばっかりで何も思いつかない。でも、おれは君を助けたい。助けさせてくれ。だから、早まったことはしないで欲しい。もうちょっと待ってくれ』

それが、なんとか絞り出した提案だった。時間が欲しい。必ず、何か解決策を見つける。そんな思いだった。

『ありがとう。でも、別に付き合ってるわけでもない女のためにできることなんて、ほとんどないよね。期待はしないでおく』

速水は礼を口にはしても、まるで嬉しそうではなかった。期待しない、という言葉は本心なのだろう。それが悔しかった。

『前から私のことを誘ってるおじさんがいるんだ。お金持ちそうだから、その人にしようかと思ってる』

漠然とした話ではないのか。相手が見つかっているなら、もう行動に移すだけのようだ。焦りを覚えた。

『ともかく、何かする前に連絡くれよ。いや、こっちからも連絡する。いいね。お願いだから、早まらないで欲しい』

身を乗り出して、語気を強めた。さすがに案じる気持ちが伝わったか、速水はわずかに微笑んだ。また『ありがと』と言ったが、先ほどのようなおざなりな礼ではなかった。そのひと言に、わずかなりとも安堵を覚えた。

何かする前に教えてくれ、と頼んだのに、次の連絡は事後報告だった。速水は音声でメッセージを送ってきた。速水の口振りは淡々としていた。

『おじさんと食事してきた。二万円もらったよ。一緒に食事するだけで二万円なんて、ホントにありがたい。でも次は、食事だけでは済まないみたい』

メッセージを聞いて、慌てて返事を吹き込んだ。送る前に聞き返してみたら、明らかに慌てた声だった。

『食事？　そういうことする前に連絡くれって言ったのに。次っていつなんだ？　絶対行くなよ』

速水からの返事はすぐに届いた。これなら電話をしたいところだが、そこまでの関係ではないのが歯痒《はがゆ》い。着信と同時に、再生する。

『まだ決まってない。でも、たぶん再来週』

『再来週か。よし、わかった。行くんじゃないぞ。おれはなんとしても止めるからな』

決意表明のつもりで言い切ったが、それに対する返事はなかった。期待はしない、と言った速水の言葉が、頭の中で何度も繰り返された。

翌週に、速水からのメッセージが来た。今度は文字ベースだった。それを読み、声を聞きたかったと思った。同時に、文章でないとメッセージを送れなかったのだろうとも察した。

《来週の木曜日、新宿のハイアットリージェンシー。何時になるかわからないから、先に部屋に入っててくれだって。ＱＲコードでチェックインできるから、私だけでも入れるみたい。夜七時くらいに行くことにした》

来週の木曜日は夜勤明けなので、夜七時には駆けつけられる。自分の体が空いていたことに安堵した。駆けつけたところで、できることは少ない。ともかく、引き留めるならその日もらえるはずの金を補塡《ほてん》してやるしかないと腹を括《くく》った。

当日、六時四十分からハイアットリージェンシーのロビーで待ちかまえた。入り口とフロントが見える位置に立ったから、見逃す心配はない。おそらく速水も、瀧川が来ることを見越しているだろう。わざわざ連絡してきたのは、止めて欲しいと思っているからだ。速水の気持ちが、手に取るようにわかる気がした。

六時五十五分に、速水は現れた。人の出入りは多いのに、互いにすぐ相手を見つけた。速水は少し進んだところで立ち止まり、近寄ってこない。瀧川が歩いていくしかなかった。

『部屋に行くな。五万円用意してきた。これを持って、今日は帰れ』

財布を取り出し、一万円札を抜いた。五枚の一万円札を、速水に手渡そうとする。だが速水は手を引っ込めた。

『五万円じゃ足りないよ。おじさんはもっとくれるんだから』

『いくらだよ』

『十万』

そんなにか。驚いたが、しかし速水の容姿を考えれば高い金額ではないのかもしれない。安く見積もってしまった自分が、世間知らずのように感じられた。

『わかった。足りない分はコンビニで下ろす。それでいいだろ。一緒に帰ろう』

『やだ。帰らない。だって、おじさんは今回一回切りじゃないんだもん。これから何回もお小遣

いをくれるんだよ。そんなの、瀧川さんには無理でしょ。そもそも、瀧川さんにお金をもらう謂《いわ》れがないし』

　整然と言い返され、言葉に詰まった。確かにそのとおりだが、謂れがあろうとなかろうと関係ないという思いだった。

『ともかく、今日は帰ろう。相手の人には、体調が悪くなったとか言い訳をしておくんだ。さあ』

　軽く二の腕を摑《つか》み、引っ張ろうとした。だが速水は、それを振りほどいた。突然『やだ』と大声を出し、踵《きびす》を返してロビーの外に向けて走り出す。速水の振る舞いはあまりに予想外だったので、動き出すのが遅れた。しばし唖然《あぜん》としてから、慌てて後を追った。

　速水はタクシーを拾っていた。タクシーのドアが閉まり、発進する。速水は首を振り向け、立《た》ち竦《すく》む瀧川を見ていた。なぜかその視線は、睨《にら》んでいるかのようだった。

　タクシーでどこに行くのか。そうまでして瀧川から逃げたかったのか。速水の意図がわからず、追うこともできなかった。速水が戻ってきたらまた止めなければならないので、このままロビーで待つことにした。

　結局、二時間待ち続けた。しかし速水はもう戻ってこず、送ったメッセージに対する返事もなかった。立ち続けることには慣れているが、精神的疲労が大きかった。二時間を越えた時点で、帰宅することにした。砂を嚙《か》むような敗北感を味わっていた。

12

その夜も次の日も、速水にメッセージを送り続けた。だが返事はなく、着信拒否されているのではないかと案じた。連絡がつかなければ、どうしようもない。住まいの場所はおおよそしか聞いていないので、訪ねていくこともできない。住民台帳を見ればわかるかもしれないが、それは職権濫用だ。職業倫理が許さなかった。

もちろん、速水が交番に寄ることもなかった。前を通りかからないかと、勤務中はずっと往来に目を光らせていたが、現れなかった。近所に住んでいるはずなのに見かけないのは、意図的に交番周辺に近寄らないようにしているからだろう。メッセージに答えないことも併せて考えれば、避けられているのは間違いない。なぜ避けられなければならないのか、理由がわからないが。

もしかしたら、恥を晒《さら》したと考えているのか。そんな解釈しかできなかった。あの後、速水はなんとかしてホテルの部屋に行ったのかもしれない。相手の男がチェックインをすれば、速水はフロントを通らずに部屋まで行ける。止められていたパパ活を実行に移したことで、もう合わせる顔がないと考えたのではないか。瀧川は速水を蔑《さげす》むつもりなどないが、向こうがどのように受け取るかはわからなかった。恥ずべきことを知られたと思えば、徹底的に避けるのも当然かもしれなかった。

しかし、それは好意的な解釈だったと、すぐに判明した。始まりは、速水と関係があるとはまるで思えないことだった。突然、交番に本庁の者がやってきたのだ。相手は監察官だった。監察、

つまり警察官自身の不正や不行状を取り調べる業務である。監察官は瀧川を名指しで訪ねてきた。心当たりがまるでない瀧川は、不様《ぶざま》にきょとんとするだけだった。

『君は、この動画を見ているか』

　交番の奥の部屋に入ると、監察官はタブレット端末を取り出していきなり動画を再生した。一《いち》瞥《べつ》して、息を呑んだ。そこに映っていたのは、自分だったからだ。

　いつ撮影されたものかも、瞬時にわかった。ハイアットリージェンシーのロビー。カメラが捉えているのは、瀧川と速水の姿だった。瀧川は速水に金を渡そうとし、速水がそれを拒否する。瀧川が速水の腕を摑むと、速水は振りほどいてロビーの外へと逃げた。記憶にあるとおりの光景だが、こうして客観的に見るとまるで意味が違って見える。顔から血の気が引くのを自覚した。

『この女性は、金を払うからホテルの部屋に付き合えと言われた、と主張している。以前から親切にしてくれていたお巡りさんだから信用していたのに、そんなつもりだったのか、と。動画を見る限り、女性の主張とは矛盾《むじゅん》していないようだが、何か釈明はあるかね』

　監察官は声を荒らげず、非人間的にも聞こえるほど冷静に尋ねた。まずい、と思ったが、焦るほどにうまく言葉が出てこない。明らかに慌てた様子の瀧川を見て、監察官は告げた。

『まあ、いい。釈明は本庁で聞こう。君は気づいていなかったようだが、この動画は早くも拡散されている。君の姓名も、この交番の場所もＳＮＳに書かれているから、人が集まってくるのは時間の問題だろう。早く本庁に移動すべきだ』

『えっ』

　ＳＮＳで名前が拡散している？　当然、それをやったのは速水だろう。なぜそんなことをする

のか。こんな動画とともに名前を出せば、どういう事態になるか誰でも想像がつくはずである。速水は何を考えていたのか。

　どうやら瀧川は、罠《わな》に嵌められたようだ。最初からすべて、仕組まれていたのだろう。しかし、そんなことをされる理由がわからない。こんな手の込んだことは、かなり計画的であったのは間違いない。よほど恨む相手でなければ、ここまではしないはずだ。だが瀧川は、速水とは会ったこともなかった。恨まれるような憶えは、何もない。人違いで嵌められたのかと考えたかったが、何度も顔を合わせていたのだからそれはあり得ない。速水は明らかに、瀧川を狙っていたのだ。

　わけがわからない、としか言いようがなかった。一方的に恨まれ、罠に嵌められた。こんな理不尽なことがあろうか。今こそ速水に会って、なぜこんなことをしたのか問いたかったが、もはや連絡はつかない。これが目的だったなら、瀧川からのメッセージに答えるはずもなかった。速水は瀧川と会っているとき、何度も笑顔を見せた。あの笑顔が演技だったかと思うと、背骨の芯《しん》が凍るような恐怖が込み上げてきた。

『着替えなくていいから、すぐ出発する。急ぐぞ』

　促され、同僚に事情を話す暇もなく監察官が乗ってきた車に押し込まれた。運転席には別の人が坐っていて、瀧川は監察官とともに後部座席に収まった。道中、誰も口を開かなかった。こんなにも重い沈黙は、これまでの人生で味わったことがなかったと感じた。

　まさかとは思ったが、桜田門《さくらだもん》の警視庁庁舎では取調室に入れられた。内部監察とはいえ、瀧川は被疑者なのだ。きちんと釈明できなければ、大変なことになる。自分の置かれている立場の危うさを、改めて実感した。

机を挟んで、監察官と向き合った。正直に話せ、と監察官は言う。言われなくても、そうするつもりだった。何かをごまかす必要すらない。最初の出会いから始め、速水の誘いに乗ってしまったこと、速水のパパ活を止めようとしたこと、速水が交番に飛び込んでくるまで面識すらなかったことを、洗いざらい話す。監察官は終始無表情だったので、瀧川の説明を信じているのかどうかもわからなかった。すべてを話し終えると、これから判決を言い渡される被告人のような気分になった。

『なるほど。君の主張は理解した。だが、ひとつわからない点がある。もしそれが罠だとしたら、なぜ速水という女性は君を罠に嵌めたのか。以前に接点はまったくなかったんだろう』

当然の疑問点を、監察官は衝いてくる。しかしそれは、瀧川自身が最も知りたいことだった。

『私もわからないんです。一方的に逆恨《さかうら》みされたとしか思えません』

『逆恨み。そうだとしても、何かきっかけはあったはずだ。それを考えてみろ』

監察官は突き放した物言いをする。きっかけと言われても、心当たりはまったくない。もし仮に速水となんらかの接点があったとしても、あれほどの美人なら記憶に残らないはずがない。憶えがないということは、やはりすれ違ってもいないのだ。そう答えるしかなかった。

『ふん、説得力に欠けるな』

初めて、評価らしいことを監察官は口にした。瀧川の主張を信じていないのだ。愕然《がくぜん》として、頭の中が真っ白になった。冤罪《えんざい》を着せられる者の気持ちが、初めて理解できた。絶望感が、足許から瀧川を呑み込もうとしている。摑まって逃れようにも、どこにも摑まれる場所がない。蟻《あり》地獄のような穴に落ちていく感覚を味わった。

『速水を見つけてください。本人に直接問い質せば、どうしてこんなことをしたのかわかるはずです。私自身が、誰よりも理由を知りたいです』

瀧川は身を乗り出し、訴えた。だが監察官の態度は変わらなかった。

『君は刑法上の罪を犯したわけではない。警察官の職務規程に反した疑いがあるだけだ。よって、速水なる女性を捜すために捜査権を行使することはできない。君が自分の言葉の真実性を証明したいなら、君自身が速水という女性を見つけるしかない』

冷然と言い渡された。瀧川も警察官だから、監察官の言葉が正しいのは理解できる。しかし、速水を見つけることなど可能なのか。向こうが意図的に姿を隠せば、一個人としての瀧川が捜し出すのは無理だとしか思えない。ならば、破廉恥《はれんち》警官の汚名に甘んじるしかないのか。

『少し休憩しよう』

監察官は言って、席を立った。そのまま瀧川に背を向け、取調室を出ていく。ドアが閉まると、取り残された寂寥感《せきりようかん》が押し寄せてきた。照明は点いているのに、暗闇の中にただひとり存在しているかのように感じられた。

13

監察官による聴取は、五時間に及んだ。何度も同じことを繰り返した末にようやく解放されたが、信じてもらえた手応えはまったくなかった。やってもいないことで疑われるのがこんなにも悲しいとは、当事者になるまでわからなかった。もどかしいのでも腹が立つのでもなく、ただ悲

しい。性悪説《せいあくせつ》に基づいて行動しなければならない警察官という職業に、初めて嫌悪感を覚えた。

　しかし意外なことに、瀧川の主張は認められた。矛盾がない、と判定されたのだ。事実なのだから矛盾などあるわけがないが、罠があまりに周到だったので、絶望していた。謹慎していた自宅に連絡が入り、処分はなしと告げられたときには、すぐに意味が理解できずにぽかんとした。

『君の主張を裏づける証拠はないが、それは相手の主張も同じだ。疑わしきは罰せず、の法則を発動する。ただし、君の勤務地はネット上で広く知られてしまった。あの交番に出勤するのは、君のためにもよくない。すぐにも異動が発令されるだろう』

『そう……ですか』

　警察官に異動はつきものなので、そのこと自体に感慨はない。だが、ネット上で知られたという監察官の言葉が気になった。怖くてまだ見ていなかったのだが、いったい何を言われているのだろう。やはり、自分の目で確かめなければならないかと考えた。

　なかなか勇気が出なかったが、自宅謹慎の手持ち無沙汰もあり、思い切って検索してみた。「警察官」というワードを入力するだけで、すぐに問題の書き込みがヒットした。書き込み主のハンドルネームは、「被害者」だった。おそらく、この告発をするためだけに作ったアカウントなのだろう。

　書き込みは、〈警察官にお金で買われそうになりました〉という文章で始まっていた。監察官の説明どおりの内容で、動画もアップされている。信じたくなかったが、瀧川の氏名と勤務地も明記されていた。まさに、告発の書き込みだった。

　そしてその書き込みには、三百以上のコメントがついていた。シェアといいねに至っては、そ

れぞれ五桁に達していた。これだけの数の人に、瀧川は名前を知られたのだ。しかも、間違いなく誤解されている。その数字自体に、空恐ろしさを覚えた。

目を背けたかったが、これを避けていては何も解決しないと自分を叱咤《しった》した。恐る恐る、コメントを読み始める。たちまち、厳しい言葉が次々に現れた。

〈こんなひどい警察官がいるなんて、信じられない！〉

〈警察官も人間だってことはわかるけど、相手の信頼につけ込むのは最低だな〉

〈こんな奴が警官を続けるなんて、絶対許せない！　首にするよう、要求すべきだ！〉

〈こいつ、顔も名前もバレて、笑える。日本で生きていけないな〉

〈この男が警察を首になるまで、ずっと抗議の書き込みをしよう！　みんなで警視庁のアカウントに凸撃《とつげき》だ！〉

〈この交番の近くの人、石を投げ込んでやって〉

〈国民の敵！　こいつが警察辞めた後も、どこにも就職できないように顔と名前を曝《さら》し続けないと〉

　とてもではないが、読み続けられなかった。アプリを閉じ、ゴーグルを外す。これが自分の身に起きたこととは、あまりに非現実的すぎて実感がない。どうして人は、こんなにも簡単に騙《だま》されてしまうのだろう。本当の話なのかと、少しでもいいから疑ってくれればいいのに。非難のコメントをしている人たちは、自分は正義で瀧川は悪と頭から信じている。悪人である瀧川を叩《たた》くことに、彼らが躊躇《ちゅうちょ》するはずがなかった。

　警視庁のアカウントに瀧川の罷免《ひめん》を要求しよう、というコメントが気になった。本当にそうし

た動きがあるのか。そんな煽動《せんどう》に乗る人はいないと思いたかったが、確認しないわけにはいかない。改めてゴーグルをかけて警視庁公式アカウントを探し、トップの投稿についているコメントを見てみた。そしてすぐに、またアプリを閉じた。

瀧川の罷免を求めるコメントは、ひとつやふたつではなかった。真っ黒な絶望感が、足許から全身を染め上げる。一度は処分なしと決まったが、果たしてその決定は今後も維持されるのか。罷免ではなくても、どこか僻地《へきち》に飛ばされてしまうのではないかと覚悟した。

ひたすら気が滅入《めい》って何もできないでいるところに、通話が着信した。相手は恋人の萌音《もね》だった。その瞬間まで、萌音のことは念頭に浮かばなかった。事前に説明をしておくべきだった、という後悔が押し寄せてきたが、後の祭りだった。

ともかく、釈明しなければならない。そんな思いでゴーグルをかけ、通話を受けた。映像つきなので、目の前に萌音の顔が現れる。萌音の表情は険しかった。

『ねえ、どういうこと？』

萌音はいきなり切《き》り口上《こうじょう》に言った。萌音は童顔で笑みが似合うかわいらしい顔立ちだが、今は無表情で別人のようだった。こんな冷ややかな視線は、かつて向けられたことがなかった。

『おれは騙されたんだ。聞いてくれ。あの女は最初から、おれを罠にかけるつもりで交番にやってきたんだよ』

必死の思いで説明をした。説明すればわかってもらえると、最初は思った。だが話すうちに、言葉に詰まった。速水の誘いに乗って、ふたりで会ったことは事実だからだ。

『何？　それでどうしたの？』

黙り込んでしまった瀧川を、萌音は平板な声で促した。瀧川としては、続けるしかなかった。

『バーチャル立体美術展に行ってみたかったんだよ。いや、別にひとりで行ってもよかったんだけど、その女がきっかけを作ってくれたからさ。邪険にするわけにもいかなくて、一緒に行ったんだ』

『私と行こうとは思わなかったんだ』

言い返され、言葉を失った。言い訳は不可能だった。速水に騙されたのは確かだが、自分が愚かだったこともまた事実だと、強く自覚した。

『……ごめん』

謝るより他に、できることはなかった。萌音は質問を重ねる。

『それ一回だけ？』

その問い返しに、浮気心があったことを認めた。萌音のことを軽んじていたわけではない。だが付き合いも三年に及べば、どうしたって新鮮味がなくなる。自分の気持ちを分析すれば、おそらく刺激を求めていたのだろう。萌音から速水に乗り換えるつもりは、さらさらなかった。萌音を大事にする気持ちは、ずっと変わっていなかったと思う。あれはただ、刺激のためだった。それを普通は、浮気心と言うのだろう。

『いや、それから何回か会った』

『――信じられない』

萌音は吐き捨てた。もはや無表情ではなく、目に怒りが宿っていた。いつもにこにこしていた萌音にこんな表情ができるのかと、驚きに胸を衝かれた。萌音は瀧川を睨みつけ、言い放った。

『私と別れたかったわけね。それなら、言ってくれればよかったのに』

『違う！　そうじゃない。その女がうまいこと、おれが行きたくなるようなところに誘うんだ。それで、つい……』

『で、なんでお金を払ってホテルに連れ込むことになるのよ』

『それはでっち上げなんだ。なんの恨みだかわからないけど、あの女はおれを罠に嵌めてたんだよ』

　そこから、どんな罠が仕掛けられたかを一方的に説明した。萌音に口を挟まれるのが怖かった。最後まで聞けば萌音は信じてくれると、心のどこかで期待していた。

『――罠だって言うけど、それ、女の人はなんの得があるの？　女の人に恨まれた憶えがあるの？』

　しかし、説明し終えても萌音の口調は変わらなかった。そのことに、密かに落胆する。駄目か、と内心で考えた。

『わからないんだ。誓って言うけど、あの女とは会ったこともなかったんだよ』

『それじゃあ、言い訳になってないよね。罠だったって証拠は、どこにあるの？』

　信じてくれないのか、と愕然とした。あの手強《てごわ》そうな監察官でさえ嘘とは断じなかったのに、恋人である萌音が信じてくれないとは。しかし、それもこれも自分の愚かさが原因なのか。自業自得という言葉は、まさに今の自分のためにあると感じた。

『言い訳だと思うのか。おれが本当に、あの女を金でホテルに連れ込もうとしたって思うの？』

『知らないよ。どっちの言い分がホントかなんて、わからないもん。でも、女の人の誘いに乗っ

たのは間違いないんでしょ。それだけで許せない』
その点を衝かれては、何も言い返せなかった。ひたすら謝れば許してもらえる、などという甘い見通しも持てない。もう駄目なのかと、ふたたび覚悟した。
『二度と連絡してこないでね』
言い放つと同時に、萌音は通話を打ち切った。ぷつりと、目の前から萌音が消える。手を伸ばしても、届くはずがなかった。失ったものの大きさに、瀧川は打ちのめされた。

14

異動の辞令が下った。案の定、新しい勤務地は遠方だった。僻地と言ってはそこの住人に申し訳ないが、警察官の独身寮から通える距離ではない。交番ではなく駐在所なので、そこに住むより他になかった。

新しい勤務地は、田舎町という表現がよく似合った。東京都内とは思えないほど、華やかさに欠けている。何しろ町内にはコンビニエンスストアすらないのだ。商店は小さいスーパーマーケットだけで、住人は皆、そこで買い物をしている。ちょっとした日用品や雑貨は売っているが、それ以外の物は通販で買うしかない。今はどこに住んでも通販でなんでも買える、と自分を慰《なぐさ》めようとしたが、僻地である影響はあった。注文してから物が届くまで、かなり時間がかかるのだ。四日で着けばいい方で、下手をすると一週間以上かかる。物流の人手不足は深刻で、郵便はとっくにすぐ届く手段ではなくなっていたが、遠方になるほど宅配も迅速さを失っていた。これ

もほとぼりが冷めるまでのこと、と我慢するしかなかった。

　恐れていたのは、住人の反応だった。住人が瀧川のことを知っていて、色眼鏡で接してくるのではないかと案じていたのだ。だが町内の住人のほとんどは高齢者で、多少はネットを使っていても情報には疎かった。ゴーグルを使っている人など、ひとりもいなかった。だから瀧川が赴任《ふにん》しても、『若いお巡りさんが来てくれた』と歓迎されるだけで、破廉恥警官扱いはされなかった。その点では、大いに胸を撫《な》で下《お》ろした。今このタイミングでは、田舎暮らしも悪くないと思えた。

　そうして新しい環境に徐々に馴染み始めた頃のことだった。非番の日に、通話の着信があった。番号は登録されていないものだった。警察関係の人か、と考えて出てみたら、相手の声に驚かされた。『久しぶり』とごく普通の挨拶をしたのは、速水だったのだ。

『私のこと、憶えてる？』

　冗談のつもりか、速水はそんなことを言った。映像はなく音声だけの通話だが、ひと言聞いただけですぐにわかった。おそらく何年経っていても、憶えていただろう。瞬間的に頭に血が上り、罵声《ばせい》を発しそうになったが、かろうじて抑えた。ここで怒鳴ってしまっては、通話を切られる。せっかくこうして向こうから再接触してきたのだから、どのような意図であんなことをしたのか訊き出さなければならない。

『忘れるわけがない』

　食いしばった歯の間から吐き出すように、言葉を発した。言いたいことが溢れ返り、まとまったセンテンスにならない。しかし相手に喋らせなければならないから、それでよかった。荒くなる息を整えながら、速水の反応を待った。

『冷静に話せそうね。怒り狂ってたら、もうこれっきりにしようと思ってた』

速水は淡々とした口調を崩さなかった。やはり、激情を抑えてよかったと思った。もしこの通話を切られたら、すぐに折り返したところで繋《つな》がらないだろう。なんとしても、会話を続ける必要があった。

『どういうことなのか、理由を説明してくれるのか』

わざわざ連絡してきたからには、そのつもりのはずだった。恨みがあったとしても、相手が何もわかっていなければ気持ちは晴れないのではないか。理由を突きつけてこそ、胸が空《す》くのだと思う。意図を聞くのは、望むところだった。

『ぜんぜん心当たりがなくて、首を捻《ひね》ってた？』

速水の口振りは変わらないのだが、その裏には揶揄《やゆ》の気配が滲《にじ》んでいた。こちらを弄《もてあそ》んでいるのだ。腹は立つが、我慢できる。速水が復讐の快感に酔っているなら、どんどん喋って欲しかった。

『ああ。恨まれる憶えは、まったくない。おれが気づかないうちに何かしたのか？』

例えば、電車の中で痴漢に遭っている速水に気づかず助けなかったとか、そうした不注意を責められているのではないかと考えたこともあった。だとしたら、気づかなかったのだから思い当たるわけがない。警察官のくせに痴漢に気づかなかったことを咎められているなら、確かに申し訳なかったと思う。反省するにも、言ってもらわなければどうしようもない。

『去年の五月二十三日、この日にちを聞いて何か思い出す？』

速水は具体的な日付を持ち出したが、何も思い浮かばなかった。カレンダーを表示して確かめ

てみたところ、通常勤務の日だった。ならば、勤務中のことなのか。だが、記憶に引っかかってくることはない。

『憶えてるわけないよね。瀧川さんにとっては、普通のことだったんでしょ。でもそれが、人ひとりの一生を狂わせることだってあるんだからね』

『わからない。おれが何をしたんだ』

『夜のパトロール中に、自転車に乗っている人を止めたでしょ。その人は無灯火《むとうか》だったわけでもないし、もちろん盗んだ自転車に乗ってるわけでもなかった。それなのに瀧川さんは、自転車泥棒扱いした。思い出した？』

速水の言葉を受けて、記憶を探った。もちろん、夜に自転車に乗っている人を止めたことはある。だが頭から泥棒扱いしたことはないし、自分としては丁寧に接しているつもりだった。具体的に去年の五月二十三日に何をしたかは、まるで思い出せなかった。

『いや、おれはそんなふうに市民と接さない。疑ってかかったりはしないよ』

『嘘。すごくひどい態度だったでしょ。長い時間引き留めて、自転車が盗品かどうか問い合わせて確かめて、そうじゃないってわかった後も謝りもしなかった。いつもそうやって人と接してるのかもしれないけど、普通の人にとって警官に犯罪者扱いされるのはものすごくショックなんだよ。自分がしたこと、わかってる？』

ようやく速水の恨みの実態が見えてきたものの、それでも瀧川は心当たりがなかった。受け取り方次第と言われればそれまでだが、不審な点がない人を犯罪者扱いしたことは誓って一度もない。そのことをどう速水にわかってもらえばいいのかと、困惑した。

『待ってくれ。それは本当におれだったのか。こんなことを言っても怒らせるだけかもしれないけど、本当におれには心当たりがないんだ。おれが君にどう接していたか、思い出してくれ。おれは市民に対して、横柄《おうへい》な態度をとったりしない』

言葉を速水に届けたいと、必死に言《い》い募《つの》った。するとそれが通じたのか、速水はすぐには言い返さなかった。高い壁がわずかに崩れたように感じて、さらに攻め込んだ。

『それはどこのことだったんだ？　本当にうちの交番の巡回地域だったのか』

『えっ』

意外なことを言われたかのように、速水は声を発した。そして、地図のスクリーンショットを送ってくる。ひと目見て、違うとわかった。

『ここなら、うちの巡回地域じゃない。別の交番だよ』

確かに地図上に指定された地点は、瀧川のかつての勤務地の交番から近かった。だが巡回地域は、交番を中心とした円形ではない。交番から近くても、別の交番の受け持ち地域ということもあるのだ。速水は単に、距離だけで交番を特定したのだろう。

反応はなかった。どうやら、やはり濡《ぬ》れ衣《ぎぬ》だったようだ。その巡回地域を担当する交番にも、若い者がいた。横柄な態度をとったのは、そいつに違いない。それがなぜ、ここまでの復讐に繋がるのか依然として不明だが、少なくとも人違いであることは明らかになった。

瀧川の心境は複雑だった。安堵しつつも、憤《いきどお》りもある。人違いでこんな目に遭わされては、たまったものではない。どうしてくれると速水を責めたかったが、もっと事情を聞きたい気持ちもあった。

『――だとしても、同じだよ。私は警察全体に復讐したんだから』

しかし速水は、謝らなかった。むしろ声は沈み、報復の念がいっそうはっきりしたかのようだった。なんだよ、それ。瀧川は心の中で言い返した。初めて、理不尽だと感じた。

『ひどいじゃないか。おれは悪くなかったんだろ。それなのにそんなふうに正当化するなんて、冗談じゃない。間違いを認めろよ』

『警察官なら誰でもよかったんだから、間違いなんかじゃない。そもそも、騙しやすそうな人を選んだのよ。自転車を止めた警官が騙しにくそうだったら、やっぱり瀧川さんをターゲットにしてた。うまくいったんだから、計画どおりなのよ』

速水は自分の非を認めないのではなく、本当のことを言っているのかもしれない。他人からどう見えるかわからないが、瀧川は簡単に手玉に取れそうな顔をしていたのだろう。事実、速水の言葉を疑いもしなかったのだから、人がよすぎた。騙しやすそうな人を選んだと言われれば、絶句するだけだった。

『私は警察に恥をかかせたかったの。警察はひどいって、世間の人に思ってもらえれば復讐は成功。瀧川さんがスケベ根性出してくれたお蔭で、いい映像が撮れたわ。お礼を言わなきゃいけないかしら』

淡々としていた速水の口調に、初めて毒々しい悪意が滲んだ。その転調に、密かに怯《ひる》む。自転車を止めた警察官の態度の何が、そこまでの悪意を速水に抱かせたのか。横柄なのはよくないが、復讐と釣り合っていないと感じられてならなかった。

『何が君をそんなに怒らせたのか、教えて欲しい』

こちらの気持ちをぶつけるしかなかった。速水が恨みを吐き出す相手に瀧川を選んだのなら、すべて聞こう。それが自分の役割だと思えた。

『……あの夜、自転車に乗っていたのは私の弟。大学四年生で、次の日は第一志望だった会社の最終面接があった』

　速水は語り始めた。弟がいると言っていたが、あれは嘘ではなかったのだなと思った。人違いをしたくらいだから、自転車に乗っていたのは速水本人ではないとわかっていたが、弟だったようだ。

『弟は緊張するタイプだから、前日の夜から落ち着かなかった。気を紛らわそうとして、コンビニに行こうとしたの。そうしたら、警官に摑まった。何も悪いことをしてないのに引き留められて、犯罪者扱いされて、弟はパニックになった。ようやく解放されて家に帰ってきたときは、もう平常心を失ってた。目が虚《うつ》ろになって、がたがた震えてて、何があったのか聞き出すのも大変だった。そんな状態だったから夜はほとんど寝られなくて、次の日の面接は大失敗。弟はその面接に賭けてたから、挫折感が大きかった。以来、外に出るのが怖くなっちゃって、ずっと部屋に引き籠ってる。ちょっと気が弱いけど優秀で、これから社会に出て活躍するはずだった弟は、人生を壊されて引き籠りになってるのよ。それが、警察官が弟に対してしたこと。私は姉として、警察が許せない』

　呪詛《じゅそ》のように、速水は言葉を紡《つむ》いだ。くぐもった声で、しかし曖昧な物言いはせず、瀧川を恨む当人であるかのように憎しみを向けてきた。人違いだ、的外《まとはず》れだと言ったところで、意味はないのだろう。誰かがこれを聞かなければ、速水の怒りは癒《い》えないのだ。

『それは、お気の毒だった。弟さんを引き留めた警察官の態度には、問題があったんだと思う。おれが代わって謝れば、気が済むのか。もう終わりにしてくれるのか』

すべての落とし所を探したかった。瀧川が謝ることには釈然としない思いがあるが、おそらくそうしなければ収まりがつかないはずだ。だがその場合、速水にも同様に詫《わ》びて欲しかった。依然として、これはとばっちりだったと瀧川は認識している。速水にも謝ってもらわなければ、とうてい納得できなかった。

『気が済むわけないでしょ』

しかし速水は、終わりにするつもりなどないようだった。まるで瀧川の言《い》い種《ぐさ》でさらに怒りを膨らませたかのように、声が低くなる。自分は速水の怒りの丈《たけ》を理解していなかった、と自覚した。

『謝って済むなら警察はいらない、って言葉を知らないの？　冗談じゃないわ。あんたに謝ってもらったって、弟は部屋から出てこない。弟が引き籠り続ける限り、私は警察を恨み続ける』

『じゃあ、どうすればいいんだ！』

思わず、声を荒らげた。詫びすら無意味と言われたら、もはや何もできない。速水の望みがわからなかった。

『どうしようかしらね。噂《うわさ》では田舎に飛ばされたって言われてるけど、それホント？　だったら、住人はネットの評判なんて知らないんじゃない？　新しく来たお巡りさんがどんな人なのか、その地域に広めたらどうなるかしら。ねえ、瀧川さん。今どこにいるか教えてよ』

弟を引き籠りにしたのは違う人だと判明したのに、速水は瀧川への攻撃の手を緩めるつもりは

ないのだ。速水の精神状態を疑った。怒りのあまり、速水はおかしくなっている。恐怖すら覚えた。

『弟の人生が壊されたと言うけど、君もおれの人生を壊したよ。自分の人生がこんなふうになるとは、思いもしなかった。目には目を、なのか？　他人の人生を壊して、満足なのか』

　せめて、これだけは言い返したかった。速水が怒りに衝き動かされていようと、瀧川もまた腹が立っているのだ。どう答えるかと構えていたら、そのまま通話が切れた。予想外の反応に、啞然とした。

　瀧川の反論が響いたのだ。そうとしか思えなかった。怒りに視野が狭くなっていた速水は、自分も復讐対象と同じことをしていると気づかなかった。それを指摘され、我に返ったのではないか。だとしたら、頭が冷えた後に謝ってくれるかもしれない。そんな期待を抱いた。

　己の気持ちに正直になれば、この期に及んでも速水の本心は別のところにあるのではと考えていた。速水とふたりで遊びに行ったときは、本当に楽しそうにしているように見えた。瀧川も楽しかった。あの時間までが偽りだったとは思いたくない。わずかなりとも、心が通い合う感触があったはずだ。そう信じる自分を、否定したくないのだった。

　しかしいくら待っても、速水は二度と接触してこなかった。長い時間をかけて、自分が甘い考えを抱いていたのだと瀧川は認識した。

15

しばらく平穏な生活を続けていたが、それも終わりを迎えることになった。住人の態度に、変化が現れたのだ。

これまでは快活に挨拶をしてくれていた住人が、瀧川を無視するようになった。気のせいと思う余地もないほど、皆が皆、きっぱりと無視する。こちらが声をかけても、ある人は聞こえていない振りをし、ある人は睨みつけてくる。まさに、村八分の状態だった。

噂が耳に入ったのだ。すぐに悟った。速水のしたこととは思わなかった。いくら恨みに衝き動かされていようと、一個人が警察官の赴任先を捜し出せるわけがない。何かの弾みで住人の誰かが噂を知り、それがあっという間に広まったのだろう。無視されているから、釈明もできない。住人は純朴なだけに、疑うことを知らないようだ。噂を鵜呑《うの》みにし、瀧川を問題警官と見做《みな》すことになったのだった。

萌音が離れていったこと、そして速水に呪詛の言葉を浴びせられたことも応《こた》えていたが、これまで親しげに接してくれていた住人たちの掌返《てのひらがえ》しには本当に打ちのめされた。人間不信になった。人と人との繋がりは、こんなにも脆いものなのか。もはや誰にも心を開けないし、親しくなることはむろんのこと、口を利くことすら怖かった。

辛いのは、逃げ場がないことだった。交番ではなく駐在所なので、職場と住居が同一である。ここで寝て、勤務し、また寝る。どこかに行こうにも交通の便が悪いので出かけにくく、かとい

って唯一の商店であるスーパーに行っても冷ややかに応対されるだけだった。道を歩いていれば白い目を向けられ、駐在所の前に立っていても誰も寄りつかない。こんな地獄があるか、と思った。精神がこの状態に耐えられなくなるのは時間の問題だと自覚した。

　必然的に、ネットに耽溺した。ネットだけが、ただひとつの心の拠《よ》り所《どころ》だった。ネットでは、瀧川の無実を信じてくれる友人や知人とやり取りできた。彼らがいなければ、本当に精神が破綻《はたん》していただろう。現状の辛さを聞いてくれる相手がいるだけで、どんなに救われたか知れない。勤務時間以外は、部屋に籠ってひたすらネットを見て回った。

　そんな日々の中で、いやな情報が入ってきた。もちろん、自分に関する噂は目にしないよう、極力心がけていた。その話は、友人経由で届いたのだ。友人に悪気があったわけではない。単に、知らなかっただけだった。

　萌音は今、別の男と付き合っていると友人は口を滑らせた。それを聞いたときは、『ああ、そうか』と思っただけだった。まだ萌音には未練があったが、最後のやり取りからすると復縁は難しいだろうとわかっていた。萌音が自分ではない男と付き合い始めるのは、いつか来ることと覚悟していた。

　驚いたのは、その相手だった。相手は瀧川の知人だったのだ。知人とは最近もやり取りをした。そのときには、萌音の名前は出なかった。知人は瀧川と萌音が付き合っていたことも知っている。言いづらかったか、と好意的に解釈した。

　しかし、引っかかる点もあった。ふたりは付き合って一年になると、やり取りの相手は言うのだ。そんなはずはないだろうと勘違いを指摘したら、なにやら微妙な反応が返ってきた。どうい

うことか、と首を捻った。

〈ご、ごめん。とっくに別れてると思ってた。あれ、おかしいな〉

〈萌音と別れたのは割と最近だから、一年前から付き合ってたわけないよ〉

〈そうだよね、勘違い、勘違い。忘れて〉

そんなことを言って、相手はそそくさとやり取りを終えてしまった。その態度に、どうにも引っかかるものを覚えた。

何も聞かなかったことにして、やり過ごすべきだ。理性はそう訴えていた。だが、人間不信に陥《おちい》っている瀧川は、見過ごしにはできなかった。治りかけている瘡蓋《かさぶた》をいじりたくなる心境、とでも言えばいいか。曖昧なまま放っておくのは、心の平衡《へいこう》を乱される気がした。

友人や知人に訊いて回って、どうやら一年前から萌音が別の男と付き合っていたのは本当らしいとわかった。つまり、ふた股をかけられていたのだ。信じがたかったが、複数の人から聞いたことだから事実と認めざるを得ない。他の男の気配などまるで感じなかったので、唖然とするしかなかった。

別れる際、萌音は一方的に瀧川が悪いかのような物言いをした。しかしあれは、別れるチャンスを逃さなかっただけだったのだ。瀧川の噂を利用すれば、自分が悪者にならずに別れられる。だからこれ幸いと、さんざんに非難したのだろう。今になって萌音の真意がわかり、慄然《りつぜん》とした。

これが決定打だった。もはや、人と会うこと自体が不可能であった。制服を着て駐在所の前に立つことが、どうしてもできない。部屋から出ようとすると本当に吐き気が込み上げ、動けなくなるのだ。奇《く》しくもそれは、速水の弟と同じ状況だったのだろう。きっと速水は満足に違いない

と、皮肉に考えた。少しも慰めにならなかった。

　二交代制の駐在所だから、病気になってしまえばもうひとりの同僚に迷惑をかける。それでも、動けないのはどうにもならない。自分で自分に見切りをつけるしかなかった。退職の決意をするまでには、そう時間はかからなかった——。


「——引き籠りになる気持ちはわかるけどさ、こうやって直接会うのも悪くないだろ。いくらＶＲで顔を合わせてたって、実際に会って話すのとは違うはずだ。そうだろ？」

　梅沢は少し憂《うれ》わしげに眉を寄せ、瀧川の顔を正面から見た。本当にこちらのことを心配してくれているのがわかる。ありがたいと思った。

「そうだな。でも、おれのことを信じてくれるのは警官時代の同期だけなんだ。それ以外の人とは、怖くて会えない」

「うーん、そうか。世間は簡単に嘘を信じるからなぁ。まあ、それだったらしばらくは同期とだけ会ってればいいじゃないか。今度は他の奴も呼ぼうか」

「うん、ありがとう。でもまだ、大勢と会う気にはなれないな」

「まあ、しょうがないか。だったら、リハビリのつもりで次はもうひとりだけ呼ぼう。誰がいい？」

　問われて、誰となら話しやすいか考えた。その過程でふと、先日の事件のことを思い出した。

「女でも真萩だったら気楽だけど、あいつ、今は殺人事件を担当してるみたいだな」

「殺人？　そうなのか」

梅沢は現役の警察官なのに、情報には疎いようだ。知らないはずはないので、思い出させてやる。

「ほら、町田で焼死体が見つかっただろ。あれ、殺人じゃないの？　真萩は町田署で刑事課にいるだろ」

「あー、そうだったそうだった。うん、詳しくは知らないけど、たぶん殺人だろ。そうか、あいつは刑事だったな。おれたちの代の、一番の出世頭じゃないか」

「おれたちの代の、一番の底辺はおれだな」

つい、自虐的な言葉を吐いてしまった。梅沢は悲しげに、口をへの字にする。

「お前、そういうこと言うなよ。リアクションに困るだろ」

「あ、ごめんごめん。まだ社会復帰できてないもんで」

「どうせ引き籠ってるなら、インディーズゲームでも作ってひと山当てろよ。で、一番の金持ちになれ」

「おれ、プログラミングなんてぜんぜん知らないんだけど」

「駄目だー」

梅沢は自分の額《ひたい》に手を置き、大袈裟に嘆いた。そのオーバーアクションに、笑いを誘われた。

友人のありがたさを、しみじみと感じた。

16

亀沢一記が住むアパートの入り口横には、入居者募集と書かれたプレートが貼ってあった。そこに不動産屋の電話番号も併記されていたので、問い合わせてみた。入居者である亀沢が焼死体で発見されたと伝えると、電話口の女性は言葉を失うほど驚いた。担当者に替わってもらい、亀沢について詳しいことを教えて欲しいと頼んだところ、相手も動転していたのか令状が必要などというるさいことは言わずに承知した。先方の気が変わらないうちにと、真萩は南条とともに不動産屋に向かった。

担当者は四十前後の、髪をきっちり七三に分けた男だった。亀沢が入居する際に仲介を担当したらしい。そのときの契約書を、あっさりと見せてくれた。

勤め先の名前が書いてあった。聞いたことがない社名で、業種も見当がつかない。直接訪ねていくしかないだろう。保証人は親で、住所もわかった。群馬県だった。こちらは別の刑事に行ってもらうことにする。

会社の場所は新橋《しんばし》だった。都営新宿線で馬喰横山《ばくろよこやま》に出て、ＪＲ総武《そうぶ》線快速に乗り換える。着いたところは築年数が古そうな六階建ての雑居ビルで、目指す会社は三階だった。ドア横に呼び鈴があったので押すと、中から中年女性が現れた。

「恐れ入ります。警察の者ですが、ちょっとお話を伺わせていただけますか」

女性が少ししかドアを開けないので、その隙間から南条が覗き込んで話しかけた。顔の下で警

察バッジを示している。女性は目を丸くし、慌てた様子でドアを大きく開いた。「お邪魔します」と断って、南条がするりと中に入る。真萩も従った。

　室内を素早く見回して、なんの会社か理解した。壁際に段ボール箱が積んであり、それらにはハングル文字が書かれていたのだ。おそらく、韓国の雑貨か食品を輸入しているのだろう。南条は室内にいる人全員に聞こえるように、声を大きくした。

「亀沢一記さんは、こちらにお勤めですか」

「は、はい。ですが今日は、欠勤してます」

　中年女性が答えた。答えた後で、欠勤と警察の訪問を結びつけて考えたらしく、再度驚きの表情を浮かべる。南条はかまわず続けた。

「亀沢さん、お亡くなりになったんですよ。それでちょっと、お話を伺わせていただくために参ったのですが」

　えっ、という声がそこここで上がった。室内にいるのは、全部で六人だった。机はもう少しあるから、外に出ている社員もいるのだろう。窓際に坐っている男性が立ち上がり、「本当ですか」と訊いてきた。

「亀沢が、本当に……？」

「ええ。残念ながら、本当です。あなたは？」

「ああ、これは失礼しました。社長の村瀬《むらせ》といいます」

　村瀬と名乗った五十絡みの男は、「こちらへ」と誘導した。ワンフロアで別室はないようだが、部屋の隅をパーテーションで区切ってある。そこを応接室代わりにしているのだろう。パーテー

ションの隙間から、応接セットが見えた。

向き合って坐り、改めて互いに名乗って名刺交換をした。町田で見つかった焼死体が、歯型と照合した結果亀沢であったと判明したと、ざっと経緯を伝える。少し額が広い村瀬は、口を半開きにして聞いていた。驚愕のあまり、相槌すらも打てないようだった。

「――いや、それはなんというか、信じられないというか、びっくりというか」

言い回しまで奇妙になっている。しかし知人が異常な死に方をすれば、無理もないことだった。南条は対照的に冷静に、質問を始めた。

「亀沢さんはこちらを無断欠勤していたわけですよね。いつからですか」

「え、ええと、いつかな。昨日か、おとといか。なあ、亀沢はいつから休んでた？」

自分の記憶に自信が持てないのか、村瀬はパーテーション越しに誰ともなく尋ねた。すぐに「おとといです」と返事がある。村瀬は改めて、「おとといでした」と答えた。

「そうだ、そうだ。連絡してみたんですけど繋がらなくて、心配してたんです」

「そういうことは、これまでにもありましたか」

「いえ、ないです。勤務態度は真面目でした」

「真面目。では、仕事上のトラブルはありませんでしたか。取引先との問題とか、あるいは社内でのいざこざとか」

パーテーションで区切ってあるだけなので、やり取りは他の社員に丸聞こえのはずだ。それなのに南条は堂々と、社内でいざこざはなかったかと尋ねる。村瀬も答えにくいだろうに、南条にはなんらかの勝算があるのだろうか。

「いやー、聞かないですね。亀沢はどちらかといえばおとなしいタイプなので、トラブルを起こすようなことはなかったですよ」

「おとなしい。そうですか。争い事は好まない性格ということですか」

「はい。争いなんて、とんでもない。自分が我慢してでも、面倒なことは避ける方じゃないかな」

「なるほど。でしたら、亀沢さんが焼死体で発見されたのは、かなり意外なことですか」

「そりゃ、もう。何があったのか、まったく見当がつかないですよ」

村瀬は広い額に汗を浮かべて、ぶんぶんと首を振る。隠し事をしているようには見えない。心当たりがないのは確かなようだ。

「ふうん、そうですか。亀沢さんはこちらでどんな仕事をしてたんですか」

「営業です。うちは韓国のインスタント食品を輸入している会社でして、亀沢は日本国内での卸先《おろしさき》との折衝《せっしょう》をしていました」

「でしたら、亀沢さんが担当している取引先のリストを見せていただけませんか」

「はあ。承知しました」

取引先がいくつくらいあるのかわからないが、それら全部を回るとしたらなかなか大変な聞き込みになりそうだった。動機が早めに浮上してくれるといいんだけど、と真萩は密かに考える。

村瀬はパーテーションを少し開け、事務の女性にリストをプリントアウトするよう命じた。そのやり取りが終わってから、また南条が質問を始める。

「亀沢さんはこちらで何年くらい働いてらっしゃったのですか」

「ええと、どうだったかな」

村瀬は動転しているせいか、正確な返事を求めると即答できずにいる。これまた室内の他の人に大声で尋ね、三年前からだと判明した。

「三年前。それ以前はどんなお仕事をしていたか、ご存じですか」

「どうだったかなぁ。履歴書を見ればわかるんですが」

「見ていただけますか」

南条が頼むと、今度は立ち上がってパーテーションの外に出た。なんでも事務の女性に尋ねているようでは恥ずかしいと考えたのかもしれない。しばらくしてから戻ってきて、亀沢の履歴書をテーブルの上に広げた。見ていい、ということらしい。

履歴書には顔写真が貼られていた。これが亀沢か。ようやくどんな顔をしているかわかった。その顔写真も含め、手っ取り早く履歴書を写真に撮った。亀沢が以前に勤めていた会社も書かれていたが、社名はやはり聞いたことがない。動機が見つからず、被害者の過去に遡《さかのぼ》る必要が出てきた場合、訪ねていくことになる。まだこの会社が存続しているといいのだが。

「こちらの会社で、亀沢さんと一番親しかった人はどなたですか」

社長から話を聞いただけでは、本当の人となりは掴めない。そこで親しい社員の名を尋ねたのだろうが、村瀬は首を傾《かし》げた。

「さあ、どうだろう。誰かと親しかったかなぁ。亀沢はあんまりそういうタイプじゃなかったんですよね」

「そういう、というと？」

「周囲と仲良くするタイプじゃなかったんですよ。ひとりでいるのが好きみたいで」

「つまり、親しかった人はいない、と？」

「私が見る限り、そうでしたね。他の者にも訊いてみましょうか？」

「いえ、私が伺います。この後、社員の皆さんから順番に話を伺わせていただけますか」

「はあ、そうですか」

　面倒なことになったと思っているのかもしれない。しかし、社員が焼死体で見つかった時点でもう面倒は避けられないのだ。諦めて、捜査に協力してもらうしかなかった。

　村瀬から訊くべきことを訊き出した後、他の社員の話も聞いた。だが、目新しい情報はなかった。村瀬の言うとおり、亀沢は社内で親しくしている人がいなかったようだ。人との接触を好まないタイプだったらしいので、トラブルもない。社員全員で隠し事をしている可能性もゼロではないが、予告なしに訪ねてきたのだから口裏を合わせる暇はなかった。亀沢を殺したいほど強い関わりを持つ者は、この会社の中にはいなかったと見做していいのかもしれない。

　外回りの社員からも話を聞いた方がいいだろうが、ひとまず退散することにした。社員と面接をしている間に、似顔絵ができあがったのだ。メッセージで届いた似顔絵を社員たちに見せてみると、似ているとの評価だった。履歴書に貼られているのは証明写真なので、陰翳《いんえい》がない上に表情が硬い。往々《おうおう》にして、似顔絵の方が本人の特徴を捉えているものだ。これならば、聞き込みに使えるだろう。最初は名前も顔もわからない焼死体だったが、生前の被害者の姿がぼんやり見えてきた。

「ガイシャの担当だった取引先に行ってみますか」

雑居ビルの外に出て、南条に尋ねた。南条はゴーグルで時刻を確認したのか、「どうしようかなぁ」と首を捻る。

「また、ガイシャの自宅周辺の聞き込みに戻るか。取引先の聞き込みは、他の連中と手分けした方がいいだろ」

「わかりました」

今から移動すれば、亀沢のアパートに着く頃には夕方になっている。そろそろアパートの住人も帰ってきているかもしれない。南条の判断に納得した。

来たときと同じコースを辿って、一之江駅に着いた。また徒歩で、亀沢のアパートまで戻ってくる。すでに周囲は薄暗くなり始めていて、アパートの窓のいくつかには明かりが灯っていた。

幸い、亀沢の部屋の両隣の住人は帰ってきているようだ。まず手前の部屋から訪問する。出てきたのは、二十代後半ほどの女性だった。眼鏡をかけているが、おそらくゴーグルだろう。まだ化粧を落としていないところからすると、帰宅してすぐゴーグルでネットを見ていたか。

「突然すみません。警察の者ですが、ちょっとよろしいですか」

ドアチェーンをかけたままの女性に、隙間から警察バッジを示して南条は話しかけた。女性は驚いたように目を見開き、南条と警察バッジを交互に見る。さらに真萩にまで視線を向け、女性もいることで安心したのか、ドアを開けた。

「いきなりごめんなさいね。実はお隣の人が、死体で発見されたんですよ。こっち隣」

南条は軽い口調で言って、亀沢の部屋の方を指差す。女性は「えっ」と言って、口に手を当てた。

「お隣さんと、付き合いありました？」

「ないです」

女性は即答した。予想できた返事だったので、失望はない。会社でも誰とも親しく口を利かない男が、隣家の女性と仲良くなるわけがなかった。

「まったく交流はない？　廊下で会っても、挨拶もしない感じですか」

南条は問いを重ねた。女性は顎《あご》を突き出すように、「はあ」と肯定する。

「向こうも挨拶して欲しくなさそうだし、私もちょっと怖かったので」

「怖い？　何かあったんですか」

「ああ、いえいえ、そういうことじゃないです。なんとなく、雰囲気が……」

雰囲気で怖いと言われてはかわいそうだが、若い女性なら警戒するのも無理はない。真萩はそう考えていたが、南条は追及した。

「雰囲気？　目つきが悪いとか？」

「目つきは別に……。目を合わせようともしない人でしたから。ただ、声が怖くて」

「声。挨拶もしないのに、声は知ってるんですか」

「ここ、壁が薄いから聞こえてくるんですよね。割と筒抜けで」

「なるほど。具体的に、どんな言葉が聞こえてきて怖かったんですか」

「うーん、『くそっ』とか『なんだよ』とか、そんな感じで」

「なんでしょうね。ゲームでもやってる感じでしたか」

「あー、そうかもしれません。でもそれだけじゃなくて、もっと怖いことも」

「もっと怖いこと。例えば？」

「『畜生』とか、『許さねえ』とか、『クズが』とか」

「ほう。そんな声が隣から聞こえてきたら、確かに怖いですね」

「そうなんですよ。だから、引っ越してくれないかなぁと思ってました。死体で発見されたって、何か事件ですか？」

　今になってようやく興味が湧いてきたのか、女性は逆に質問した。南条はごまかさずに教えてやる。

「はい。焼死体で発見されたんですよ。自殺ではないので、おそらく事件でしょう」

「焼死体？　丸焼けってことですか」

「そうですね。丸焼けです」

「うわー」

　女性は口をぽかんと開けた。間違いなく、この後事件について検索するだろうと真萩は予想した。

「お隣を訪ねてくる人とか、いました？」

「いえ、私が知る限りいませんでした。私とだけじゃなく、アパート内では誰とも付き合いがなかったと思いますよ」

「なるほど。参考になります」

　さらにいくつか質問をしたが、新しい情報は出てこなかった。切り上げて、反対隣の住人にも同じような質問をする。すると、やはり口汚い独り言をよく耳にしたとの証言が得られた。会社

ではおとなしくしていても、ひとりになると豹変《ひょうへん》したようだ。

「独り言、言っちゃうよなぁ。ゴーグルしてると独り言言う人、多いんじゃないかな」

二軒目の聞き込みを終えると、南条は共感するかのようなことを言った。真萩はゴーグルを使わないので実感はないが、目の前にリアルな映像があればつい言葉が出てしまうのはわからなくもない。確かに、歩きながらぶつぶつ呟《つぶや》いている人もたまに見かける。あれは誰かと通話しているのかと思っていたが、独り言の人もいたのだろう。

「ガイシャは、会社では言いたいことも言えずに自分を抑えていたんでしょうかね」

昼間の聞き込みとギャップを感じ、自分の意見を言ってみた。南条は「うーん」と声を発する。

「というか、あれじゃないかね。ネット人格。ネット上だと人格変わる人って、珍しくないでしょ。そういう人って、実生活ではおとなしい人が多そうだよね」

「ああ、なるほど」

ネットでは他人を批判する人をよく見かけるが、そういう人が現実でも他者に厳しい言葉を向けているとは思えない。現実で言えないからこそ、ネットで正義を振りかざすのだろう。気弱な人ほどネットで他者を攻撃すると言われれば、そうかもしれないと思える。

もちろん、亀沢がその類《たぐい》の人だったかどうかは、まだわからない。亀沢がネット上に残した足跡を探してみる必要がある、と留意した。

17

発生したサブイベントは後回しにしないことにしていた。《ドラゴンズ・グレイブ》にイベント記録機能はないため、忘れてしまうかもしれないからだ。ゲームをすべて味わうためには、サブイベントを取りこぼすわけにはいかない。

ネットのゲーム攻略サイトには、おそらくサブイベント一覧も作られているはずだ。だが瀧川は、攻略サイトは見ない主義だった。ゲームは操作自体が楽しいという面もあるが、それだけではなくストーリーも楽しみたいと思っている。しかし攻略サイトを見ると、ストーリーがわかってしまう。だから多少行き詰まろうと、自力で解決するのが常だった。

朧《おぼろ》げな記憶を頼りに、水をかけると瞬時に固まる粘土の情報を探した。そんなに以前のことではない気がするのに、思い出せない自分の記憶力が情けない。しばらくあちこち訊いて回り、ようやく情報元のノンプレイヤーキャラクター《NPC》を見つけた。「ああ、そうそう、こいつだったわ」と思わず独り言が漏れた。

ＮＰＣは陶器職人だった。職人によると、その粘土はある特定の場所にしかなく、険しい山道を越えていかなければならないという。当然、道中には敵が多い。今のレベルで突破できるかどうかわからないが、ひとまず行ってみることにした。敵《かな》わないようなら、いったん諦めて別のイベントを始めればいい。

陶器職人の言う山には、以前に行ったことがあった。そのときはまだレベルが低く、とうてい

敵いそうにないモンスターがうようよいたのですぐに引き返した。しかし今は、あのときよりかなりレベルが上がっている。通用しないことはないのではと見積もった。

回復薬を潤沢《じゅんたく》に用意し、出発した。山には地図上でマーカーを打っておいたので、どちらに進めばいいのか一目瞭然だった。マーカーは小さい太陽のように、天で光っているのだ。町を出て馬を駆り、山を目指す。途中にいたモンスターは、ひたすら無視した。山に辿り着く前に消耗したくはなかったからだ。

山に入っても、行けるところまで馬に乗り続けた。騎乗している方が、敵を振り切りやすいのだ。それに、ジャンプする際も馬の方が飛距離がある。徒《かち》では越えられない谷や段差も、馬に乗っていれば進めることもあるのだった。

だがしばらく行くと、馬が動かなくなった。ここから先は、徒歩でなければならないようだ。諦めて馬を下り、歩き始める。イベントで行く場所は、たいてい徒歩でないと辿り着けない。この先に何かが待ち受けていることを予感した。

「なんか、でかい敵がいそうだなぁ」

また独り言を呟いた。ゴーグルをしていると、つい独り言を口にしてしまう。それは瀧川だけのことではなく、ごく一般的な反応のようだ。中空を見て何かぶつぶつ呟いている様子は薄気味悪いだろうが、そんなふうに感じるのも今だけのことかもしれない。ゴーグルを使うのが普通になって十年も経てば、独り言も当たり前になるのではないかとも予想できた。

案の定、少し広い場所に出たらＢＧＭが変わった。このおどろおどろしいＢＧＭは、ボス登場の予兆だ。慌てて周囲を見回すと、頭上から羽ばたき音が聞こえてくる。見上げたら、巨大な赤

いドラゴンが舞い降りてきつつあった。

「ドラゴンかよ」

ボスモンスターは何種類かいるが、ドラゴンは特に手強い。何しろドラゴンは、空を飛ぶ。こちらは飛べないのだから、攻撃が届きにくい。こんなときは魔法使いが羨ましいが、魔法を習得するにはかなり厳しい試練を乗り越えなければならない。だからこの世界に魔法使いは少なく、プレイヤーもたいてい物理的な武器を使うのだった。

ドラゴンは翼を広げたまま、着地した。口を開き、炎を吐き出そうとする。取りあえずダッシュで向かっていき、剣で斬りつけた。攻撃が効いている気がしない。足許に入り込んだので炎の攻撃は避けられているが、ドラゴンの弱点を把握する必要がありそうだった。闇雲に剣だけで攻撃しても、おそらく少ししか相手のＨＰを削れない。

ドラゴンがまた、翼を動かした。まずい、と思ったら、ドラゴンがふわりと浮いた。次の瞬間には、鋭い爪がある脚の指で摑まれていた。見る見るこちらのＨＰが減っていく。逃げることもできずにいたら、ＨＰがあっという間に尽きた。眼前に、「You died」と表示された。

「ああ、もう」

舌打ちをしたが、死ぬのは織り込み済みだった。相手の動きを把握しないことには倒せないのが、《ドラゴンズ・グレイブ》の戦闘である。このドラゴンは舞い上がり、脚でこちらを摑む。それがわかっていれば、次からは警戒できる。もうひとつ探るべきは、ドラゴンの属性だった。モンスターには必ず属性があるので、その反属性の攻撃を加えればいい。魔法は使えなくても、短時間だけ剣に属性を与える手段はいくつかある。そうして攻略法を見つけるのが、このゲーム

の面白みでもあった。

ドラゴンは炎を吐いた。炎を吐くのはドラゴンの特性なので必ずしも炎属性とは限らないが、まずはそう見做して攻撃をしてみることにする。炎属性の相手に効くのは、水属性だ。狂海月《きようくらげ》があるので、それの汁を剣に塗りつける。

死んだ場合は、ボスの近くからゲームを再開できる。リトライを選び、もう一度ドラゴンに立ち向かった。ドラゴンが吐く炎を浴びる前に足許に入り込み、斬りつけた。すると、ドラゴンの脚から血しぶきが舞った。水属性で効くようだ。ここぞとばかりに、連続攻撃を繰り出した。ドラゴンはいやがって、舞い上がる。摑まれるのを、前転で避けた。

空を移動するドラゴンを追いかけ、ダッシュした。ドラゴンが着地したときには、まだ彼我《ひが》の間に距離があった。ドラゴンが口を開く。「やば」と声が出たときには、正面からまともに炎を食らっていた。ふたたび、「You died」の文字が表示された。

「うー」

唸《うな》って、コントローラーを置いた。こんなときはひと休みした方がいい。全身でＶＲの世界に没入していると、自覚していなくてもかなり疲れているものだ。休んでから再挑戦すると、あっさり勝てることもあった。

少しおやつをつまみながら、攻略方法を考えた。飛ばれたら、追いつけない。どうにかして飛ぶのを阻止しなければならないのだろう。毒が効くか、あるいは意外に睡眠攻撃が有効かもしれない。ともかく、強い敵にはなんらかの特殊攻撃をしてみる必要がある。どうしても勝てないと思っていても、その方法さえ見つければあっさり倒せたりするのだった。

その後一時間ほど、ドラゴンと格闘した。あれこれ試してみた結果、石化攻撃が効いた。ドラゴンの両脚を石にしてしまえば、その重みで飛べなくなった。飛ばないドラゴンは、もう怖くなかった。地面に倒れ伏したドラゴンの首に何度も斬りつけ、ついには勝利のファンファーレを聞いた。

「おっしゃー」

ガッツポーズを取った。この達成感は何物にも代えがたい。警察官時代には味わえなかった達成感が、バーチャルな世界には存在する。嘘や裏切りがなく、事情を知りもしないのに批判する人がいないこの世界は、瀧川が唯一生きていける場所だった。

18

ドラゴンを倒した広い場所の奥に、目指す粘土があった。それを回収してから、泣いていた子供の許に戻る。子供に粘土を渡すと、大袈裟な言葉で感謝された。「あなたはこの世界を救う人です。あなたの進む道の先には、きっと栄光があるでしょう」と子供は言った。

《ドラゴンズ・グレイブ》の最終的な目的は、世界を救うことである。闇に浸食されつつある世界を取り戻すには、伝説の光の剣が必要だが、それがどこにあるのかわからない。言い伝えでは、太古の英雄が倒した巨大ドラゴンの墓に隠されているという。主人公はその墓を探して旅をしているのだった。

ありがちな設定で、そのバックグラウンドだけでは特に面白いとは思わない。だが目的などど

うでもよくなるほど、道中に起きるイベントの数々が魅力的なのがこのゲームだった。実際、すぐにいろいろなことに首を突っ込む主人公は、旅の目的を忘れているようにしか見えない。そこはゲームのお約束なので、突っ込むだけ野暮《やぼ》だった。

　子供からは礼の品をもらったが、相手が子供なので大したものではなかった。それよりはやはりドラゴンを倒した際の経験値と、ドラゴンの爪が報酬としては大きかった。ドラゴンの爪は、武器の強化の際に必要になる。めったに手に入るものではないので、最強レベルの武器が見つかるまで温存しようと決めた。

　町を出て、北東方向に馬を進めた。すると街道の途中に佇《たたず》む人がいた。ＮＰＣを見かけたら、できるだけ話しかけておいた方がいい。新しいクエストが始まるかもしれないし、そうでなくても有益なことの方が多い。馬から下りないまま、「話しかける」を選択した。

「勇敢そうな旅のお人、よくお声をかけてくださいました」

　ＮＰＣは若い女性だった。服装は華奢《かしゃ》でないので、おそらく町娘か召使いだろう。両手を握り合わせ、祈るようにしている。

「実は私、買い物を仰せつかったのですが、お屋敷に帰るのが怖くてなりません。今、お屋敷にはどこか不穏《ふおん》な気配が漂っているのです。遠からず、何かが起きてしまう気がします。勇敢そうな旅のお人は、そんな予感をくだらないとお思いですか？」

　明らかに、イベントの発端だ。その屋敷とやらで、新しいイベントが始まるのだろう。くだらないと思うか思わないか、という選択肢が出たので、「思わない」を選ぶ。

「そうおっしゃってくださいますか。では、無理を承知でお願いいたします。この街道沿いに進

んだ先に、大きな屋敷があります。主《あるじ》は旅のお人をお迎えし、道中の珍しい話を聞くのが好きです。訪ねていけば、きっと歓迎されるでしょう。お屋敷に立ち寄っていただけないでしょうか」

やはり、そう来たか。むろん、素通りするわけがない。立ち寄ると答えると、娘は深々と頭を下げた。

「感謝いたします。どうか、お屋敷で起こるかもしれない悲劇を食い止めてください」

ダンジョンに入って何かを取ってくる、あるいは強敵を倒すといったクエストはよくあるが、屋敷に行ってくれと頼まれるのは珍しい。これから何が起こるのか、期待が膨らむ。

新しい町に入って話を聞き、屋敷が町外れにあることがわかった。徒歩で大通りを進むうちに、正面に建築物が見えてきた。なるほど、豪邸だ。おそらくこれが、問題の屋敷なのだろう。門があり、屋敷の正面玄関まで石畳《いしだたみ》が続いている。勝手に門を開け、中に入った。

玄関前に立つと、「呼びかける」「立ち去る」の選択肢が現れた。「呼びかける」を選ぶと、少しして中から扉が開いた。顔を出したのは、背筋がピンと伸びた初老の男だった。お仕着《しき》せらしき黒い服を着ているところからすると、執事だろう。主人公を見上げ、問いかけてくる。

「どちらさまですか」

旅の者です、と答える選択肢を選び、しばらくやり取りが続いた。道中の珍しい話ができると伝えると、執事は「主人が喜びます」と応じて主人公を中に招く。コントローラーを操作して、屋敷の中に踏み入った。

内部は豪壮《ごうそう》だった。知識がないので建築様式まではわからないが、日本人がイメージする豪邸

そのものだ。広い玄関ホールに、大きな階段。階段は突き当たって左右に分かれ、二階へと続いている。一階の左右にも扉があって、おそらくどちらも廊下が長く延びているのだろう。覗いてみたかったが、今は自由に動けなかった。

おそらく、イベントが進めば屋敷内を見て回れるはずである。これは面白そうだと、胸を弾ませた。執事は主人公をホール脇の小部屋に案内した。ここが、来客用の部屋のようだ。

すぐに、屋敷の主人が現れた。やや小柄の四十代くらいに見える男である。どういう立場の人なのかわからないが、領主とかそういった地位なのだろう。主人はランキンと名を名乗り、他にも旅人が四人滞在していると言った。

「私は遠出をするわけにはいかないので、旅人の話を聞くのが大好きなのです。旅の途中で見た珍しい風景、生き物、あるいは現象、なんでもいいのでお話ししてもらえるなら、何日滞在していただいてもかまいません」

この屋敷に行ってくれと頼んだ若い女の説明どおりだった。だが今のところ、不穏な気配とやらは感じない。いったい何が起きるのか、見当がつかなかった。

ランキンと入れ替わりに戻ってきた執事の案内で、一階の部屋をあてがわれた。ここが、屋敷内の拠点になるようだ。

執事が部屋を出ていくと、ようやく動けるようになった。部屋は六畳くらいか。ベッドと机、椅子があるだけだ。机の抽斗《ひきだし》が開けられたが、中には何も入っていない。特に入手できるアイテムはなかった。

ここで寛《くつろ》いでいても、話は展開しない。さっそく部屋を出て、屋敷内を探索することにした。

隣の部屋の前に立つと「開ける」の選択肢が現れたので、ドアを開けてみる。すると中には、人が立っていた。

「やあ、新しい客ですか。ぼくの名はエリック」

二十代前半に見える男は、陽気に話しかけてきた。一方的に自己紹介をする。それによると、剣の修行のために郷里を飛び出してきたらしい。この屋敷に滞在しているのはたまたまではなく、父親がランキンの友人なのだそうだ。身なりはきちんとしているので、父親はランキンと同じくどこかの領主なのかもしれない。いかにも育ちがよさそうな若者だった。

「先を急がない旅なら、しばらくとどまるといいですよ。こんな屋敷に泊まれる機会は、他にないですからね」

おそらく、そうなのだろう。オープンワールドのRPGで屋敷に泊まるという展開は、めったにない。だからこそ、この後のストーリーがまるで予想できなかった。

何度も話しかけるうちに、エリックは同じことを繰り返すようになった。得られる情報はここまでのようだ。立ち去り、さらに隣の部屋を訪《おとな》う。今度は中に、女剣士がいた。

「私の名前はエミリア。父の敵《かたき》を捜している」

なかなか美しい女性だが、その身なりは物騒で、屋敷内だというのに軽甲冑《けいかっちゅう》を纏《まと》っている。エミリアの父は役人だったが、不正をしたという汚名を着せられ、処刑されたそうだ。だが実際に不正を働いたのは同僚で、その男が金を持ち逃げしたらしい。エミリアは復讐の旅の途中なのだと語った。

「私はそいつを見つけたら、必ず首を刎《は》ねる。復讐を遂げるまで、私の旅は終わらない」

「いいねぇ」

主人公ではなく、瀧川自身が呟いた。こうした話は、現実ではまずお目にかかれない。フィクションならではだ。しかし今は、目の前に甲冑を着た若い女が立っている。もはやただのフィクションとは思えない。まさに、異世界に入り込んだ心地だった。

エミリアの話はそこまでだったので、部屋を出た。もうひとつ隣の部屋に入ると、中には太った男がいた。歓迎口調で、「やあ、初めまして」と言う。

「私はリゴール、商人です。何か必要な物はありますか」

町まで戻れば商店があったが、屋敷を出なくてもアイテムを補充できるらしい。今は買い物を断り、会話を選ぶ。

「私は行商の旅に出ております。私は次男坊でしてね、父の店は兄が継いだので、次男の私はこうして諸国を巡っているのですよ。別に実家に居場所がないわけではなく、旅が好きなのです」

ただのアイテム販売所というわけではなく、きちんとキャラクターのバックグラウンドがあるようだ。このリゴールも、ストーリーに絡んでくるのだろうか。

「何しろ旅をしながらの商売ですから、売るだけでなく仕入れも大事です。もし珍しい物をお持ちなら、なるべく高値で買い取らせていただきますよ」

そう言われて、つい先ほど子供に渡してしまった粘土を思い出した。あれを子供に渡さず、この男に売っていたらいくらになったのだろう。おそらく売る方が実入りはいいのではと思うが、それではサブイベントのクリアーできない。サブイベントのクリアー実績の方が、瀧川には大事だった。

旅人は四人いると、ランキンが言っていた。まだ会っていないのは、残りひとりか。その人物を捜して他の部屋を見て回ったが、すぐには見つからなかった。屋敷内に部屋数は多いものの、中に入れない部屋が大半だった。二階に上がろうとしたら、執事に怒られた。旅人の最後のひとりは二階にいるのだろうか。

　廊下は一方に部屋が並び、もう一方は外に開放されていた。廊下に囲まれる形の、中庭が見える。小さい噴水があり、花壇があって、ベンチも置かれていた。先ほどまでは気づかなかったが、そのベンチに坐っている人がいた。あれが四人目の旅人か。中庭に出て、ベンチの人物に近づいていった。

「あら、新しい旅人さんですか」

　手許に視線を落としていた人物は、顔を上げてこちらを認めた。若い女性だった。ここで本を読んでいたらしい。簡素なドレスを着ていて、旅人には見えなかった。

「私はここの娘のフローレンスといいます。父同様、旅人の皆さんのお話を聞くのが好きです」

　屋敷の主人の娘のようだ。年齢は二十歳前後か。現実ではいくら相手が美人だからといって、顔をしげしげと見るわけにはいかない。だがＶＲ世界では、不躾《ぶしつけ》に直視することも可能だ。人工的に作られた顔なのだから当たり前だが、フローレンスの顔は非人間的なまでに美しかった。バーチャルな人物だとわかっていても、これほどの至近距離で相対するとドキドキしてしまう。

「あなたは剣士ですか。お強そうですね。屋敷の中で何かが起きたら、頼ってもいいでしょうか」

　フローレンスはこちらの腰を見て、そう言った。不自然な話だが、腰には剣を佩《は》いたままなの

だ。ゲームのキャラクターが記号だった頃にはおかしくなかったことが、こうして触れそうなVRになると齟齬《そご》が生じる。これはまだ過渡期《かとき》だからであって、いずれもっと自然なシステムになっていくのだろうか。

　返事の選択肢が三つ現れた。「もちろんです」と「何かが起きるのですか？」と「困ります」だった。不穏な気配とやらが感じられない屋敷内で、初めて何かの予兆と思われる言葉だった。迷わず、「何かが起きるのですか？」を選択した。

「私が臆病だからかもしれませんが、なんとなくいやな予感がするのです」

　ふたたび選択肢。今度は「いやな予感とは？」と「誰かを怖がっているのですか？」の二択だ。おそらく、どちらを選んでも必要な情報は得られるのだろう。ひとまず、「誰かを怖がっているのですか？」を選んだ。

「いえ、そういうわけでは……」

　フローレンスは否定したが、その態度は言葉を裏切っていた。こういう細かい演技ができるのが、現世代のゲームの強みだ。記号のキャラクターでは、言葉の裏のニュアンスまでは読み取れない。つまり、フローレンスは滞在客の誰かを怖がっているのだ。これまで会った三人は、さほど怖い相手とは思えなかった。ならば、残るひとりをフローレンスは恐れているのだろうか。

「剣士がいてくだされば、父も心強いと思います。どうか、何かあった際には助けてください」

　フローレンスは念を押し、それを最後に以後は同じ台詞《せりふ》のループとなった。会話はここまでのようだ。フローレンスの前を離れた。

　こうなるとなおさら、旅人の最後のひとりに会いたかった。まだ会えないのか、あるいはどこ

かにいるのに見落としているのか。フローレンスとの会話がトリガーになり、会えるようになったかもしれない。もう一度、屋敷内を見て回ることにした。

　中庭から屋敷内に戻った。すると廊下の向こうから、メイド服を着た女性が駆け寄ってきた。顔に見憶えがある。街道で出会った、この屋敷に行ってくれと頼んだ若い女だ。女は目の前まで来ると、手を握り合わせてこちらを見上げた。

「ああ、いらしてくださったのですね。ありがとうございます。ですが、ひと足遅かったかもしれません。何かが起きてしまったようです」

　メイドはそんなことを言った。やはり先ほどのフローレンスとの会話がトリガーで、事件が起きたようだ。「何が起きた？」と「また会おう」の選択肢が表示される。「何が起きた？」と問いかけた。

「わかりません。ですが、肉が焼ける臭いがします」

　肉だと。それは厨房から漂ってくるのではないのか。晩餐《ばんさん》のイベントまであるのだろうか。

「とてもいやな、不吉な臭いです。今、執事のダレスさんが臭いのする方に向かっています」

　あの執事はダレスというらしい。これまでいなかったこのメイドが突然現れたように、まだ会っていない屋敷の下働きの者たちがいるかもしれなかった。

「私もそこに行く」と「また後で」の選択肢が出た。もちろん、「私もそこに行く」を選んだ。休憩する気はなく、早くイベントを進めたかった。面白そうだという期待は、今のところ裏切られていない。

　メイドの後をついていき、屋敷の左翼に入った。こちらも先ほど回ってみたが、ほぼすべての

部屋に入れなかった。だが今は、手前からふたつ目の部屋のドアが開いていた。メイドが顔を顰めて、鼻を手で覆う。いやな臭いがしているらしい。さすがに今の技術をもってしても、ＶＲで匂いまでは作り出せないので、何も感じられないのが残念だった。

部屋の入り口から、中を覗き込んだ。室内の床には、人形《ひとがた》のものが横たわっていた。しかし、人には見えない。全身が黒くなり、わずかに煙が立ち上っていたからだ。これは、全身が焼け焦げた人の死体だった。

「えっ、殺人事件？」

予想もしない展開に、思わず声が漏れた。

19

メイドは「ひっ」と息を呑んで、その場で昏倒《こんとう》した。アリエスはメイドを助け起こしつつ、室内に目を転じた。室内にいた執事のダレスは、アリエスに気づいて廊下に出てきた。

「ああ、アリエス様。なんということでしょう。どなたかが亡くなられています。なんということでしょうか」

狼狽《ろうばい》しているらしく、ダレスは同じことを繰り返した。アリエスは「誰かわからないのか」と問うた。

「は、はい。ですが、この体つきからしてヴァリス様ではないかと」

ヴァリスとは誰だと訊き返す。知らない名前なので四人目の旅人ではないかと推測したら、正

解だった。

「ここに滞在しておられる、旅のお坊様です」

　僧侶なのか。それにしては、黒焦げの死体は大柄に見える。戦士ではないかと見当をつけていた。

「詳しいことは伺っていませんが、おそらく僧兵ではないかと推察しておりました」

　なるほど。武器を持つ僧侶は存在する。旅をしていたということは、所属していた教会で何か問題を起こして出奔《しゆつぽん》したのか。それとも、重大な役目を担ってどこかに向かっていたのか。主人のランキンなら、事情を知っているかもしれない。

　人が死んでいるとランキンに知らせろ、と指示した。ダレスは慌てて去っていく。そうこうするうちにメイドが目を覚ましたので、どこかで休んでいろと勧めたが、大丈夫だと言う。ならば、一緒にいてもらった方がいい。今ひとりきりになれば、証拠を隠滅したのではないかといったあらぬ疑いを後でかけられるかもしれない。何もしていないことを証言してくれる人が必要だった。

　中には入らず、廊下から部屋の様子を観察した。死体は完全に焼け焦げていて、大柄でなければ男女の区別もつかなかったかもしれない。手の指や足の向きで、俯《うつぶ》せになっていることはかろうじてわかる。死体の周囲の床も、色が黒く変色していた。

　しかし奇妙なことに、室内には他に燃えている物がなかった。アリエスがあてがわれた部屋と同様、机と椅子とベッドがあるが、いずれにも燃え跡はない。ヴァリスという男だけが、炎に包まれたように見える。果たして、そんなことがあるのだろうか。全身が燃え上がれば、苦しくて七転八倒し周辺にも火が燃え移りそうなものだが。

動揺している様子のランキンがやってきた。近づいてきて悪臭を嗅ぐと、「うっ」と呻《うめ》いて口許を覆う。そしてアリエスに目礼してから、部屋の中を覗き込んだ。今度は、「ああ――」と悲嘆の声を発した。

「なんということか。なぜ、こんなことが……」

ランキンは取り乱してしまい、話しかけても応じてくれなかった。間をおかず、他の滞在客たちも駆けつけてきた。皆、血相を変えている。部屋の中を見て、それぞれに驚きの声を上げた。だが大袈裟に驚いているのは商人のリゴールだけで、剣の修行中のエリックも女剣士のエミリアも、反応は大きくなかった。ふたりとも肚《はら》が据《す》わった人のようだ。

「ああ、恐ろしい恐ろしい。こんな恐ろしい死に方があるでしょうか。燃え死ぬなんて、どんなに苦しかったでしょう」

うるさいほどに騒ぎながら、リゴールは部屋の入り口の前でうろうろした。しかし、ただうるさいだけでなく、見るべきところを見ていた。アリエスが奇妙に感じた点を、リゴールも指摘したのだ。

「それにしても、変ですね。燃えたのはヴァリスさんだけで、部屋の中は壁も家具もなんともありません。油の臭いもしない。高温の炎で一瞬にして焼き尽くされないと、こうはなりません。こんな死に方は、炎塵《えんじん》魔法によるものとしか思えませんね」

「魔法だって？」

眉を顰《ひそ》めて、エリックが繰り返した。死体に目を向けていたランキンが、愕然とした顔で振り返る。エミリアはわずかに目を細めた。

皆の反応は理解できる。魔法使いは、この世にほとんどいないからだ。過酷な修行と試練を経て、ようやく魔法が使えるようになる。魔法が使えると何かと便利なので、その能力を隠しておく必要はない。魔法使いは独特の服装をしているため、会えばひと目でわかるのだった。

魔法使いも滞在しているのか、とランキンに尋ねた。だが、ランキンは首を横に振る。

「いいえ、ご滞在いただいているのは皆様方四人と、亡くなられたヴァリスさんだけです。むろん、下働きの者たちの中にも魔法使いなどいません」

では、外部からやってきたのだろうか。ヴァリスに対する個人的恨みで、ここまで追いかけてきた可能性はある。しかしそれでは、雲を摑むような話だ。この屋敷内の誰かが、実は魔法使いではないかと疑う必要がありそうだった。

エミリアとエリック、リゴール、そしてランキンの顔を見た。ランキンの後方には、戻ってきたダレスもいる。この五人の中の誰かが、魔法使いなのか。いや、それだけではない。娘のフローレンスがいるし、下働きの者が出揃ったわけでもないだろう。魔法使いは、ヴァリスを殺した犯人は、いったい誰なのか。

20

「面白い」

つい、大きな声を出した。オープンワールドのＲＰＧで、まさか殺人事件イベントが起きるとは思わなかった。しかし自由に動けるオープンワールドでは、探索型のイベントも可能なのだ。

戦うばかりがＲＰＧではない。開発者はよくこのアイディアを思いついたと、快哉《かいさい》を叫びたかった。

しかもどうやら、閉鎖空間でのフーダニットのようではないか。まだ外部犯の可能性は潰されていないが、そんなつまらない真相ではないだろう。間違いなく、屋敷内の登場人物のひとりが犯人なのだ。元警察官だからというわけではなく、純粋に事件への興味で、絶対に解決してやると意気込んだ。

休むのが惜しくて、そのままゲームを続けた。犯行現場前でのやり取りは終わり、ランキンからヴァリスについての話を聞くために食堂へと移動した。他の旅人三人は、ヴァリスとはこの屋敷で初めて会ったと言う。だがそれが本当かどうかは、まだわからなかった。

事件が起きる前はドアが開かなかったので、食堂には入っていなかった。案内に従って踏み入ると、そこはちょっとした宴会場ほどの広さだった。スペースを無駄に使って、中央に長方形のテーブルが設置されている。ランキンはテーブルの奥側の短辺の位置に坐り、旅人三人は席が決まっているのかそれぞれ迷いなく着席する。瀧川はダレスに勧められ、テーブルを挟んでエミリアの向かいの席に腰を下ろした。おもむろにランキンが口を開く。

「あの体格からわかるとおり、ヴァリスさんは僧兵だったそうです。ですがどこかの教会に属しているわけではなく、言ってみれば流れの僧兵業をしている人でした」

流れの僧兵業。そんなものがこの世界にはあるのか。そう思っていたら、他の人たちにとっても聞き慣れない話だったようだ。

「雇われ僧兵ということですか。それでは傭兵《ようへい》と変わらないんじゃないですか」

エリックが疑問を口にする。エリックは瀧川の右隣、ランキンに近い席に坐っていた。

「そういうことになりましょうが、ご自身は僧であるという認識だったんじゃないですか。実際、教会の仕事しか請け負っていなかったらしいですし」

「しかし、どういう成り行きで流れの僧兵なんかになったんでしょうね。普通に勤めていれば、教会から離れることもないはずですが」

「さあ、どうなんでしょう」

ランキンは曖昧に応じる。事情を知っているのか知らないのか、その反応からはわからなかった。

ここでの会話は、まるで映画のように進んでいた。だが映画と違うのは、視野の右下に質問の選択肢が見えるところだった。どうやら、いつでも会話に加われるらしい。疑問があったら介入して、質問できるのだろう。さっそくそれを使ってみた。

「ヴァリスとは以前からの知り合いなのか？」という質問を選んだ。ランキンはこちらに顔を向け、首を横に振る。

「いいえ、存じ上げませんでした。当屋敷にいらしたときに、初めて面識を得たのです」

では、被害者の背後関係はわからないことになる。動機面は考慮する必要がないということか。もっとも、ランキンが本当のことを言っているかどうか、まだ判断できないが。

新しい質問が、視野の右下に現れた。なるほど、これは訊いておきたいと思い、選択する。

「この屋敷に来た順番は？」という質問だった。

「ぼくが来たときは、まだ誰もいませんでした。だから、ぼくが一番ということですね。滞在し

て、かれこれ二旬になります」

エリックが答える。二旬という長さがどれくらいかわからないが、二週間みたいなものだろうと解釈した。

「次は私ですね」

軽く手を挙げて発言したのは、リゴールだった。続けて、エミリアがぼそっと言う。

「私が着いたときには、すでにヴァリス殿はいた」

なるほど、そういう順番か。瀧川が順番を気にしたのは、犯人が最初からヴァリスを狙ってここに来たのなら、ヴァリスより先に着いているわけがないと考えたからだ。その推理によれば、犯人はエミリアということになる。しかしエミリアはどう見ても剣士で、魔法を使えそうにない。とはいえ、それもカモフラージュかもしれない。見た目で犯人がわかるほど、簡単な謎解きではないだろう。

だとしたら、到着順で犯人がわかると考えるのも早計だった。動機はこの屋敷に来てから生じたというストーリーかもしれない。いずれにしても、まだ手がかり不足だった。

死体からは煙が出ていたとはいえ、火は消えていた。燃え尽きた直後とは思えない。事件自体は、主人公が屋敷に着く前に起きたのだろうか。犯行時刻を絞り込めないかと、今日は何をしていたかをそれぞれに尋ねた。

「ぼくはあなたがやってくる直前まで、中庭でエミリアさんと剣の稽古をしていました。ぼくが長逗留《ながとうりゅう》しているのは、そろそろ出発しようかと考えていたところにエミリアさんがいらして、稽古ができるようになったからなんです。エミリアさんの剣の腕前は、素晴らしいですから」

エリックが一番に答えた。お喋りなキャラクターという設定のようだ。対照的にエミリアは、頷くだけだった。互いにアリバイを証明しあっているということか。

もうひとつ、エミリアの剣の腕が確かだということも判明した。魔法使いが剣士の格好をしているわけではないのだ。両方を究《きわ》めるのは現実的ではない。剣の腕が確かなら、魔法は使えないと見做してもよさそうだった。

「私は町に出て、商いをしていました。町の人に訊いてもらえれば、嘘じゃないとわかりますよ」

そう答えたのは、リゴールだ。こんなにも堂々と言うなら、本当なのだろう。とはいえ、屋敷に戻ってくる暇もなかったとは断定できない。

「私はずっと書斎にいました。それを証明してくれる者はいませんが」

ランキンは疑われたことを心外に思う様子もなく、淡々と答える。四人に話を聞いてわかったが、どうやらアリバイ面から絞り込めるシステムではなさそうだ。そもそもこの世界には時計がないから、細かいアリバイ崩しなど成立しそうにない。エリックとエミリアにしたところで、稽古をしていたのは事実だろうが、ヴァリスの死亡時刻が確定していないのだから、稽古の前でも後でも殺せることになってしまう。この点は度外視してよさそうだった。

ならば、鍵となるのは物証か。現場を探索する必要がある。会話はまだ続いたのでひととおり聞いたが、特に注目すべき証言は提示されなかった。唯一なるほどと思ったのは、ヴァリスの自殺ではないかというリゴールの推測だったが、それが結論のわけはない。事件は間違いなく、主人公が解決するはずなのだ。

現場をもう一度見よう、という提案が右下に現れている。それを選ぶと、全員がいっせいに立ち上がった。今度はダレスを先頭に、事件現場となった部屋まで戻る。近くまで来ると、皆が顔を顰めて口許を覆った。まだ悪臭がしているらしい。こうしたことを体感できないのはＶＲゲームの限界だが、悪臭を嗅ぎたいわけではなかった。

死体からは依然として煙が立ち上っているものの、熱そうではなかった。ダレスに「死体を見つけたときは燃えていたか？」と尋ねても、「いいえ」という答えが返ってくる。

「私が見つけたときは、この状態でした」

時間経過による変化はないのか。次に、ドアに注目した。自分の部屋では気にしなかったが、ドアは鍵がかかるようだ。この点も、ダレスに質す。

「いいえ、ドアに鍵はかかっていませんでした」

密室ではないということだ。ここでふと、疑問を覚えた。魔法はドア越しでも相手にかけられるのだろうか。

「魔法について」という漠然とした選択肢があった。選ぶと、リゴールが答えてくれる。

「いくら魔法使いでも、見えていない相手を攻撃することはできません。魔法にも射程距離がありますから、ある程度近づいて、かつ相手が見えている必要があります」

そういうルールか。視線を窓に転じると、カーテンは開いていてガラス越しに外が見える。ガラス越しなら、魔法は効くのだろうか。

「いえ、無理です。炎塵魔法は、間に遮《さえぎ》るものがあっては駄目なのです」

リゴールが補足する。ならば犯人は、ドアを開けて被害者に近づいたということなのだろう。

魔法が万能でないのは、謎解きをするに際して重要だった。全部魔法で片がつくなら、大して面白くない。

クローゼットが開けられた。中には棒が立てかけてあった。おそらくこれが、ヴァリスの武器だったのだろう。手に取ってみても、特に発見はない。すぐに戻した。

クローゼットの中には他に、大きな袋もあった。ヴァリスの荷物のようだ。中身を漁《あさ》っても、「特に目を惹くものはない」と表示されるだけだった。手がかりはないらしい。

クローゼットの前を離れ、室内を見て回った。するとベッドの陰に、何かが落ちていた。拾い上げると、それはカードだった。タロットカードのようなものらしく、絵が描いてある。絵は炎を吐くドラゴンだった。

これは、焼け死んだ死体と関係があるのか。犯人がわざと残していったのかもしれない。ランキンが預かると言うので、渡した。証拠物はランキンが一元管理するシステムのようだ。

21

手がかりになりそうな物は、他になかった。予想外に物証が少ない。現時点では、まだ事件は解決できないのだろう。せっかく屋敷内で殺人が起きたのだから、一件だけでは面白くない。連続殺人に発展することを、瀧川は期待した。

「食堂に戻る」という選択肢が出たので、それを選んだ。また先ほどと同じ席に着くと、「魔法について」の選択肢がふたたび表示される。きっとさらなる情報が得られるのだろうと思ったら、

予想どおりだった。

「もちろん私は魔法使いではないですから、聞きかじりの知識しかありません。その程度のことでよろしければ、ご披露しましょう」

答えたのはリゴールである。それに対してランキンが、「ぜひお願いしたい」と応じた。

「他に、魔法に精通している方はいないようだ。ご教授ください」

「では、僭越《せんえつ》ながら」

リゴールは「こほん」と咳払《せきばら》いをしてから、一同の顔を見回した。その上で、語り始める。

「魔法を会得したからといって、外見が変わるわけではありません。ですから理論上は、筋骨隆々な魔法使いもあり得ます。ただ実際には、魔法の修行だけで手いっぱいで体を鍛える暇はないでしょうから、そんな魔法使いはいないと思いますが」

先ほどエミリアについて考えたことを、リゴールは裏づけしてくれる。エミリアの剣の腕が確かなら、魔法使いではないという推理だ。しかし、もっと説明を聞かなければ断定はできない。エミリアとエリックが共犯で、口裏を合わせているという可能性も、ゼロではないだろう。

「魔法使いに外見上の特徴はないと言いましたが、魔法の修行は厳しいですから、会得するまでには何度も失敗をすると聞きます。炎塵魔法なら、炎をうまく操れるようになる過程で、自分が火傷《やけど》をしてしまうそうです。ですから、手や腕に火傷の痕《あと》が残っていれば、魔法使いかもしれません」

「おお、それは耳寄りな知識だ」

リゴールの説明に、ランキンが表情を明るくした。屋敷の主として、人死にが出てしまったこ

とに責任を感じているようだ。犯人を特定したいと一番望んでいるのは、ランキンかもしれない。

「申し訳ないが、皆さんの両腕を見せていただけますかな。いや、それ以前に、ヴァリスさんを殺したと名乗り出てくれる人がいれば一番いいのですが」

ランキンは客たちの顔を見渡した。だが当然のことながら、名乗り出る者はいない。ここで犯人が手を挙げたりすれば、ゲームとして謎解きが成立しない。とはいえ、実体験のように事件の中に入り込んでいるプレイヤーとしては、こうした確認はいかにも現実的で面白かった。

「いらっしゃらないですか。よろしいでしょう。では、両腕を見せてください。見せたくないという方はいますか」

ランキンの問いかけに、答える者はやはりいなかった。ここで腕を見せなければ、怪しいだけである。しかし、全員が腕を見せられるのか。だとしたら、どういうことになるのだろう。

「では、言い出しっぺの私から」

リゴールが両腕の袖《そで》を捲《まく》った。むっちりとした白い腕が現れる。染みひとつなかった。

続けて、エミリアとエリックも腕を見せた。エミリアは軽甲冑を着ているので面倒そうだったが、てきぱきと腕の装甲《そうこう》を外した。同じく、ふたりとも火傷の痕はない。瀧川も両手にそれぞれ持つコントローラーで装甲を外す動作をし、腕を剝《む》き出《だ》しにした。もし万一火傷の痕があったら、との考えが頭をよぎったが、そんな驚きの展開にはならなかった。

「皆さん、火傷の痕はないですね。私もお見せしなければならないでしょう」

ランキンは言って、両袖を捲った。結果は同じだった。ということは、この中に魔法使いはいないのか。屋敷の使用人たちはどうなのだろう。

「使用人は？」の選択肢を選ぶと、ランキンが答えた。

「執事のダレスとメイドがふたり、それから庭師夫婦がおります。この五名は屋敷に住み込みです。他に通いの料理人がふたり、掃除の女がひとりいます。ヴァリスさんが亡くなったときは、料理人も掃除女もいました」

「では、それらの人たちの腕も見せてもらいましょう」

これはエリックの台詞だった。思ったより登場人物が多い。簡単には絞り込めないようだ。

ひとりひとり順番に食堂にやってきて、腕を見せていった。火傷の痕がある者はいた。ふたりの料理人の両方ともだ。しかしそれは料理で負った火傷だと、ふたりとも主張した。不自然な話ではないので、火傷だけで犯人と決めつけるわけにはいかなかった。

「ああ、そうそう。これは知っておいていただかなければならないことですが、魔法の才能を持って生まれた者なら、炎塵魔法を最初からうまく使いこなして、火傷など負わないかもしれません。ですから、火傷がないことが魔法使いではないことの証明にはなりませんね」

いまさらリゴールがつけ加えた。それはそうだが、話を振り出しに戻すような情報だ。しかし、料理人の腕に火傷があったことは頭の隅にとどめておこうと思う。後で消去法に使うかもしれないからだ。

「魔法使いは、外からやってきたのかもしれませんしね」

呑気《のんき》な口調で言ったのは、エリックだ。確かに、その可能性は潰せていない。「屋敷の鍵は？」という選択肢が出たので、選んだ。

「門は訪問者のために、日中は開けてあります。屋敷の施錠は、基本的にしてあるはずですが、

メイドがうっかりしてどこかの鍵を閉め忘れていたかもしれません」

ランキンの返事は曖昧だった。「調べよう」という選択肢が出る。それを選ぶと、一同は立ち上がった。移動し、屋敷内を見て回った。

その結果、裏口はきちんと施錠されていることがわかった。窓も、一階は閉められていた。だが二階のテラスの窓は、鍵がかかっていなかった。つまり、よじ登れば屋敷内に侵入できないわけではなかったのだ。もっとも、日中に堂々と侵入するのは難しそうだが。

そもそも、外部犯でしたという真相ではゲームとしてまったく面白くない。絶対に、この中に犯人がいるのだ。今のところ、そう簡単に真相に辿り着けるわけではなさそうなので、先が楽しみでならない。きっと、捜査が行き詰まるとふたつ目の事件が起きるのだろう。次は誰が殺されるのかと、そんな物騒な興味でそれぞれの顔を見た。

「リゴールが殺されそうだな」

瀧川は呟く。いろいろ知っているからこそ、早めに退場しそうだと思ったのだ。

また食堂に戻ると、今度は「カードについて」という選択肢が表示された。現場で拾ったカードのことだろう。その質問を受けて、リゴールが口を開く。

「あれは占いにも賭け事にも使えるカードです。すべて絵札で、一枚一枚違う絵が描いてあります。どこでも売っている物ですから、あのカード一枚だけでは手がかりにならないでしょう」

「しかし、間違いなく犯人が置いていったものではないですか。炎で焼き殺した、という宣言ですよね」

応じたのはエリックだった。それに対し、エミリアが問う。

「なんのために、そんなことを？」

「どうだろう。次にまたカードが見つかれば、犯人の意図がわかるでしょうが」

エリックは不吉なことを言った。だが、きっとそういう展開に違いない。今回は現場で見つかったが、次はカードが予告に使われるのではないか。ならば今度は、カードを探すべきだ。

そう提案し、動き始めた。捜査とディスカッションを繰り返すシステムだと、理解できてきた。屋敷内には入れない部屋が多かったが、捜査のターンになるたびに入れる部屋が増えていくので、退屈はしない。しかし今回は、無収穫のまま食堂に戻ることになった。

「あっ」

食堂に入ると、エリックが声を上げた。瀧川もすぐに異変に気づいた。食堂のテーブルに、先ほどまではなかった物が置いてあったのだ。

遠目にも、それがカードだとわかった。一同はテーブルに駆け寄り、覗き込んだ。瀧川も、ほぼ同時にカードを視野に収めた。

出現したカードは、半裸の男が指を伸ばしている絵柄だった。指の先からは、稲妻が迸《ほとばし》っていた。

22

亀沢一記は群馬県前橋《まえばし》市出身で、父母と弟は今もそこに住んでいた。家族の凶報《きょうほう》を聞き、三人は慌てて東京に駆けつけてきた。捜査本部の刑事が応対し、話を聞いたが、動機らしきものは

浮かび上がらなかった。そもそも亀沢一記は十年以上前に家を出ていて、現在どんな生活を送っていたかも家族は知らないという。だから焼死体で発見されたことについては、思い当たる点があるどころか、ただただ驚きでしかなかったそうだ。

「ガイシャは実家にいるときから無口なたちで、家族ともほとんど口を利かなかったそうです。職場での印象と、大差はないですね」

家族から話を聞いた刑事が、捜査会議でそう発表した。無口な人は他人の恨みを買わないというわけではないが、他者と関わりが薄ければやはり殺意は生まれにくい。亀沢は人格者だったからという理由ではなく、繋がりの濃い人がいなかったがために、周辺に動機が見つからなかった。だが逆に言えば、亀沢に恨みを持つ者がひとりでも見つかれば、その人が最重要容疑者になる。鑑捜査がいっそう重要だと、真萩は密かに責務の重さを感じた。

しかし、亀沢の周辺をいくら洗っても動機が浮かび上がってこないのが現状だった。亀沢の以前の勤め先と、現在の会社の取引先を回ってみたが、どこでも判で押したような答えしか返ってこない。曰《いわ》く、「あまりよく知らない」。仕事は真面目にこなすものの、世間話をするでもなく、冗談を言うでもないので、個人的付き合いに発展しないのだという。だから顔を合わせるようになって長くても、人柄についてはわからないという証言ばかりだった。人柄がわからない程度の付き合いであれば、そんな相手を殺したいと思うわけがなかった。

「焼死体なんかで見つかるから、きっとものすごく恨んでる相手がいるはずだと思ったのに、どういうことかね」

聞き込みの途中で、南条が不可解そうに呟いた。それは真萩も同感である。死体を焼くのは、

かなりの手間だったはずだ。にもかかわらず実行したのは、亀沢に対する憎悪が大きかったからだと普通は考える。だがそんな動機が見つからないなら、死体を焼いたことには何か別の意味があるのか。犯人には、死体を焼かなければならない理由があったのかもしれない。

「前に、死体を焼くメリットについて話しましたよね。真っ先に思いつくのは身許を隠すためですけど、歯列を砕いてなかったから今回は違う、と」

　考えがまとまらないまま、言葉にした。南条は歩きながら、「うん」と応じる。

「そうだね。結局、死体を焼いた理由はわからないけど。その理由がわかれば、ホシに辿り着けるかもしれない、って話だったな」

「その後、何か思いつきましたか」

「いいや、なんにも。思いついてたら、話すよ」

　当然のように、南条は言う。だがそれは、あまり当然のことではないのだ。所轄刑事にわざわざ自分の考えを明かさない一課刑事も、いないわけではない。南条が気さくな性格なのはありがたかった。

「そうですよね。無意味な質問をしてしまいました」

「君も何か思いついたら、言ってよ。ぼくは考えるのが苦手だからさ」

「えっ」

　南条の言葉に、つい驚きの声を発してしまった。考えるのが苦手とは、韜晦《とうかい》なのか。見た目が涼やかな南条は、足で稼ぐタイプには見えない。知力や洞察力で一課刑事にまでなったのだと勝手に思っていたが、違うのだろうか。

「なんか頭よさそうに見えるらしくて、昔から損してるんだよね。勝手に買《か》い被《かぶ》られてさ」

南条は楽しげに言うので、冗談なのか本当なのかよくわからない。きっと冗談なのだろうと解釈しておいた。そもそも、どんな相槌を打てばいいのか。そうなんですか、なんて相槌を一課刑事相手に打つわけにはいかない。

何も言えずにいたら、南条は唐突に「おっ」と声を上げた。真萩と言葉を交わしながらも、ゴーグルで何かを見ていたようだ。立ち止まり、指で空中を操作する動作をする。そして、「ふうん」と鼻から息を抜くような声を出した。

「また都内で殺しが発生したよ。刺殺みたいなんだけど、ホトケに妙な細工がされてたらしい。刺し傷に、凶器じゃない物が突き立ててあったたって」

「凶器じゃない物？」

具体性がない表現に、首を傾げた。自分のスマートフォンを取り出し、ロック解除する。都内で事件が発生した場合、管轄外でも一報が入る。真萩のスマートフォンにも、報せが届いていた。死体は荒川《あらかわ》区の東《ひがし》尾《お》久《ぐ》で発見された。アパートの一室で、三十代くらいの女性が死んでいたという。身許確認中で、女性がその部屋の住人かどうかはまだ判明していない。胸部に刺し傷があり、凶器は見つかっておらず、他殺なのは間違いなさそうだ。

奇異なのは、その刺し傷に透明な棒状の物体が刺してあったことだ。鑑定前だが、アクリル製と思われると書いてある。しかし、それが凶器ではないらしい。ならば犯人は、殺した後にわざわざアクリル棒を死体に突き立てたことになる。なんの意味があるのか。

「なんでしょうね、これ」

思わず呟いた。人を殺した直後は興奮状態になり、奇行に走る犯人もいる。これもそうしたことなのかもしれない。捜査陣を悩ますことになるだろうが、きっと大した意味はなかったという結論に落ち着くのではないか。

「世の中、おかしな人間が多いよね」

南条はあまり興味がないのか、一般論で片づけてしまった。こちらの事件とは無関係なのだから、姿勢としてはそれで正しい。この時点では、そう考えた。

だが翌日になると、少し様相が変わってきた。朝の会議を終えて聞き込みを始めると、南条が妙なことを訊いてきた。

「ねえ、《ドラゴンズ・グレイブ》ってゲーム知ってる？」

「いえ、知りません。それが何か？」

「VRのゲームで、ものすごい売れてるんだって。一千万本超えのヒットらしいよ」

「はあ」

ゲームの類には興味がない。たとえ興味があったとしても、やる暇がない。自分に関わりがないものは知ろうと思わないから、どんな大ヒットゲームであろうとタイトルも知らなかった。

「そのゲーム、いわゆるオープンワールドって形式で、架空の世界を自由に動き回れるそうなんだ。何をしてもいいんだって。敵と戦ってもいいし、宝探しをしてもいいし、のんびり釣りをしてもいい。で、ある館に行くと殺人事件に巻き込まれるらしいんだ」

「そうなんですか」

なんのために南条がこんな話をしているのか、よくわからない。だが関心がない態度を露骨に

見せるわけにもいかず、無難な相槌を打たざるを得ない。これはただの世間話なのだろうか。

「その殺人っていうのが連続殺人で、館にいる人が次々殺されるんだよ。ひとり目の被害者は炎の魔法で焼かれ、ふたり目は光の魔法で貫かれるんだって」

「……えっ」

一瞬遅れて、驚きに襲われた。炎の魔法に光の魔法？　光の魔法にピンと来なかったが、昨日発見された荒川区の死体に突き立てられていたというアクリル棒はその見立てなのか。まさか。

「わかった？　炎の魔法で殺されるのがこっちのヤマ、光の魔法で殺されるのが荒川区のヤマに似てるって、ネットで評判になってるんだよね」

「そう——なんですか？」

いくらなんでも、という思いが先に立った。荒川区の事件の詳細は知らないが、こちらとの共通項は何もないと思われる。少なくとも、殺しの手口がまるで違う。同じ人物による連続殺人を疑わせる要素は、皆無だった。

「まあ、面白いことを思いつく人はいるよね。ゲームの見立てだとしたら、こっちの死体を焼いた理由も荒川区のアクリル棒の意味もわかっていいんだけど」

「いや、でも、ゲームに見立てる必要性がよくわからないですよね」

「うん、そうそう。アクリル棒程度なら簡単だけど、死体を焼くのはかなり大変だからなぁ。いくらホシがゲームファンだとしても、それだけでそんなことはしないよね」

「まあ、そうですよね」

ネット住人が面白がって騒いでいるだけだとは思う。しかし、気になる話ではあった。ゲーム

をやっている人に感想を聞いてみたいと考えたが、現在の知り合いはほとんど警察関係者で、当然のことながらゲームをやっている時間がある人などいない。気にしても仕方ないか、と一度は結論した。

　だがすぐに、ちょっとしたことを思い出した。つい先日、呑気なメッセージを送ってきた元同僚だ。警察を辞めるとき、しばらくゲームでもして現実逃避すると宣言していた。あいつなら、《ドラゴンズ・グレイブ》をやっているのではないか。

　こちらから改めてメッセージを送ってみるか。まったく期待せずに、頭の片隅に留意しておいた。

23

　自分宛にメッセージが届いていることには気づいていたが、ゲームに没頭していて読まずにいた。ゲームの邪魔になるから最小の通知にしているので、誰からのメッセージかもわからない。どうせ緊急の連絡なんてどこからも来ないと、瀧川は高《たか》を括っていた。

　ひと休みを入れることにして、ようやくメッセージを開いた。送ってきた相手は、意外にも真萩だった。先日はけんもほろろの返事をしてきたくせに、どういう風の吹き回しか。読んでみて、さらに首を傾げた。

〈ドラゴンズ・グレイブってやってる？〉

　まさにタイムリーな質問だ。今の今までやっていたよ、と内心で答える。だが、質問の意図が

わからない。まさか、自分もやってみたいと考えているのか。

〈やってるよ〉

音声入力で、簡単に返事を送った。忙しいだろうに、なぜ《ドラゴンズ・グレイブ》について尋ねるのか興味はある。だが、すぐにも理由を知りたいわけではない。だから返事が明日になろうとかまわなかったが、また着信したので驚いた。今は殺人事件の捜査中ではないのか。

〈館の殺人事件って、どんなのかわかる?〉

ますます不可解な質問だった。事件にかかりきりのはずの刑事が、何を訊いているのか。もしかして、真萩も警察を辞めたくなったか。

〈今まさにやってるとこ。それがどうした?〉

ほんの数秒前は質問の意図などどうでもよかったが、今やどうしても知りたいことになった。

「答えてくれなければ怒るぞ」と、独り言を呟いた。

〈どこまでやってる? 第二の殺人は起きた?〉

なんだ、実は《ドラゴンズ・グレイブ》に詳しいのか。非番の日にゲームに没頭している真萩を思い描いてみたが、考えてみたらあいつはゴーグルが嫌いだった。会わないうちにゴーグルを使い始めたのでなければ、《ドラゴンズ・グレイブ》をやっているわけがない。かといって、仕事に関係するはずもなかった。メッセージでなく、直接音声で話したいともどかしく思った。

〈まだ。これから。だから、それがどうしたんだよ〉

音声入力をしているから、少し苛《いら》立《だ》ちが滲んでしまった。それに気づいているのかいないのか、真萩はあくまで淡々とした文章を送ってくる。

〈絶対秘密にして欲しいんだけど〉

「ん？　なんだ？」

眉を顰めた。秘密にしてくれなどと言うからには、やはり捜査に関係しているのか。しかし、そんな状況はまったく想定できない。ともかく、秘密にすると約束せずにはいられなかった。

〈わかった。で、なんなの？〉

〈荒川区東尾久で殺しが発生して、それがドラゴンズ・グレイブの見立てじゃないかとネットで言われてる。私が担当してるヤマが第一の殺人。どう思う？〉

「は？」

何を言われたのか、すぐには理解できなかった。東尾久の殺人って、なんだよ。メッセージアプリを開いたままにしておき、「東尾久　殺人」で検索をする。簡単に結果が出た。

女性が刺殺されたようだ。刺し傷にはなぜか、透明なアクリルの棒が刺してあったという。それがどうしたと思い、今度はワードに《ドラゴンズ・グレイブ》を足して再度検索した。すると、けっこうな数が引っかかった。

読んでみて、驚いた。アクリルの棒は疾光《しっこう》魔法の見立てではないかという書き込みが多数あったのだ。そういえば、真萩が担当している事件は死体が焼かれていた。それは《ドラゴンズ・グレイブ》の最初の殺人と共通している。つまりネットでは、町田の事件と東尾久の事件は両方とも《ドラゴンズ・グレイブ》の見立てではないかと騒がれているのだ。

「マジかよ」

自分でも思いがけないほど興奮してきた。現実にそんなことがあるのか。不謹慎だが、わくわ

くした。

〈本当にこれがドラゴンズ・グレイブの見立てかどうか、おれに意見を求めてるの？　でも、まだ途中なんだよ。急いで続きをやる。その上で、また連絡するよ〉

　ひとまずそう答えると、〈頼む〉とだけメッセージが返ってきた。事件に関係がありそうだからといって、今から《ドラゴンズ・グレイブ》を始める時間はないのだろう。そのために、元同僚を頼ってきたのだ。頼られたことが嬉しいし、間接的に事件捜査に関われるなら元警察官としての血が騒ぐ。何しろ瀧川は、交番勤務のまま退職してしまった。本格的な事件捜査は、一度も経験しなかったのだ。まさかこんな形で、殺人事件の捜査に協力する日が来ようとは想像もしなかった。

「マジか」

　つい、繰り返した。いや、冷静に考えれば、捜査に関わる人がゲームをやる必要はない。攻略サイトを見ればおそらくゲーム内の犯人については書いてあるはずだし、ゲームを開発した会社に直接尋ねることだってできるはずだ。先日こちらからメッセージを送ったから、真萩は瀧川のことを思い出しただけだろう。

　だとしても、ゲームに対する意気込みは変わらざるを得ない。真萩はゲーム内の犯人が誰かを知りたいのではなく、本当にゲームの見立てかどうか瀧川の心証を聞きたいのだ。ならば瀧川も、攻略サイトを見て真相を知るわけにはいかない。あくまで自力で謎を解いてこそ、真萩の力になれる。

「よし」

声に気合いが籠った。《ドラゴンズ・グレイブ》の世界がおれを待っている。そんなふうにすら思え、再度ゲームを起動した。たちまち、異世界の風景が眼前に広がった。

24

テーブルに置いてあったカードは、ヴァリスの部屋で見つかったカードと同じ物に見えた。絵柄は違うが、明らかに同じセットである。つまり、これこそ探していたカードなのだ。この食堂を出るときにはなかったのに、戻ってきたら見つかったのはどういうことか。屋敷内を移動している間は全員一緒に行動していたから、食堂を出る際に一番最後にいた人が置いたと考えられる。だが、最後が誰だったか判然としない。もちろん、使用人が置いた可能性もある。

「これは……、ふたたび殺人を犯すという予告でしょうか」

震える声で、ランキンが言った。犯人が置いたのであれば、その可能性が高い。犯人はひとり殺しただけでは満足していなかったのだ。

リゴールがカードに近づき、覗き込んだ。「ふむ」と納得するような声を出すと、顔を上げて一同を見回す。

「おそらくですが、これは疾光魔法を示唆しているのでしょうね」

「疾光魔法？」

ランキンが問い返す。アリエスも魔法には詳しくないので、それがどんな術なのかわからない。

「光を固体にして放つ技です。このカードの絵は稲妻を放っているように見えますが、光なので

しょう。稲妻を操る魔法は、存在していませんから」

　なるほど、そうなのか。光を固体に変えるのはすごいと思うが、炎で焼かれるよりは対処ができそうに感じる。固体の武器を投げつけられても、よけるなり弾くなりすればいいのだ。それとも、光の速さで相手に刺さるのだろうか。だとしたら、よけようがない。

「炎塵魔法と疾光魔法は、ひとりの人が同時に習得することはできるのですか」

　ランキンがふたたび尋ねた。いい着眼点だ。魔法には相反する要素があって、同時には習得できない法則が存在するかもしれない。

「はい、可能です。上級者になると、何種類もの魔法を使います」

　ならばやはり、次は疾光魔法を使って誰かを殺すと宣言しているのだろう。犯人は、魔法の上級者ということだ。だが、ここにいる者の中にそれらしい人がいるようには思えない。疾光魔法を習得するための修行は、外見に影響を与えないのか。

「炎塵魔法の修行中に手に火傷をしてしまうように、疾光魔法では何か体に残る痕はないのですか」

　ランキンは的確な質問を重ねる。それに対してリゴールは、首を振って答えた。

「聞きませんねぇ。もしかしたらあるのかもしれませんが、私は知りません」

　全員の中で最も魔法に詳しいと思われるリゴールが知らないなら、その点は手がかりにはならない。知りたいのはやはり、魔法のよけ方だ。疾光魔法は躱《かわ》せるのか。

「魔法が発される前によければ、あるいは。しかし一度発されてしまえば、次の瞬間には相手の体に光の矢が突き立っています。よけることは不可能です」

アリエスの問いに、リゴールはそう返答する。予想はしていたが、魔法は躱せるものではないようだ。

「だったら、互いに互いを見張ってるしかないんじゃないですか。予備動作なしに魔法を使うことはできないんでしょ。妙な動きをした人がいたら、すぐに取り押さえればいい」

提案したのはエリックだった。それも一案だ。だが、エミリアが反対した。

「断る。互いに見張り合うなんて、まっぴらだ。そんなことをするなら、ここを出ていく」

女性としては、無理もない反応かもしれない。相互監視を拒否したからといって、怪しむわけにはいかない。

「これは私の勝手なお願いですが」

エミリアの反対を受けてなのか、またランキンが発言した。この屋敷の主なのだから、場を仕切る権利がある。一同は耳を貸した。

「可能なら、もうしばらくここにとどまっていただけないでしょうか。これはこの家の当主としての矜持《きょうじ》の問題です。屋敷内で客人を殺され、うやむやにするわけにはいきません。必ず、ヴアリスさんを殺した犯人を見つけずには済ませません」

ランキンの考えはわからないでもないが、こうして二度目の殺人を予告されたも同然の今、皆にとどまれと命じるのは越権ではないだろうか。どうしても出ていきたい人を、引き留める権利はないはずだ。

「もし、なんとしても出ていきたいという方がいらっしゃったら、その人が犯人だったと見做します。よろしいですね」

ランキンの言葉は強硬だった。そんなことを言われたら、無理に出ていくのは難しくなる。ランキンの気迫に押されたかのように、一同は黙り込んだ。反論がないのをいいことに、ランキンはさらに乱暴なことを要求する。

「ご納得いただけたところで、もうひとつお願いがあります。エミリアさん、エリックさん、アリエスさん、お腰の剣を預からせてください」

「なんだと」

「えっ、それは」

エミリアとエリックが、ほぼ同時に声を発した。アリエスも、ランキンの意図がわからず戸惑う。なぜこの話の流れで、剣を預かるということになるのか。各人が武器を持っていた方が、安全ではないか。

「剣士としての誇りに関わるお願いをしているのはわかっています。ですが、犯人が必ず魔法を使うと決まったわけではありません。手っ取り早く、剣を使って人を殺す可能性は否定できません。全員の安全のためにも、剣は預からせていただきます。どうせ魔法に剣で対抗はできないのですから、犯人と戦う上では同じでしょう。全員が武器を持っていない方が、安心して顔を合わせられると私は考えます」

ランキンは一同を睥睨《へいげい》した。その眼光は鋭く、さすがは領主と思わせる迫力があった。エミリアとエリックはあからさまに不満そうだったが、もう言い返しはしなかった。アリエスも、場の同意に従うことにした。

25

「なるほどね」

瀧川は声に出して呟いた。登場人物が自由に屋敷から出ていけるなら、犯人捜しが成立しなくなる。嵐や雪で閉じ込められるという形ではなく登場人物を一ヵ所にとどめるために、当主の矜持を持ち出すのは納得できた。多少強引な気がしないでもないが、そういう世界観だと受け入ればいい。ミステリー小説だって、多かれ少なかれ強引なところはある。

全員が武器を手放すのは、次の殺人に物理的凶器が使われたわけではないと限定するためか。そもそも、屋敷内で剣を持ち歩いているのが不自然なのである。いかにもゲーム的な描写だったが、思いがけない形で解消された。もっとも、これで第二の殺人が起きやすくなったとも言える。

やり取りが終わり、自由に動けるようになった。食堂内を見回してみると、窓の外ではいつの間にか雨が降っていた。天候はランダムに変わるが、それによって主人公が影響を受けることはない。雨が降って動きにくくなることはないし、晴れて暑い日でも体力を消耗したりはしない。そこはあくまで、ゲームだ。

しかし今回の雨は、いつもと様相が違った。ふだんの雨は一定の強さで降るだけで、小雨や豪雨といった変化はないのだが、この雨は時間が経つほどに強くなっていったのだ。まだ昼間なのに、外は暗くなっている。これもイベントのひとつなのかな、と考えた。

屋敷内を動き回ってみたが、特に新しい発見はない。登場人物たちもそれぞれに行動している

らしく、廊下にはエリックがいた。中庭を見やっている。話しかけてみた。

「かなり雨が激しくなりましたね。ほら、黒雲があんなに垂れ込めてる」

エリックが空を見上げるので、視界を上方に向けた。なるほど、空の色がどす黒くなっている。何かが起きるのは間違いないと確信したが、それが現在起きている事件に関係するのかどうかよくわからない。ただ、期待をそそられる演出ではあった。

空を見上げたのがトリガーだったのか、遠くで雷鳴が響いた。かなりの荒天になりそうだ。つい先ほど見た、指の先から稲妻を発している男のカードを思い出した。まさか、あのカードはこの雷雨を予告していたのか。

リゴールを捜してみた。リゴールはひとり、食堂に残っていた。近づくと、「雷雨について」という選択肢が出る。それを選択したら、「いや」と首を傾げられた。

「関係ないと思いますよ。先ほども申し上げたように、雷の魔法は存在していませんから。偶然だと思います。それにしても、ひどい雨になりそうですな。屋敷から出ていかなくてよかった」

窓の外に目をやり、リゴールは述懐《じゅっかい》した。ゲームなのだから外にいてずぶ濡れになっても問題ないのだが、なんとなく「そうだね」と同意したくなる。その辺りはやはり、ＶＲゲームの没入感の高さだ。２Ｄのゲームだったら、そんなふうには感じなかっただろう。

そこに、突然の轟音《ごうおん》が鳴り響いた。もちろんゲームだから聴覚に障害を与える大きさではないが、「耳をつんざく」と表現したくなるほどの大きさだ。唐突だったから、思わず「うおっ」と声も出る。窓の外も光ったので、近くに雷が落ちたのだと察した。

続けて、また別の大きな音がした。今度は破壊音だ。同時に、強い振動も感じた。装着してい

るのは眼鏡型ではなくゴーグル型なので、バイブレーション機能も搭載されているのだ。それだけでなく、手にしているコントローラーも震えた。全身で感じるわけではないが、充分にリアリティーがあった。

「何があったんでしょう？」

リゴールが呆気《あっけ》にとられている。すぐそばに雷が落ちたのは間違いないが、それによって何かが破壊されたようだ。何か、というより屋敷の一部ではないかと感じられる。それほどに、衝撃は大きかった。

廊下に出てみた。先ほどからいたエリックだけでなく、エミリアの姿もある。ふたり揃って、東の方に顔を向けていた。まずエミリアに話しかけた。エミリアは振り返って答える。

「すぐそこの木に、雷が落ちた。木が倒れて、屋敷を壊した」

やはり、そうだったのか。屋敷の背後は林になっている。木が折れてこちら側に倒れてくれば、屋敷が壊れてしまうだろう。怪我人は出なかったのか、ととっさに考えた。

「見に行きましょう」

エリックが言った。リゴールも含めた四人で、廊下を東に向かった。

屋敷は中庭を囲んで、カタカナのロの字型になっている。廊下の中庭側に壁はないから見通しがいいのだが、建物の東側が損壊した様子はない。だが、敷地内には屋敷の他に離れがあった。基本的に使用人は皆、離れに寝泊まりしているらしい。その離れに、木が倒れ込んだのではないかと危ぶんだ。

屋敷と離れは、屋根つきの回廊で結ばれている。これまでは回廊の先に行けなかったので、離

れには足を踏み入れていない。しかし今は、きっと通れるのだろう。東側の廊下を歩き、角を曲がって回廊に入ろうとした。

「あっ」

エリックが声を上げた。木によって破壊されたのは、回廊だった。回廊のちょうど真ん中辺りに木が倒れ込み、行く手を塞《ふさ》いでいる。かなり太い木なので、幹によってほとんど前方の視界が閉ざされていた。現実にはお目にかかれないような、巨大な木だ。

「こんな太い木が、雷で倒れるのかよ」

つい、突っ込んでしまった。倒れた幹の直径は、主人公の身長ほどもある。つまりこれは、よじ登れないということなのだろう。現に幹に近づいてみても、そこより前には進めなかった。回廊は使えなくなったわけだ。

しかし、これによって離れと切り離されたわけではない。回廊が通れないだけで、回廊の外に出れば離れに行けるのである。いったいなんの意味があるのか。

主人公たちに遅れて、ランキンやダレスたち使用人もやってきた。それぞれに「ああ」「なんと」と驚きの声を発している。ざっと見たところ、全員屋敷側にいて無事のようだ。この事故によって、死人や怪我人は出ていない。ますます、倒木イベントの意味がわからなかった。

「壊れたのが回廊で幸いでしたな。離れ直撃じゃなくて、本当によかった」

そう声を発したのは、リゴールだ。ランキンが頷いて応じる。

「みんな、無事だな。それは何よりだ。建物など、直せば済む。お客様方も、大丈夫ですね」

「はい。私たちはなんとも」

エリックが答えた。一同の表情に、安堵の色が浮かんだ。

26

「ううむ、なんなんだろうな、これは」

瀧川は首を捻った。離れとの往復が制限されるなら、限定状況が作れる。しかし、離れとは問題なく行き来できてしまうのだ。この後何が起きるのか、まるで予想できない。

「でもたぶん、第二の殺人に影響するんだろうね」

独り言が漏れる。独り言を呟くようになって初めて知ったが、自分の考えを言葉にすることによって確認するという面もあるのだ。おそらく、言語化する作業が必要なのだろう。今は推理が必要な局面だから、積極的に独り言を発するつもりだった。

ダレスが傘を差し、回廊を出て離れの様子を見に行った。少しして戻ってくると、「建物は大丈夫でした」と言った。つまり、行き来が少し不便になっただけで、生活に支障はないようだ。雨が上がれば、行き来も面倒というほどではなくなるだろう。

ダレスは戻ってくる際に、靴《くつ》を一足持ってきた。回廊を出て外を歩いたときに、泥で靴が汚れてしまったようだ。中庭はきちんと整備されているが、屋敷の外側は土が剝き出しの状態である。そこを歩けば、靴が汚れる。汚れたままの靴で屋敷に入らないために、別の靴を持ってきたのだという。執事らしい気配りだった。

ダレスを見習い、他の使用人たちも屋敷に入る際には綺麗な靴に履き替えることになった。使

用人たちにしてみればひと手間増えたわけだが、客である主人公たちに影響はない。もちろん、屋敷の住人であるランキンやフローレンスもそれは同じだった。今は回廊を直すこともできないので、使用人たちは仕事に戻り、主人公たちもそれぞれに動き出した。雨は依然として降り続いていて、まだやみそうにない。

試してみたが、主人公は回廊の外に出られなかった。靴の替えがないから、出られないということなのだろう。旅人は靴の替えなど持ち歩かないので、客は基本的に離れには行けないのではないか。そう考えて、ひとつ思いついた。

「ああ、リゴールは替えがあるのかな」

リゴールは商人だから、売り物の靴があるかもしれない。だとしたところで、離れに行くためにわざわざ靴をリゴールから買う必要はないだろう。倒木の周りで新たな事実の発見はないから、屋敷に戻ってリゴールを捜した。先ほどとは違い、リゴールは自分に割り当てられた部屋にいた。

「はい、靴も商ってますよ。お入り用ですか」

訊かれたが、「いいえ」を選択する。通常のアイテム購入場面で靴はなかったから、そういう設定ということなのだろう。ならば「はい」と答えていたらどうなったのかと考えたが、もはやリゴールは同じ質問を発さなかった。きっと、「はい」と答えてもサイズが合わないとかの理由で買えなかったのではないか。

以後、特に何も起きなかった。こういうときはベッドに入らないと話が動かない。ベッドに近寄ると「寝ますか？」と問いが出たので、もう寝ていいのだろう。「はい」を選択すると、目の前が暗転した。

ひと晩経ったことになるが、ゲームの中ではもちろん一瞬である。すぐに次の日になり、視界が明るくなった。すると同時に、屋敷内の慌ただしい雰囲気が伝わってきた。いや、順番としては逆で、おかしな気配を感じて目を覚ましたらしい。部屋を出ると案の定、使用人たちが廊下を走っていた。

並びの部屋から、リゴール、エリック、エミリアが顔を出した。第二の殺人が起きたのだとしても、この三人が被害者ではないようだ。ならば、被害者は誰か。まずエリックに近づいて話しかけると、こう答えた。

「何か起きたようです」

他のふたりも、口調が違うだけで同じ内容のことしか言わない。ともかく、使用人たちが向かう方に行くしかないようだった。

使用人たちは、屋敷の東側に走っていた。予想できたことだが、事件は離れで起きたらしい。つまり、被害者は使用人か。

「ダレスだな」

瀧川は呟いた。先読みというほどではない。使用人の中でまともに名前を与えられているのはダレスだけなのだから、他の人が被害者だったらむしろ驚く。屋敷の廊下を曲がって回廊に入ると、寝る前と同じく大木が行く手を塞いでいた。雨はすでに上がっている。

「きゃーっ」

タイミングよく、悲鳴が聞こえた。やはり、第二の殺人か。回廊の屋敷側で待っていると、外に出て大木を迂回《うかい》してきたメイドが震えながら離れを指差した。

「ダレスさんが、ダレスさんが……」
顔面は蒼白《そうはく》で、唇をわなわなと震わせている。手を伸ばせば触れられる距離だから、ゲームとは思えない臨場感だ。かつて解像度が低い頃はＶＲのホラーゲームがよく作られていたが、今は人気がない。あまりにリアルで、怖すぎるせいだ。考えてみれば、ＶＲゲームで殺人事件を扱うのも、そういう観点から珍しいと言える。

「行ってみましょう」

そう提案したのは、エリックだった。当然、行かずにはいられない。エリックが躊躇することなく回廊の外に出ていったので、後に続いた。地面はぬかるんでいるようだが、さすがに足許の感触までは再現されない。

大木を回り込むようにして、離れ側の回廊に入った。エミリアとリゴールも後に続いている。
先に回廊に入ったエリックが、「待って」と一同を引き留めた。

「靴に泥がついたままでは、離れを汚してしまう。泥を拭う布を持ってきてもらいましょう」

殺人が起きているなら、現場を荒らすわけにはいかない。瀧川も泥は拭うべきだと思っていた。
エリックが離れの方に向かい、「おーい」と呼びかける。

「すみませんが、靴を拭く布を持ってきてください」

するとそれに呼応して、先ほどとは別のメイドがすぐに現れた。きびきびと、全員の靴を拭く。
だがその程度で泥は落ちきらないのか、先に歩き出したエリックの後にはわずかに足跡が残っていた。「リアルだな」と瀧川は呟いた。ゲームなのだから、完全に綺麗になってもよさそうなものだが。

回廊から離れに入った。離れとは言いながら、部屋数は少なくなかった。廊下が奥に続き、右手にドアが四つ並んでいる。それだけでなく、二階もあるようだ。住み込みの使用人は、確か五人だとランキンが言っていた。通いの使用人が泊まることになっても、部屋を割り当てられるのだろう。

一番奥の、右側のドアが開いていた。ドアのそばに、使用人たちが固まっている。皆、部屋の中に入っていく勇気がないようだ。そこに近づき、まずエリックが部屋の入り口に立った。嘆くように、「ああ」と声を上げる。エリックの肩越しに、中を覗いた。

床に倒れている人物がいた。ダレスだ。ダレスの周囲には血が広がっているが、生々しくならないようにか、あまりリアルな色ではなかった。急に解像度が落ちたみたいに、いかにも作り物に見える。まあ、ゲームなのだからやむを得ない。ダレスの周りに、足跡はなかった。犯人の靴は汚れていなかったということか。

「なんということだ……」

呟きながら、エリックが部屋の中に入っていった。瀧川もそれに続いた。血はダレスの胸から流れているようだ。服が赤くなっている。何かで刺されたのだろうが、凶器は残っていない。ダレスは両手を上げ、仰《あお》向《む》けになっていた。口は開いているが、目は閉じている。目を剝いた死に顔では、きっとゲームの審査が通らないのだろう。そのお蔭で、死体はさほど恐ろしげではなかった。

「こういうときは部屋の中をよく観察しないとな」

瀧川は自分の声が弾んでいるのを自覚した。気分は名探偵である。きっと手がかりがあるはず

だから、念入りに調べなければならない。

部屋は広かった。十畳くらいはありそうだ。瀧川が今いる部屋より、よほど広い。執事のくせに、とつい職業差別的なことを考えてしまう。中世ヨーロッパでは、執事でもこれくらいの広さの部屋に住んでいたのだろうか。

部屋の中には机と椅子、ベッド、扉つきの棚があった。ここは角部屋なので、東と南に窓がある。両方とも、カーテンが開いているので外が見えた。念のため窓に近づき、外の地面を見たが、特に足跡はなかった。窓には鍵がかかっている。

机の上にはペンや文鎮、紙などが置いてあった。ひとつひとつ調べてみたが、気になる物はない。それでも、何があるかは記憶しておいた。後で問題になるかもしれないと考えたからだ。

棚の中には、食器や細工物があった。細工物は木製の熊や鹿、あるいは楽器や馬車などだった。ダレスはこういう物を集める趣味があったようだ。抽斗もあり、ナイフやフォークが入っている。ナイフは見たところ、血糊《ちのり》などはついていない。これが凶器ではなさそうだ。

部屋の西側にも、ドアがあった。開けてみると、驚いたことにトイレと風呂だった。離れ全体で共用のトイレと風呂があるわけではないようだ。あるいはダレスだけ特別待遇なのか。

ここにも、凶器に使えそうな物はない。どうやら現場に凶器は残っていないらしい。いや、そもそも凶器を使った殺害なのか。今になってようやく、食堂にあったカードの絵柄を思い出した。

死体のそばには、リゴールが立っていた。近寄って話しかけると、沈痛な面もちで頷く。

「はい、どうやらダレスは、疾光魔法で殺されたようです」

27

やはり、そうなのか。疾光魔法は光を固体にして放つ技だと、リゴールは説明した。しかし、それだけではまだ理解が足りていなかったことに気づいた。固体となった光は、標的に当たった後にどうなるのか。

「疾光魔法はもともと光ですから、いつまでも固形で残っているわけではありません。相手に当たるとすぐ、消えてしまいます。説明上、光を固形にすると言っていますが、実際には光で敵を貫く技だと思ってもらった方がいいでしょう。ですからこのように、死体には傷跡だけが残り、凶器は存在しないのです」

なるほど、ならばいくら凶器を探しても見つからないわけだ。荒川区で起きた殺人事件では死体にアクリルの棒が刺してあったというから、ゲーム内の事件でも同じように凶器の光が刺さっているのかと思ったが、違うようだ。現実の殺人の場合、凶器を持ち去るだけではゲームの見立てにならない。単なる刺殺でしかなくなってしまう。それで、アクリルの棒を刺すなどという妙なことをしたのだろう。もっとも、荒川区の事件が本当に《ドラゴンズ・グレイブ》の見立てであったら、だが。

「他に、これが疾光魔法による攻撃だと示すものはありますか」

エリックが尋ねる。リゴールは首を振った。

「いえ、特にありませんね。疾光魔法では傷口が焼《や》け爛《ただ》れるということもないですし、ご覧のよ

うに普通に血も流れます。ただ、炎塵魔法による殺人があったわけで、犯人が同じであればこれも魔法によるものと考えるのが妥当でしょう。例のカードの予告もありましたし」

　そういうことなのだろう。ひとり目は魔法で、ふたり目は物理的な武器で殺すのは、ちょっと考えにくい。一連の犯行は魔法使いによるものと見做すべきだった。

「そこのメイド、ちょっと入ってきたまえ」

　エリックが部屋の入り口で立ち尽くしているメイドに声をかけた。メイドは明らかに怯《おび》えた態度で、床に横たわる死体から目を背けて入ってくる。そんなメイドに、エリックは質問を向けた。

「ダレスを見つけたのは、君か？」

「はい、そうです」

　メイドの声は震えていた。ついリアルな人間のように捉えてしまうが、当然のことながら声は声優が当てている。声優の名演技だった。

「いつもであれば、ダレスさんは誰よりも早く起きて仕事に取りかかります。ですが今朝は、ダレスさんが起きてこなかったのです。どうしたのかと思って、私が様子を見に来ました。すると、ダレスさんが……」

　死んでいた、とまでは言わなかった。恐ろしくて口にできない、といった様子だ。口許に手を当て、身を震わせている。VRの人物だとわかっていても、かわいそうにと思ってしまった。

「部屋に鍵はかかってなかったの？」

　エリックが質問を続けた。主人公は声を発さないゲームなので、尋問は他の人がすることになる。エミリアは口が重そうだし、リゴールは説明役だから、エリックが質問係なのだろう。名探

偵の役割を取られたようで、瀧川としては少し不満だ。できれば、直接質問してみたい。

「はい、かかってませんでした」

では、この現場は密室というわけではなかったのだ。第二の殺人だけを取り上げるなら、取り立てて不可解な点はない。凶器が見つかれば、ごく普通の殺人だ。「疾光魔法って地味だな」と呟いた。これが現実の殺人だったら、不謹慎すぎてとてもこんなことは言えない。

「君の部屋はどこ？」

エリックが訊くと、メイドは屋敷の方に目をやった。

「この離れの、屋敷に一番近い部屋です。ちなみにもうひとりのメイドは私の東隣の部屋で、庭師のご夫婦は二階です」

「なるほど。では、ここの隣の部屋は誰も使っていないのか」

「はい」

「ダレスの悲鳴や、争う物音は聞こえなかった？」

「いいえ、何も」

「他の者たちはどうだ。何も聞いていないか」

部屋の入り口付近で立ち尽くす使用人たちに、エリックは問いかけた。だが全員、首を横に振るだけだった。ならば、現時点では犯行時間が夜中なのか明け方なのかもわからないことになる。最初の殺人でもそうだったが、時計がない世界だからアリバイが問題となる展開にはならないのだろう。

使用人たちが、いっせいに顔の向きを変えた。誰かが来たようだ。使用人たちが後ろに下がる

と、入り口にはランキンが現れた。ランキンは立ち尽くし、「おお」と驚きの声を発した。

「なんということか、ああ、ダレス」

主人公たちの姿が目に入っていないかのように、よろよろと中に入ってきてダレスの傍らに跪《ひざまず》く。手を差し伸べようとして、ダレスが完全に事切れていることにいまさら気づいたか、その手を止めた。顔を上げ、ようやく客たちを見回す。

「どなたが……、どなたがダレスにこんなことを？」

誰がダレスを殺したのかと尋ねているのだ。それに応える者はいない。客たちは皆、痛ましげにランキンを見るだけだった。

「どうやらダレスは、疾光魔法で殺されたようです。カードの予告どおりです」

一同を代表して、リゴールが口を開いた。ランキンは愕然としたように目を瞠《みは》り、リゴールからダレスに視線を移す。

「またしても魔法ですか。しかし、この屋敷の中に魔法使いなどいないのです。外からやってきたとしか思えません」

つまり、犯人は客たちの中にいると言っているわけだ。まあ、そうだろう。これでメイドが犯人だったら意外だが、意外であれば面白いというものでもない。納得できなければ、ミステリーとしてはつまらないだけだ。そうした作劇上の都合を考えれば、やはりここにいる客三人の中の誰かが犯人なのだろう。

「なぜ、なぜダレスを殺さなければならなかったのです？　どうしてですか。教えてください」

ランキンの訴えは悲痛だった。ダレスは執事として長く仕えてきたようである。主従の関係で

あっても、精神的な繋がりが存在したに違いない。ずっと近くにいた人を喪《うしな》い、ランキンは嘆き悲しんでいるのだ。

「そうですね。どうしてダレスが殺されたのか。それはぼくも疑問に思うところです。ですからむしろ、こちらから伺います。ダレスが殺された理由に心当たりはありますか」

　エリックが名探偵ふうに、ランキンに問い返す。「いや、そこは主人公の出番だろ」と思わず言ってしまった。主人公も喋る設定にしておけばよかったのに、と思う。もっとも、そうなると自分の声ではなくなるので、没入感が減じてしまうわけだが。

「わかりません。どうしてこんなことになったのか……」

　ランキンは首を振り、うなだれてしまった。いかにも哀れである。皆、その様に遠慮したのか、エリックも含めて何も言わなくなってしまった。ランキンに近づくと、「屋敷に戻る」という選択肢が出た。それを選ぶと、またしてもエリックが場を仕切った。

「ぼくたちはランキンさんとともに屋敷に戻る。庭師のご夫妻、悪いがこの部屋を見張っていてくれ。他の者たちも、屋敷に戻ろう」

　命令するだけでなく、エリックはランキンに手を貸し、立ち上がらせた。エリックの支えを借りて、ランキンはなんとか歩き始める。その後ろに、エミリアとリゴールとともについていった。回廊は依然として、大木に塞がれている。皆揃って回廊の外に出たので、ふたたび靴が汚れた。回廊の反対側で待っていたもうひとりのメイドが、すかさず全員の靴を拭いた。

「あれ？　これってもしかして――」

　この面倒な描写の意味がわかった気がした。靴の泥は落としても、完全に綺麗になるわけでは

ない。現に今も、うっすらと皆の足跡が残ってしまっている。だがダレスの部屋に、足跡はまったくなかった。つまりこれは、犯人は屋敷と離れを往復しなかったということなのか。あるいは靴を履き替えたか。

屋敷と離れを往復しなかったのであれば、犯人は使用人たちの中にいることになる。その一方、屋敷側に犯人がいたなら、替えの靴を持っていた人しか往復できない。リゴールは商品として替えの靴を持っていた。それからもちろん、ここの住人であるランキンとフローレンスも持っているだろう。これまで登場していないが、ランキンに妻はいるのか。使用人が犯人でないなら、容疑者は一気に絞られる。

「推理ゲームっぽくなってきたなぁ」

嬉しくなって、ニヤニヤした。現実の事件とは違い、ＶＲの世界の中ではどこまでも気楽である。

28

屋敷側に戻ると、ランキンが預かっていた主人公たちの剣を検《あらた》めるというムービーが始まった。剣は保管庫に収められていて、その鍵はランキンが持っていたので、誰も持ち出せないようになっていた。一応取り出して確認してみたが、もちろん血糊などはついていない。屋敷内の他の武器や刃物も使用人に調べさせたところ、やはり使用された痕跡はなかったと報告が入った。つまり、ダレス殺しに使われた凶器は屋敷内に存在しないということのようだ。

「よし、まずはリゴールの靴だな」

ムービーが終わって自由に動けるようになったので、口に出して確認した。自分の部屋に入っていったリゴールを追いかけ、ドアの前に立ってノックをする。中に入ったばかりのリゴールが、顔を出した。

「どうしました？」

リゴールの問いに応じて、選択肢がいくつも出た。それらすべてを虱潰《しらみつぶ》しに選んでいっても、いつか正解に辿り着けるのかもしれないが、そんな方法では推理の醍醐味《だいごみ》が味わえない。考えて選んでくれという製作側の意図で、選択肢を多くしてあるのだろう。瀧川は当然、「売り物を見せてくれ」を選んだ。

「売り物ですか。何かお入り用ですか。大変失礼ですが、ドアを開けたままにしておいていいでしょうか」

リゴールは用心深いことを言ったが、この状況ではむしろそうしないと不自然だった。なまじ目の前に本当に存在するように見えているから、言動がおかしいと白けてしまう。細かいところまで考えられていることに、感心した。

ゲーム内の主人公は喋らないので、代わって瀧川が心の中で「かまわないよ」と返事をした。中に入ると、リゴールが荷物を広げて売り物を見せる。だが首を傾げ、「おや」と言った。

「靴が一足、なくなっている」

「おお、やっぱりそうか」

声に出して反応した。どうやら、正しい推理の道筋を辿っているようだ。推理のキーは靴で間

違いない。靴の泥でロジックを構築させるために、木が倒れて屋敷と離れが分断されたのだろう。

「おかしいな。昨日までは確かにあったのに」

いつの間にかなくなっているようなことを、リゴールは呟く。それが本当かどうかは、まだわからない。リゴールが売り物の靴を履き、離れに行った可能性もあるからだ。だが額面どおり受け取れば、何者かがリゴールの部屋に忍び込んで靴を持ち出したことになる。そんなことをするのは、犯人以外にあり得なかった。

いくつかの選択肢が表示された。その中の「靴を捜す」を選ぶ。まずは、このリゴールの部屋を捜索した。盲点を衝いて、ここに隠してあるかもしれないと考えたからだ。

しかし、そんなことはなかった。隈《くま》なく捜したが、泥がついた靴は見つからなかった。次に、リゴールに質問をした。寝ている間に誰かが部屋に忍び込んだかもしれないのに、気づかなかったのかと問い質したのだ。

「はい、私は一度寝ると熟睡して、よっぽどのことがないと起きないんですよ。部屋に鍵はかけなかったですし、忍び込まれても気づきませんなぁ」

売り物があるのに不用心ではないかと思ったが、どれくらい深く寝るかをあげつらっても仕方ない。ゲームなのだから、そういう設定の人と受け入れるしかなかった。

「靴を商っていることを知っている人は？」という質問を向けた。リゴールが売り物として靴を扱っていると知っていなければ、忍び込んで盗もうとは考えない。知らない人は容疑圏外にできるかもしれなかった。

「皆さん、ご存じだと思いますよ。少なくとも旅人の方々は、皆さんご覧になってます。ランキ

ンさんにはお見せしていませんが、お話はしました。細かいことを言うなら、フローレンスお嬢さんや使用人たちは知らないかもしれませんけど」

フローレンスは知らないのか。だが、何かの拍子に耳にしている可能性もある。この一事をもって容疑圏外とするのは、無理だと判断した。

ランキンの妻の名前は出ない。ランキンに妻がいるのかどうか訊きたかったが、選択肢の中になかった。訊くべき相手はリゴールではないのだろう。他の質問の選択肢を選んでも有益な情報は得られないので、部屋の外に出た。

エミリアとエリックの部屋も訪ね、リゴールの売り物の靴がなくなっていることを告げた。普通なら、それがどうしたと問い返されるところだが、ふたりとも詮索《せんさく》せずに室内の探索を許してくれる。いちいち説明を繰り返すと煩雑《はんざつ》だからだろう。この辺りは、やはりゲームだ。

どちらの部屋からも、靴は出てこなかった。だが、それは予想していたことだった。あっさり証拠品が見つかって犯人が特定されるようでは、まったく面白くない。そもそも、現実でもそんな間抜けな犯人はいないだろう。

となると、消えた靴を捜すことが大事だった。リアルな世界なら靴盗難の重要性を説明して、手分けして捜すことになるだろうが、ゲーム内ではそういう展開にはならない。あくまで、自分ひとりで捜さなければいけないようだ。それもゲームの醍醐味なので、文句も言わずに捜索を始める。

すると、思いがけずあっさり見つかった。こんなところで手間をかけさせるゲームではなかったようだ。中庭の植え込みの中に、靴が落ちていた。拾い上げてみると、靴底には確かに泥がつ

いていた。

「これだろ」

あまりに簡単に正解と思われる道筋を辿っているので、自分の推理力に自信を持った。さくさく進んでいるが、プレイヤーによってはかなり難しいと感じる人もいるのではないか。

「探偵にでもなろうかな」

この推理力を生かせる警察官という職に就いていたのに、辞めてしまったことが惜しく思えてきた。今後どんな仕事をするか決めていないが、本気で探偵になることを検討しようかと考えた。

さて、ここからどうするか。リゴールの靴が盗まれ、それが泥がついた状態で見つかったことの意味は、やはり全員に説明すべきだろう。泥がついた靴が発見されたことで、犯人が屋敷側にいる可能性が高くなった。もちろん、こっそり離れと往復しただけで犯人と断定するわけにはいかないが、犯人でないならそんなことをする理由がわからない。厳密に考えれば断定できないだけのことで、このゲームの中では犯人限定の材料となるのだろう。

そして、厳密ついでに考えると、犯人が離れで別の靴を履いていたか、あるいは裸足だったかはどうでもいいことになる。自分の靴で外を歩き、離れの中では足跡が残らないように裸足で動いていた可能性もあったのだ。しかし、こうして盗まれたリゴールの靴が見つかったからには、犯人は自分の靴を使わなかったのである。ならば、離れの中で靴を履いていたかどうかは、謎解きに関係ない。

「ああ、そうか」

手順を踏むなら、この靴がリゴールの売り物であることを確認しなければならない。リゴール

の部屋を再訪し、見つけた靴を見せた。するとリゴールは、「これです」と声を上げた。

「これは私の売り物です。ああ、どなたかが履いたのですね。新品だったのに、こんなに泥がついて」

　リゴールはまだ、泥がついた靴の重要性に気づいていないのだ。だから、少し的外れなことで嘆く。そんなことを言っている場合じゃないぞ、と声をかけたかった。

　期待どおり、「みんなを集める」という選択肢が表示された。うん、正しい道筋を歩んでいる。その選択肢を選ぶと、一瞬周囲が暗転し、次の瞬間には食堂にいた。ランキン、エリック、エミリア、リゴールが席に着いている。自分は立った状態だった。

　手に靴を持ったままだったので、コントローラーを操作してそれを突き出した。リゴールが、説明をしてくれる。

「あれは私の売り物です。昨夜のうちに、どなたかに盗み出されていたようです。アリエスさんが、中庭で見つけてくれました」

「盗み出された……」

　呆然《ぼうぜん》と呟いたのは、ランキンだった。殺人が二件も起きただけでも衝撃的なのに、この上さらに盗難事件まで発生していたとは、屋敷の当主としてとても容認しがたいのだろう。一連の事件にランキンが関係なく、単に屋敷が舞台に使われただけなら、とんだ災難だ。しかし、旅人だけならまだしも、執事のダレスまで殺されたのだから、この屋敷の住人が無関係とは思えない。ランキンはおそらく、事件の当事者なのだ。

　さらに靴を持つ手を動かし、靴底が一同に見えるようにした。するとエリックが、「おお」と

反応した。主人公が言葉で説明できないから、代弁してくれるのはエリックだろうと予想していた。

「泥がついている。なるほど、そうか。犯人は自分の靴に泥がつかないよう、リゴールさんの売り物を使ったんですね。つまり、昨夜は屋敷側にいた人が、その靴を盗んで離れと往復したことになる」

「まさか、そんな」

ランキンは目を見開いた。まったくもって望ましくない事態だろう。だがゲームのプレイヤーとしては、使用人の中に犯人がいるのではあまり面白くない。容疑者が屋敷側の人間に限定されるのは、ある意味当然の展開だった。

「でもおそらく、リゴールさんの靴を盗む機会は全員にあったんでしょうね。自分には不可能だった、と主張する人はいますか」

例によって、エリックが仕切る。こいつが犯人だったら、探偵=犯人ってトリックか、と思った。それはそれで、なかなかの趣向だが。

エリックの問いかけには、誰も答えない。深夜のことだから、アリバイがある者などいないのだ。全員に靴を盗む時間があり、そして離れと往復してダレスを殺すこともできた。アリバイはこの際、問題ではないのだった。

29

「泥のついた靴が見つかったなら、犯人は離れにいた使用人ではなく、この屋敷側の人たちの中にいることになります。ですが、旅人だったヴァリスさんはまだしも、ここの使用人であるダレスを殺す動機がある人は限られる。そうではないですかね」

エリックはかなり頭が切れる人物のようだ。泥がついた靴を見ただけで、状況をすべて理解している。まあ、主人公が喋れないのだから、代わりに喋ってくれる人が必要で、その人物が愚鈍《ぐどん》だったらプレイヤーも苛々してしまう。不自然なくらい頭の回転が早いのも、やむを得ないことなのだろう。

「――つまり、私たち家族が怪しいとおっしゃっているのですか」

ランキンが陰々《いんいん》とした声で問うた。確かに、エリックの物言いは無礼だ。屋敷の主人としては、追い出したくなるところだろう。しかしエリックは、涼しい顔だった。

「そうは言いません。犯人が過去にヴァリスさんと接点があったと想定できるなら、同じようにダレスとも面識があったと考えることも可能です。そのためにも、ダレスがどんな人だったか、教えていただきたいのですが」

「なるほど」

一瞬、険悪な雰囲気になりかけたが、ランキンは納得したようだった。頷いて、少し考えるように小首を傾げる。

「私とダレスが知り合ったのは、もう二十年以上も前のことです。当時私は親許を離れ、見聞を広めるための旅をしていました。その過程で、ダレスと出会ったのです」

　いずれ領主の地位を親から引き継ぐことは決まっていましたが、何も経験しないまま領主になってしまうことには抵抗があったのです。ランキンはそう続けた。その気持ちは、庶民の家に生まれた瀧川にも理解できる。この屋敷の中でだけ生き、寿命を迎えるのは、どんなに裕福でもいやだろう。若いうちに旅に出るのは、納得できることだった。

「まあ、親許を離れた旅といっても、使用人はついてきていたのですから、完全なひとり旅ではありません。宿を取るのも食事の心配もすべて使用人がしてくれたので、ぬるま湯の旅ですよ。とはいえ、それでも見聞が広まったのは事実です。私は楽しくて仕方ありませんでした」

　そんな思いだったから、ランキンは夜に酒場に行くような冒険までしたらしい。その際は、使用人には内緒でこっそり出かけたそうだ。それで問題がなかったから何度も繰り返したのだが、やはり夜の酒場なので厄介事と無縁というわけにはいかなかった。

「店にいた客たちと楽しくお喋りをしていたのですが、私の服装や物腰から、どうも庶民階級ではなさそうだと気づかれてしまったようなのです。もちろん私も、高価な服を身に着けていたわけではありません。ありきたりの、それこそ町で安く売っている服を着ていたつもりでした。しかしそうは言っても、町で売っている服の中でもいい物だったのでしょう。金持ちのお忍びと察した男が、絡んできました」

　ここで場面は、ランキンの回想に切り替わった。少しセピア色がかった情景が、目の前に広がる。昔のゲームでいうムービーシーンで、視点は一人称ではなくカメラアイになった。

『なあ、あんた。ずいぶん金回りがよさそうじゃないか。お近づきの印に、奢ってくれよ』

ランキンに声をかけた男は、ふたり組だった。両方とも無精髭《ぶしょうひげ》を生やし、山賊のようである。対するランキンは、かなり若い。顔立ちは同じだが肌に張りがあり、しかも予想外なことにそんなに世間知らずのおぼっちゃんという風情ではなかった。むしろ、好んで危険に飛び込んでいきそうな冒険心が目に滲んでいて、まるで主人公のような格好良さである。男に絡まれたと言うから、もっとひ弱そうな外見を想像していた。

『奢る？　どうしておれが？』

ランキンは勇敢なのか危険を察知する能力に欠けているのか、平然と拒絶した。無精髭のふたりは、どうしてくれようとばかりに目を見交わす。

『金は天下の回りものと言うだろ。金持ちが貧乏人に施《ほどこ》しをするのは、当然のことじゃあないのか。なあ、貧乏人に恵んでくれよ』

男たちは椅子を持ってきて、ランキンを左右から挟む形で坐った。周りの客たちは、それを咎めようとはしない。面白がってニヤニヤしている者、心配そうに成り行きを見守っている者、自分は関係ないと顔を背ける者、それぞれだ。無精髭の男たちは、両側からランキンの肩に手を回した。

『なあ、おれたち貧乏人は、明日の食い物もまともに食えるかどうかわからないんだよ。憐れと思《おぼ》し召《め》して、酒くらい奢ってくれや』

さあ、ランキンはどう切り抜けるのか。青くなって震えるわけでもなく、ランキンは無表情だった。もしかして、腕に覚えがあるのか。とはいえ、体格のいい男たちとは対照的に、ランキン

の体つきは華奢《きやしや》である。剣もなく、渡り合えるとは思えなかった。

『貧乏人は酒なんか飲むなよ』

大胆にも、ランキンは挑発的なことを言った。現在の丁寧な物腰のランキンが、若い頃はこういうタイプだったとは意外だ。キャラクターの一貫性がないようにも思えるが、年を経て落ち着いたということなのだろう。瀧川も成り行きに興味が出てきた。

『ふざけんな、てめえ』

対照的に男たちは、型どおりの反応を示した。怒声を張り上げてテーブルを平手で叩き、立ち上がる。ひとりがランキンの胸倉を摑んだ。

『どうだろうか、皆さん』

それでもランキンは動じることなく、堂々たる声で他の客たちに語りかけた。いったい何を言うつもりなのか。

『見てのとおり、二対一だ。どう考えてもひどい理由で、おれは殴られようとしている。一対一なら自力でどうにかできるが、二対一では分が悪い。そこで誰か、おれに雇われてくれないか。こいつらのひとりを引き受けてくれるなら、報酬として一万ピール出そう』

ピールとは、この世界の貨幣だ。一万ピールなら、かなりいい武器や防具が買える。つまり、大枚《たいまい》ということだ。そんな金を払うくらいなら男たちに酒を奢ってやった方が穏当にやり過ごせたろうに、そういう解決は好まない性格のようである。

『乗った』

客のひとりが、そう応じて立ち上がった。見ると、それはダレスだった。先ほどからいたのだ

ろうが、あまりに見た目が若いので気づかなかった。こちらもランキンに負けず劣らず不敵な面構えで、あの慇懃《いんぎん》なダレスと同一人物とは思えない。片頬を歪《ゆが》めて笑う表情が、荒事に慣れていそうだった。

『なんだ、てめえ。やろうってのか』

無精髭の男たちは、笑ってしまうほど類型的な台詞を吐いた。それには答えず、ダレスはすたすたと男の一方に近づくと、いきなり腕を捻《ねじ》り上げた。たまらず男は前屈みになる。もうひとりの男は、仲間の姿を見て目を丸くした。その隙を逃さず、ランキンはもうひとりの男の股間に膝を打ちつけた。

「うわっ、けっこう汚いことするな」

つい感想を声に出してしまった。武芸を嗜《たしな》んでいるのかと思ったら、なりふりかまわないやり口だ。『があっ』と呻く男の後頭部に、今度は肘を叩きつける。たまらず、男は床に倒れた。

ダレスの方は、前屈みになった男の腹に蹴りを入れた。苦しんで床を転がる男の頭を、まるでサッカーボールのように再度蹴る。こちらの男も、昏倒しておとなしくなった。

『助かったよ。名前はなんていうんだ？』

ランキンは乱れた襟元《えりもと》を直しながら、ダレスに問いかけた。にこりともせずに、助っ人は『ダレスだ』と名乗った。

ここで回想シーンが終わり、視界は屋敷の食堂に戻った。ランキンは若い頃とはまるで違う物腰で、昔語りを締め括った。

「それが、私とダレスの出会いでした。私は礼金を持ち合わせていなかったので、屋敷に取りに

来てくれと言いました。ですがダレスは、礼金をもらい損ねるのを恐れて、同行を申し出たのです。ダレスはそのとき、用心棒のようなことをして稼いでいました。傭兵崩れだったとのことです。以後、私たちは一緒に旅をし、それで懇意になったのでした」

あの、生まれたときから執事だったようなダレスにそんな過去があったとは、人に歴史ありだ。某アメコミの執事みたいだなと思った。

「傭兵や用心棒をやっていたのですから、どこかで人の恨みを買っていたかもしれません。ただ、そうだとしてもそれは大昔の話です。ここで執事として働き始めてからは、人に恨まれるような真似はいっさいしていなかったと保証できます。皆さんもダレスと接していたのだから、それはおわかりになるでしょう」

住み込みの執事ならば、屋敷の外に出る機会も少なかったはずだ。会うのは屋敷内の人と、代わる代わるやってくる客たちか。何か諍《いさか》いがあったとしたら客とだろうが、執事に徹していたダレスが客に非礼を働いたとも思えない。やはりランキンと知り合う以前の暮らしに、今回の殺害の動機が潜んでいるのだろうか。

「なるほど、わかりました。では、ダレスが殺された理由に心当たりはないわけですね？」

エリックが念を押す。ランキンは静かに頷いた。

「ええ。私の知らない理由があったとしか思えません」

動機から犯人に迫れるゲームではないようだ。

30

「私の同期で、今は警察を辞めて引き籠りみたいな生活を送っている者がいるんです。ちょうど《ドラゴンズ・グレイブ》をやっているとのことなので、現実の事件との関係をどう思うか訊いてみました」

瀧川とのやり取りを終え、傍らに立っている南条に話しかけた。南条は真萩の方に目を向け、興味深そうに訊き返す。

「ふんふん、それで？」

「まだ第二の事件が起きるまで話が進んでいないらしく、急いで続きをやると言ってました」

「あ、そう。ぼくたちがやってる暇はないから、助かるねぇ。で、その人はなんで辞めたの？」

「ネットで炎上してしまって。ご存じないですか。女性を無理矢理ホテルに連れ込もうとしたと、動画が拡散して騒ぎになった件……」

「ああ、あったねぇ。あれは君の同期か」

記憶を甦《よみがえ》らせて、南条は小刻みに頷いた。続けて、事情を知らない部外者としては当然の質問をする。

「あんな女性の敵と、君はまだ付き合いがあるの？」

「本人が言うには、あれは濡れ衣らしいです。罠に嵌められた、と」

「それ、信じてるの？」

「本人は強引に女性を誘うようなキャラではないので、一応信じてます」

「そうか。君が信じてるなら、ぼくがとやかく言う筋合いじゃないけどね。じゃあ、期待しないでその人の感想を待とう」

「はい」

期待しないで、とは、実は真萩も同感だった。ちょっとした思いつきで瀧川に訊いてみただけのことで、それが事件解決の突破口になるなどとは微塵《みじん》も考えていない。そもそも、現実の事件とゲームに繋がりがあるという説も、八割方疑っていた。

「ところで、ゲームの見立てという説は捜査会議で発表しますか」

念のため、確認した。南条が発表しなくても、捜査本部の他の誰かが気づくことだろうが。

「うーん、ぼくは恥ずかしいからいやだなぁ。君、発表してよ」

「えっ、私がですか」

所轄刑事が捜査会議で発表するなど、僭越ではないか。そういうときはやはり、本庁捜査一課刑事である南条が指摘すべきだと思う。

「だって、ぼくはゲームとの繋がりなんて信じてないもん。君、頼むよ」

「私だってそんなに信じてませんが」

「そんなに、ってことは、少しは信じてるわけだ。なら、お願い」

言葉尻を捉えられ、押しつけられてしまった。よけいなことを言わなければよかったと、後悔した。

その夜の会議では、何も言わずに済まそうかという誘惑に駆られた。手を挙げなければいいの

である。そんなふうに考えていたら、南条がよけいなことをした。挙手もせずにいきなり、「私の相棒が、何か報告したいそうです」などと言い出したのだ。面倒事を押しつけやがって、と南条の背中を恨めしい思いで睨んだ。

「南条の相棒って、誰だ」

司会役である捜査一課の係長が、一同を見渡した。仕方なく、立ち上がって「私です」と発言した。

「では、報告します。町田署の保田です。これはインターネット上の噂ですが、先日荒川区東尾久で発生した殺人事件が、こちらの殺しと関係していると言われています。具体的には、《ドラゴンズ・グレイブ》というVRゲームの中で連続殺人が起きるらしく、その第一の事件がこちらの事件に、第二の事件が東尾久の事件に似ているとのことです」

　勇気を振り絞って発表したのに、反応はまったくなかった。講堂内はしんと静まり返っている。その沈黙を重く感じ、真萩は怯んだ。だからいやだったんだと、密かに南条を怨《えん》じた。

「詳しく説明します。ゲーム内での最初の殺人は、死体を焼いていたそうです。第二の事件は、光を使った魔法で貫かれていたらしいです。東尾久の事件では、死体の傷口にアクリルの棒が差し込まれていたと聞いています。この棒は、光の魔法の見立てではないかと、ネットで言われているわけです」

　光の魔法ねぇ、という声がどこかから聞こえ、それに対してどっと笑いが起きた。笑いたい気持ちはわかるが、ネットの指摘を笑ってほしい。南条に押しつけられて発表している真萩が笑われるのは、あまりに理不尽だった。

「荒川区で殺しが起きたのは知ってるが、詳しいことは聞いてないな。こっちと何か繋がりがありそうなのか」

係長に問い返された。私に訊かれても、と内心で思ったが、そんなことを言い返すわけにはいかない。

「私も、ネットのニュースで報じられていることくらいしか知りません」

「君自身、どう思うんだ。関係あると思うか」

係長はなおも尋ねる。所轄刑事に意見を求めないで欲しかった。

「いえ、あの、正直に言えば、ただのこじつけではないかと」

「まあ、そうだろうなぁ」

係長の反応に、また座が沸いた。笑いものにされている気分だった。

「そのネットの噂、聞いてる奴は他にもいるよな。荒川に詳細を聞くべきだと思う者」

係長がこの場の全員に問いかけた。連携の必要性を訴える声はなかった。そうでしょうね、と真萩は捨て鉢に考えた。

「じゃあ、ネットの噂は取りあえずいいだろ。他に何かあるか」

ようやく係長は、真萩を解放してくれた。椅子に腰を下ろして、ため息をつきたくなる気持ちをなんとか抑えた。会議が終わったら南条に文句を言いたかったが、それを実行に移す気力は残っていなかった。南条は面倒を避けるように、そそくさと帰ってしまった。

しかし、それからほどなくして、笑っている場合ではなくなった。真萩は以後も、ネットの噂を気にかけていた。捜査会議で笑われたことが悔しく、少し意地になって新情報を掘り出してや

ろうと考えていたのだ。だから、新しい噂にはすぐに気づけた。

「うーん」

思わず声が漏れた。電車の中だったのでそれ以上は何も言えなかったが、周りに人がいなければ「嘘」と呟いていただろう。それほど、信じがたい指摘を目にした。

「ん？　何、どうした？」

横に立っていた南条が、耳聡《みみざと》くこちらの声を聞きつけた。電車内で詳しいことを説明するわけにはいかず、スマートフォンの画面をそのまま示す。南条は覗き込み、「ふうん」と鼻から抜けるような声を発した。南条はそんな反応をするだろうと思っていた。

「たまたまだろ」

あっさり言うと、それ以上興味を示さなかった。真萩はスマートフォンを引っ込め、改めてその投稿を読んだ。

〈埼玉で起きた殺人事件、ドラゴンズ・グレイブの三つ目の殺人に似てね？〉

そう書いた上で、ニュース記事へリンクを張っていた。そのリンク先も、すでに読んだ。埼玉県さいたま市で、扼殺《やくさつ》死体が発見されたらしいのだ。

その記事を読む限り、ゲームとの関連を思わせる要素は皆無だった。東尾久の事件は、アクリルの棒を傷口に刺すという特異な状況があった。しかしこの埼玉の事件は、なんの特徴もない。《ドラゴンズ・グレイブ》の中で起きる連続殺人の三件目が扼殺だとしても、単にそれだけでゲームの見立てと見做すのは強引だった。扼殺による殺人が毎日のように起きているわけではないが、決して珍しい殺し方ではない。南条の言うとおり、たまたまとしか思えなかった。

それでも、《ドラゴンズ・グレイブ》の三件目の殺人がどんな状況だったのかは気になった。そんなことも、検索すれば簡単にわかる。どうやら三件目の殺人は、密室殺人だったようだ。ならば、埼玉の他殺死体も密室内で発見されたのか。いや、それはあり得ない。もし本当に密室殺人ならニュースが報じないのはおかしいし、埼玉県警が発見状況を伏せているのであればゲームとの共通点だと指摘する人がいるわけもない。《ドラゴンズ・グレイブ》と関係づけようとしている人は、単に扼殺という殺害手段だけで似ていると言っているのだ。根拠は薄弱だと見做さざるを得なかった。

真萩を含めた捜査本部の態度が変わったのは、その日の夕方のことだった。荒川警察署に設置されている捜査本部から、問い合わせがあったのだ。

問い合わせ内容は、「そちらの死体発見現場にカードのような遺留品はなかったか」だった。

31

まずは上層部で、その問い合わせについて吟味したらしい。だが結局なんのことだかわからず、誰かがゲーム云々《うんぬん》のことではないかと思いつき、真萩が呼び出された。死体発見現場を捜索しているという点でも、問い質すべき相手と認定されたようだ。

「保田です」

用件は何かと訊きたかったが、とてもそんな雰囲気ではなかった。署長室に来いと言われただけで、何か失態をやらかしたかと己の振る舞いが不安になった。署長室のドアをノックし、緊張

のあまりがちがちになりながら中に入る。待っていたのは署長の他、本庁捜査一課の管理官と係長だった。その三人が、いっせいにこちらに視線を向けてくる。視線の圧が凄《すさ》まじかった。

「君は、荒川区東尾久の事件がこちらと関係しているかもしれないと指摘したね」

口を開いたのは署長だった。叩き上げの署長は、出世する過程の苦労を物語るかのように頭髪がほぼ完全に白髪だった。しかし老人と言うにはまだ早い年齢のはずで、実際顔つきは未だ精悍《せいかん》で老いを感じさせない。その分、目つきが鋭く威圧感がある。視線を合わせて話をするのが難しい相手だった。

「あ、いえ、正確にはそういう噂がネットに流れている、と発表しただけです」

会議の席で笑われたことがトラウマになっていて、自分の意見ではないことを強調しておいた。だが署長はそんなことはどうでもいいかのように、質問を重ねる。

「荒川署から問い合わせがあった。こちらの死体発見現場にカードのような遺留品はなかったか、というのだ」

「カード、ですか」

そんなものあっただろうか。考えるまでもなく、なかったと思う。少なくとも、自分は知らない。

「なかったように思います」

「そうだな。私も記録を見たが、載っていなかった。しかし、現場から少し離れたところでそうしたものが見つかってはいたが、事件と無関係と見做して証拠品として保存しなかった、ということはないかね」

ご購読ありがとうございます。下記の項目についてお答えください。
ご記入いただきましたアンケートの内容は、よりよい本づくりの参考とさせていただきます。その他の目的では使用いたしません。また第三者には開示いたしませんので、ご協力をお願いいたします。

書名（　　　　　　　　　　　　　　　　　　　　　　　　　　　　　　）

●本書をお読みになってのご意見・ご感想をお書き下さい。

※お書き頂いたご意見・ご感想を本書の帯、広告等（文庫化の時を含む）に掲載してもよろしいですか？

1. はい　2. いいえ　3. 事前に連絡してほしい　4. 名前を掲載しなければよい

●ご購入の動機は？

1. 著者の作品が好きなので　2. タイトルにひかれて　3. 装丁にひかれて
4. 帯にひかれて　5. 書評・紹介記事を読んで　6. 作品のテーマに興味があったので
7. 「小説推理」の連載を読んでいたので　8. 新聞・雑誌広告（　　　　　　　　　　）

●本書の定価についてどう思いますか？

1. 高い　2. 安い　3. 妥当

●好きな作家を挙げてください。

（　　　　　　　　　　　　　　　　　　　　　　　　　　　　　　）

●最近読んで特に面白かった本のタイトルをお書き下さい。

（　　　　　　　　　　　　　　　　　　　　　　　　　　　　　　）

●定期購読新聞および定期購読雑誌をお教えください。

（　　　　　　　　　　　　　　　　　　　　　　　　　　　　　　）

「……さあ、どうでしょう。私はそんな話も聞いていません」

「そうか」

署長が頷くと、署長机の手前の応接セットに腰を下ろしている本庁の管理官がその先を引き取った。

「君は、ドラゴンズなんとかというゲームには詳しいのか」

「えっ？　いえ、まったく」

なぜ《ドラゴンズ・グレイブ》の話を蒸し返すのかわからず、きっぱりと否定した。詳しいと思われたら、なにやら面倒なことになりそうな予感がしたのだ。

「では、ゲーム内でカードが出てくるかどうかも知らないか」

「はい、知りません」

「そうしたことは、調べればわかるか」

「わかります」

「では、今すぐ調べてくれ。君はゴーグルをかけていないようだが、スマートフォンを持っているのか。今ここで使っていい」

「わかりました」

言われたとおり、自分のスマートフォンを取り出し、立ったまま検索した。するとすぐに、結果が出た。いかにもゲーム的な使われ方だった。

「ゲーム内では、カードが殺人予告になっていたようです。被害者は、カードの絵柄どおりの方法で殺害されるというストーリーらしいです」

それを聞き、管理官は係長と目を見交わした。荒川署の問い合わせ内容からすると、あちらの死体発見現場ではカードが見つかっていたのか。まさか本当に、《ドラゴンズ・グレイブ》の見立てなのか。

「この後の捜査会議で発表するが、荒川署には埼玉県警から問い合わせがあったらしい。埼玉県さいたま市で殺しがあり、その現場にカードがあったそうだ」

「えっ」

まさに息を呑んだ。そのまましばらく呼吸を止めていた。苦しくなってようやく、自分が息をしていなかったことに気づいた。それほど、衝撃は大きかった。

「さいたま市の殺しとは、扼殺による殺人事件のことでしょうか」

「そうだ。なんだ、気づいてたのか」

いや、どうせたまたまに過ぎないと見逃していたのだが、そんなことを言う余裕はない。あの投稿の方が正しかったのだと、ただただ驚いていた。

「埼玉県警では、ゲームの見立てというネットの噂を軽視せず、荒川署に問い合わせたのだ。で、双方の現場でカードが見つかっていたと判明した。となると、こちらの事件も無関係ではなかろうと問い合わせてきたわけだ。しかし、こちらではカードなんて見つかってないんだな」

「はあ、そうです」

だが、そういうことであればむしろカードがなかった方が不思議だった。ついうっかり、カードを残すのを忘れたのだろうか。

「わかった。下がっていい」

署長に言われ、一礼して署長室を出た。緊張で硬くなっていたはずなのに、そんなことはすっかり忘れていた。聞いたばかりの新情報に頭を占められ、他のことが考えられなくなっていた。もっと詳しいことが知りたかったが、訊ける雰囲気ではなかった。この後の捜査会議で発表すると言っていたから待てばいいのだが、そのわずかの間が焦《じ》れったい。スマートフォンでなおも検索してみても、荒川区でもさいたま市でも死体発見現場にカードが落ちていたという情報はまだ外に出ていない。犯人だけが知り得る情報として、マスコミには伏せているのだろう。当然の処置だった。

南条には先にこのことを教え、どういうことか話し合いたい気持ちはあったが、ゲームの見立てという噂を無理矢理発表させられたことをまだ根に持っていた。逡巡《しゅんじゅん》しているうちに捜査会議の時間になったので、結局言わずにおいた。

「ことによっては重大かもしれない新情報が入った」

司会の係長は、まずそう切り出した。荒川署からの問い合わせ内容を話すと、どよめきが起きる。皆、ゲームとの関連なんてあり得ないと鼻先で嗤《わら》っていたのだ。それが笑い事ではない可能性が出てきたら、驚くのも当たり前だった。

「報告書は読んでいるが、改めて確認する。死体発見現場でカードを見た者はいないか」

係長の問いかけに、反応する者はいなかった。見逃したわけではなく、本当に誰もカードを見ていないのだ。どういうことか。荒川区とさいたま市の事件には繋がりがあっても、こちらは無関係なのか。あるいは、犯人が二件目からカードを置くようになったのか。

「荒川区とさいたま市の現場にあったカードは、同一種類のものと確認されたのでしょうか」

質問の声が上がった。そうだ、それは真萩も気になる。

「現在確認中だそうだ」

ならば、単なる偶然なのか。いや、その可能性は低いだろう。殺人現場にカードが落ちている例が、どれくらいあるだろうか。そんな現場がふたつ続けば、偶然と考えるのは危険だ。事件には繋がりがあると見做すべきだろう。

「こちらの事件が起きたのを知って、別のホシがあたかも連続殺人に見えるようにゲームの設定に乗っかったのでは」

新しい仮説が飛び出した。なるほど、それは思いつかなかった。荒川区とさいたま市の事件は同一人物の犯行だとしても、こちらは別ということか。

死体を焼く事件など、めったに起きることではない。そんな珍しい事件が起きたため、《ドラゴンズ・グレイブ》内の殺人事件イベントを思い出した。ゲームの中でも、最初の事件は焼死だった。そこで、自分もゲーム内事件の見立てを行えば、警察は連続殺人と考えるだろう。そうした思考経路だったということになる。

「あり得るかもしれない。だが、そんなことをするメリットは？　ふたりしか殺してないのに、三人殺したように見せかけても、罪が重くなるだけだろう。ふたり殺しと三人殺しの差は大きいぞ」

被害者がふたりまでなら死刑判決が出るかどうかは状況次第だが、三人殺していれば死刑になる可能性が格段に高くなる。係長が言うように、無関係の事件を自分の仕業と見せかけるのはデメリットの方が大きかった。

「こちらの事件発生時に、アリバイがあったのかもしれません。それなら、連続殺人と見做されると自動的に容疑圏外になるわけですから」

発言者はそうつけ加えたが、こちらの死体発見現場にカードがなかったというだけでそこまで推測を展開するのは、想像が逞《たくま》しすぎる。それに、焼死体だから死亡推定時刻は絞り込めていない。確実にアリバイがある人など、現時点では存在しないのだ。係長も「留意しておこう」と応じただけで、この推測を議論の俎上《そじょう》に載せようとはしなかった。

「荒川区とさいたま市は、現場が室内なんじゃないですか。それに対してこちらは屋外だったから、カードが風で飛んでしまったのかもしれません。あるいは、死体と一緒に燃えてしまったとか」

別の人が発言した。その可能性の方があり得そうだった。もっと広範囲に捜索していればカードが見つかったのかもしれないが、今となってはもう遅い。現場にカードを置いたかどうかは、犯人しかわからないことだった。

「そう考えるのが、現時点では妥当かもしれないな。いずれにしろ、情報交換が欠かせないだろう。南条、お前の相棒がゲームとの関わりを指摘したんだ。明日になったら、荒川署に話を聞きに行け」

「わかりました」

指名された南条は、こちらに顔を向けてニッと笑った。悪びれない人だなぁと、苦笑したくなった。

32

翌日、朝一番で出発して荒川警察署に向かった。南条はわざわざ町田までは来ず、現地で合流することになった。本来は本庁捜査一課刑事である南条だけが行けば事足りるのだが、真萩もぜひ話を聞きたい。南条はどこかいい加減なところがある男だとわかってきたものの、真萩を邪魔扱いしないので、それをいいことに同行を望んだのだった。

荒川警察署のロビーには、約束の三十分前に着いた。南条の後に到着したら、真萩抜きでさっさと話を始めてしまうかもしれないと案じたのだ。南条が所轄刑事や女性を見くびらないのはいいのだが、その一方で無《む》頓《とん》着《ちゃく》な面もある。悪気なく、「いいから始めましょう」と言いそうだった。

南条は約束時刻の五分前に現れると、真萩を見て「おはよう、早いねぇ」と呑気に言った。自宅が都心部にあるらしい南条は、ついさっき起きたのではと思えるほど眠そうな顔だった。

「町田からだと遠いだろうに、早起きした？」

「はい、まあまあ早く」

まあまあどころか、かなり早く起きたのだが、そんなことをアピールしても仕方ない。南条は「へぇ」と感心してから、受付に自分の名を名乗った。さほど待たず、会議室に案内される。待っていたのは男ふたりだった。ひとりは四十絡み、ひとりは三十そこそこか。四十絡みの方は、刑事ドラマでその他大勢の刑事として出てきそうな風貌だ。つまり、特に特徴のない中年である。

もう一方は、黒縁眼鏡をかけていかにも真面目そうだった。四十絡みと南条は知り合いのような挨拶をしたので、おそらく本庁捜査一課所属と思われる。

「こちら、六係の本郷《ほんごう》さん。これは町田署の保田さん。で、君は？」

南条は手早く全員を引き合わせた。三十そこそこの男が、「荒川署の延岡《のべおか》巡査部長です」とかしこまって名乗る。全員刑事なので、名刺交換のような煩雑なことはしなかった。着席し、すぐに本題に入る。

「まず私から、こちらの事件の概要をお話しします」

テーブルの上に資料を広げ、延岡が言った。「うん、よろしく」という南条の言葉を受け、話し始める。

「死体は六月十五日火曜日の午後十一時四分に発見されました。発見現場は東尾久二丁目にあるアパートで、この部屋の住人がガイシャでした。ガイシャはひとり暮らしの女性、江川貴代《えがわたかよ》三十三歳。発見のきっかけは、匿名の一一〇番通報でした」

「匿名」

南条が口を挟んだ。町田の事件と同じだから、気になったのだろう。延岡は「ええ」と応じて、続ける。

「名前を名乗らない人物が、住所を告げてそこに死体があると電話をしてきました。公衆電話からで、ガイシャのアパートの近くでした。通報者の声は男性だったそうです」

「ふん」

南条は「うん」と「ふうん」の中間のような声で相槌を打った。真萩は口を挟めないので、心

の中で情報を整理する。匿名の通報者が男性なら、被害者の交際相手ではないかと考えた。部屋の鍵はどうなっていたのだろうか。

「ガイシャの部屋に、鍵はかかっていませんでした。ホシは鍵を持ち去らず、施錠せずに現場を後にしたわけです」

　疑問に思った点に、延岡がすぐ言及した。犯人が鍵をかけずに逃げたのは動転していたためかもしれないが、自分で警察に電話をして死体を発見させているなら、意図的に施錠せずにおいたとも考えられる。もっとも、通報者が犯人とはまだ断定できないが。

「その匿名の通報、捜査本部《チヨウバ》ではどう考えてるの？」

　南条が質問した。それに対しては、本郷が頷いて答える。

「ホシだった場合と、そうでない場合を両方想定してます。ホシだったなら、死体《ホトケ》をすぐに見つけてもらわなきゃならない事情があったことになりますね」

「その事情とは？」

「まだわかりません。ホシにはアリバイがあるのかもしれない」

「容疑者は絞り込めてます？」

「いや、まだです。その辺のことは、延岡君に説明してもらいます」

　本郷の方が年上に見えるのに、南条に対して敬語を使う。丁寧な人なのだろう。本郷は顎をしゃくり、延岡にまた説明役を譲った。延岡は小さく頷いて、引き取った。

「その前にまず、部屋の状況説明をします。残っていた血痕や死斑《しはん》などから、ここが殺害現場だと断定されています。１ＤＫで、逃げ場はトイレくらいでした。ガイシャは玄関先で仰向けに倒

れていたため、相手を迎え入れてすぐに殺されたと推定されます。室内から外に逃げようとしたなら、背中を刺されて俯せに倒れるはずだからです」

確かに、そういうことになる。その推測に異論はなかった。延岡は現場写真を取り出して、机に並べる。被害者は自分が殺されたことに驚いているかのように、目を見開いていた。

「ひとり暮らしだったため、なくなっている物があるのかどうかは定かでないです。ただ、室内に荒らされた様子はありませんでした。金銭やキャッシュカードの類も、ほぼ見つかりました。もしかしたら財布の中以外に現金をしまってあったかもしれませんが、我々にはわからないことです。少なくとも、物取りの犯行の気配は感じられませんでした」

「まあ、ホトケにアクリルの棒を刺すなんてことをしてるんだから、ただの泥棒とは思えないな」

南条が感想を口にする。真萩も同感だった。そのアクリルの棒は、いったいどういうものだったのか。

「発見が早かったため、死亡推定時刻はかなり絞り込めています。幅を見ても二時間、つまりだいたい午後九時から十一時くらいだそうです」

「通報者がホシだとしたら、やっぱり殺害時刻を特定させる必要があったみたいだね。本郷さんの言うとおり、アリバイがあるのかな。まあどうせ、知り合いに嘘の証言をしてもらうとか、ちゃっちいアリバイだろうけど」

南条は決めつけたことを言う。延岡はそれにはコメントせず、説明を続けた。

「死体は胸部を数回、鋭利な刃物と推定される物で刺されています。ホシは返り血を浴びたはず

ですが、血塗《ちまみ》れの人物など周辺では目撃されていないので、雨合羽《あまがっぱ》のような物を事前に準備していたのではという意見が出ています。凶器は現場で見つかっていません。ホシが持ち帰ったものと思われます」

「うん」

南条はもう、何も言わなかった。延岡は一拍おいて、問題の点に触れた。

「ホシは死体に、特徴的な装飾を施していました。もうご存じの、アクリルの棒です。これは直径約二センチの、透明なアクリル棒でした。ホームセンターなどに行けば普通に売っている、飾りつけのために使われる物だそうです。長さは三十センチ。通常サイズのバッグに入る程度の長さですね。東京周辺のホームセンターを虱潰しに当たり、透明なアクリル棒を買った人物を特定しようと努《つと》めています」

入手が難しくないとはいえ、コンビニやスーパーマーケットで売っている物とは違う。アクリル棒を買った人は、ある程度絞り込めるのではないか。もっとも、犯人もそれは見越していて、遠出して購入したかもしれないが。

「そのアクリル棒の意味は、どう解釈されてる?」

この点については、南条も問わずにいられなかったようだ。真萩も捜査本部の意見が聞きたい。

本郷が引き取って答えた。

「最初は意味不明でした。ネットで言われてることなんて、馬鹿馬鹿しいと思ってましたから。ただ、埼玉県警からの問い合わせで、もう間違いないかと考え直しました。ゲームの見立てでしょう」

「他の意見は出てないんですか」

その説明に、南条は問い返す。本郷は肩を竦め、逆に尋ねた。

「別の解釈があるなら、教えて欲しいくらいです。何か思いつきます？」

「ううん、特に」

最初のうちは信じられなかったが、今ならわかる。南条は何も考えていない。別の解釈など、思いつくわけがなかった。

「注目すべき遺留品は、他にもありました。カードです。ゲームに使われるカードで、これも簡単に手に入るものでした。おもちゃ屋、大型スーパーのおもちゃ売り場、カード専門店など、アクリルの棒に比べれば買える場所は多いです。こちらから絞り込むのは難しそうです」

延岡はまた別の写真を、南条の目の前に滑らせた。真萩の位置からも見えるそれは、遺留品のカードだった。半裸の男が中空を指差し、その先から稲妻が迸っている。稲妻を操る魔法なのか。

33

「カードは死体のそばに落ちていました。同種のカードは室内から他に発見されていないので、ホシが置いていった可能性が高いです。指紋は検出されませんでした。言い忘れていましたが、アクリルの棒からももちろん指紋は出ていません」

延岡はつけ加えた。今どき、指紋を残す犯人もいないだろう。返り血を浴びないように工夫する思慮《しりょ》があるなら、指紋のことも当然意識しているはずだった。

「ああ、そうか。そのカードがあるから、アクリル棒の方は発表したわけね」

　南条が納得した声を発した。それを聞いて、真萩もいまさら理解する。死体にアクリルの棒が刺してあるなどという大きな特徴は、普通ならば伏せておくべき情報だ。犯人しか知り得ないこととして、自白の際に決定的材料になる。しかしもうひとつ、カードという遺留物まであったなら、ひとつは明かしてしまってもかまわない。カードよりもアクリルの棒の方が謎めいているから、発表すれば一般からの情報が集まりやすいという計算もあっただろう。現に、ゲームの見立てという説はネットで騒がれていたことだ。

「そのとおりです。我々はアクリルの棒とカードにはなんらかの共通する意味があるだろうと考えてはいましたが、ゲームの見立てとは信じませんでした。そんなことをする必然性が感じられなかったためです。どうせホシにしかわからない理由なのだろうから、捕まえて本人に訊けばいい、という意見が大勢を占めていました」

　無理もない話だ。こちらだって、仮に現場にカードがあったとしても、同じ判断をしただろう。ゲームの見立てのために死体を焼いたとは、とても信じられない。

「ですから遺留物のことはひとまず措《お》いておき、通常の捜査をしていました。ガイシャは御徒町《おかちまち》にある貴金属店に勤めていました。従業員五人の、小さい店です。まずはそこでの人間関係、それから勤め先以外の友人、親類等に当たりました。その結果、ガイシャはあまり社交的でなく、親しい付き合いが乏しいと判明しました。以前は多少行き来のある友人がいたようですが、みんな結婚して子供ができて、疎遠《そえん》になったと思われます。メッセージのやり取りは、ほとんど事務的なことばかりでした。一方で、ＳＮＳはかなり使っていたようです。リアルの人間関係が薄い

から、ＳＮＳではいろいろな人に絡んでいたのだろうと推測されています」

「絡んでいる、というと具体的には？」

南条が質問する。そこは真萩も詳しく知りたいと思った。

「男性アイドルが好きらしく、アイドル本人のアカウントにはよくコメントをしていました。それと、ファンとのやり取りもしてますね。一方で、炎上に乗っかるタイプでもあったようです。有名人が世間に叩かれることをした場合、たいてい何かコメントしていました。割と口汚いコメントです」

「ははあ」

南条は小刻みに首を縦に振った。そういう人いるよねぇ、という内心の声が聞こえてきそうである。

「ですので、動機はネット上で生じたのではないかとも考えられますが、トラブルが起きたやり取りなどは残っていません。これといった動機が浮上していないのが現状です」

「うーん」

南条は唸るだけで、捜査の進展についてはコメントしなかった。別の捜査本部の捜査状況をとやかく言うのは憚《はばか》られるし、そもそもこちらも停滞しているのだから人のことは言えない。動機らしい動機が見つかっていないのは、こちらの事件との共通点だなと真萩は考えた。

「そんなところに、埼玉県警から問い合わせがあったわけです」

ここで本郷が口を挟んだ。本郷はまるで忌《い》まわしいものであるかのように、カードのコピーに向けて顎をしゃくる。

「私はネット上の噂なんていちいち気にしないから知らなかったのですが、そちらの事件と合わせて《ドラゴンズ・グレイブ》の見立てじゃないかって言われてたんですね。埼玉の捜査本部にゲームに詳しい奴がいて、その見立ては本当じゃないかって言い出したんです。埼玉の現場にもカードが残されてて、そのカードの絵柄がゲームと同じだったんだとか。で、こっちにもカードがなかったかと訊いてきたわけです」

「埼玉のカードの絵柄って、どんなの？」

向こうもマスコミ発表を控えているから、真萩たちの耳にも入っていない。南条の問いに対して、本郷は茶化すように眉を吊り上げた。

「土の巨人の絵ですって。ゴーレムだそうです」

「ゴーレム？　埼玉の殺しは扼殺だって話ですよね。ゴーレムとどんな関係があるんですか」

「ゲームでは、ゴーレムが首を絞めるんだそうです」

巨人というくらいだから、手は人間の頭より大きいのではないかと真萩は想像した。そんな手で首が絞められるのか。いや、ゲーム内の話だからリアルに考えても意味はないのだろう。問題は、どれくらいゲームと現実が一致しているのかだった。

「ゲームでも、ゴーレムのカードが残されているんですか」

「らしいですね」

南条の問いを、本郷は短く肯定する。南条は視線を転じ、目だけで延岡にも同じことを訊いた。

「二番目の事件もそうらしいです。稲妻を発する男のカードが見つかるのだとか」

「へえ。ちなみに、ゲームでは最初の事件のときもカードが見つかるの？」

「はい。火を噴くドラゴンのカードだそうです」

「ははあ」

そんな話を聞くと、すべての事件が繋がっているような気がしてくる。まさかこれは、本当に連続殺人なのか。

「でもね、こちらのお偉いさんが回答したと思うけど、こっちではカードは見つかってないんだ。もっとも、見落としたのかもしれないけど」

南条が改めてこちらの状況を説明する。それを聞いて本郷が、鼻の頭に皺を寄せた。

「うちがゲームの二番目の殺しに似てて、埼玉が三番目に似てて、そちらだけ無関係なんてあり得ないのでは。日本全国見渡したって他に死体を焼いたヤマなんてないんですから、カードがあろうとなかろうとそちらの殺しも関係してますよ」

乱暴な結論に聞こえるが、まあそうなのだろうと真萩も思う。ここまで揃っていて町田の事件だけ無関係なら、むしろその方が驚きだ。

「どうもそのようだねぇ。じゃあ、ホシはゲームマニアってことで確定？」

乱暴な結論に乗っかるように、南条は決めつけた。本郷も延岡も、それについてはコメントしない。やむを得ず、真萩は口を挟んだ。

「あのう、私は知らなかったんですが、《ドラゴンズ・グレイブ》は世界で一千万本も売れている大ヒット作だそうです。当然国内でも、相当数の人がプレイしているものと思われます。マニアだけがやっているゲームとは言えないのではないでしょうか」

「そうなの？　まあ、今どきゲームなんて誰でもやってるか。やってないのは忙しすぎる警察官《サツカン》

くらいかもね」

はっはっは、と南条は笑うが、真萩はぜんぜん笑えない。ゲームをやる暇もないのは、厳然たる事実だからだ。

「じゃあさ、もしかしてゲームの見立てだって信じなかったのは警察だけなのかね。一般の人は、ゲームの見立て説をすんなり受け入れてたの？」

「そうかもしれませんね。こっちのチョウバでも、ゲームをやってみるべきかどうか考え中です」

延岡が生真面目に答える。真萩はよけいなことは言いたくなかったが、知識を披露した。

「いや、あの、攻略サイトを見ればいくらでもストーリーが書かれてますし、動画もたくさんアップされてます。わざわざ自分でやらなくても、ゲームの中でどんなことが起きるかは把握できると思います」

「あ、そう。じゃあ調べておいてよ」

南条はこちらに顔を向け、あっさりと命じた。こうなったらゲーム内の出来事は知っておくべきだと思うので、「はい」と応じた。そちらもそうした方が、と勧める意味で延岡の顔を見ると、察したらしく頷いた。

「このゲームを開発した会社には、話を聞きに行きました？」

南条が本郷に問う。本郷は首を横に振った。

「まだです。でも、行きます」

「まあ、行っても収穫はないだろうけどね。このゲームを作った人がホシ、なんてわけないから

なぁ」

真萩も同意見だった。しかし、事件との類似が指摘されたからにはゲーム会社に話を聞かないわけにはいかないだろう。こちらは聞き込みの結果を後で知らせてもらえば充分だった。

「聞いておくべきことはこれくらいかな。埼玉さんが来るのは、そろそろか。それまで休憩しよう」

南条が場を仕切る。埼玉さん、とはもちろん埼玉県警の人のことだ。向こうも町田の事件について知りたがっているので、二度に亘《わた》って説明をするのは手間だから、三者揃ったところでまとめて話すことにしてあったのである。真萩たちは埼玉県警が来る時刻の一時間前に荒川署に到着し、事前に事件の概要を聞いていたのだった。

「実は私の同期で、すでに退職した者がいるのですが、その人が《ドラゴンズ・グレイブ》をやっています。この前はまだ第二の殺人が起きていないと言ってたのですけど、その後の進み具合を訊いてみてもいいですか」

断って、スマートフォンを取り出した。本郷が無言で頷き、南条も軽い調子で「ああ、訊いて訊いて」と言う。許可が出たので、瀧川に向けてメッセージを送った。

34

ゴーグルが振動し、目の端にメッセージ着信の通知バナーが出た。基本的にゲーム中はメッセージが着信しても振動しないようにしてあるのだが、例外の人物を設定してある。真萩から連絡

が来た場合、すぐに読むためだった。瀧川はゲームをポーズし、メッセージを開いた。

〈その後、どう？　話は進んだ？〉

もう事件は解決した、という報告の可能性も考えていた。だがそうではなく、こちらのゲームの進み具合を気にしている。つまり、先日の問い合わせは期待があってのことだったのだ。現場の刑事に期待されていると思うと、誇らしさが胸に満ちた。

〈第二の事件が起きた。光で胸を貫く殺しだ。まだ犯人はわからない〉

すぐに音声入力で返事を書き、送った。向こうはまだオンライン中だ。やり取りが続きそうなので、ゲームを再開せずに待つ。

〈埼玉で扼殺事件が起きたの、知ってる？〉

「えっ？」

思わず声を漏らした。まさか、現実で第三の事件が起きたことを示唆しているのか。《ドラゴンズ・グレイブ》に没頭していたので、現実の世界で起きていることに意識が向いていなかった。もし本当に現実の事件が《ドラゴンズ・グレイブ》を模倣しているのなら、もう少し注意しておくべきであった。

〈調べてみる〉

短く返して、検索をかけた。「埼玉　ドラゴンズ・グレイブ」のワードだけで、いきなり欲しい情報がヒットする。瀧川が気づかなかっただけで、世間はすでにこの事件で盛り上がっていたようだ。トップヒットの記事から、順に読んでいく。

しかし、なんとも漠然とした話だった。単に扼殺事件というだけで、特に《ドラゴンズ・グレ

イブ》を連想させる要素はない。ネット上の面白がりが、勝手に町田と東尾久の事件と結びつけて喜んでいるだけのように見える。それなのに真萩がメッセージを寄越したのは、埼玉県警は《ドラゴンズ・グレイブ》の見立てと考えているからなのか。ならば、発表していない根拠があるのだろう。

〈さいたま市の事件だろ。これ、ドラグレと関係あるの？〉

ドラグレとは《ドラゴンズ・グレイブ》の略称だ。ゲームに詳しくなさそうな真萩でも、さすがにもうこの略称で理解できるはずである。

〈荒川区とさいたま市の現場では、カードが発見された。ゲームの中でも、カードが見つかるんだろ〉

仕事中のはずなのに、返事はすぐに返ってくる。それだけ、瀧川とのやり取りを重視しているのか。なにやら急に責任が重く感じられてきて、腰が引ける。期待されても、自分にはゲームをプレイすることしかできないのだが。

〈カードって、まさかタロットカードみたいな絵が描いてあるやつ？〉

そんなものが見つかったなら、《ドラゴンズ・グレイブ》の見立てで間違いない。嘘のような話だ。VRによって現実と仮想空間の境目が曖昧になる感覚があったが、曖昧どころかもはや現実が仮想空間に侵食《しんしょく》されていると思った。

〈そう。捜査上の機密だから、秘密だぞ〉

真萩は釘を刺してくるが、もちろん誰にも言わない。そもそも、言う相手がいないのだ。

《ドラゴンズ・グレイブ》の三番目の事件は扼殺なのか。攻略サイトを見ていない瀧川は、その

ことを初めて知った。これまでは魔法で殺したようなのに、三番目は扼殺ならば、ついに犯人は自分の手で犯行に及んだのかもしれない。あるいは、首を絞める魔法でもあるのか。

〈カードは最初の事件でも見つかってるんだよな〉

こちらが答える前に、真萩は続けてメッセージを送ってきた。それを読み、考える。今になってカードの話をするならば、町田の事件でカードは発見されていなかったのだ。だからこその確認なのだろう。

〈見つかってるよ。町田ではカードはなかったんだな〉

訊き返したが、反応がなかった。情報を明かしすぎたと思ったか。しかし、いまさらだろう。こちらは捜査に協力しているつもりなのだから、きちんと腹を割って欲しかった。

〈ゲームの続きをやってくれ。犯人がわかったら、話を聞きたい〉

代わりにそう返ってきた。わかったよ、こちらとしては言われなくてもゲームの続きをやるしかないのだ。〈了解〉と答えると、真萩はやり取りから離脱した。もっといろいろ訊きたいことがあったが、やむを得ない。早くゲーム内の事件を解決し、その上で真萩に尋ねよう。「よし」と気合いを入れて、ゲーム世界に戻った。

35

男の悲鳴が聞こえた。また何かが起きたのかと、アリエスは緊張した。すぐに部屋を飛び出し、廊下の左手に視線を向ける。悲鳴はそちらで発されたように感じた。

おそらく、声の主はリゴールだ。悲鳴が聞こえた方向と、声の質からそう判断した。三つ隣のリゴールの部屋の前に立ち、耳を澄ます。中からは低い呻き声がした。

一刻を争う事態と判断し、勝手にドアを開けた。するとリゴールが、床に蹲《うずくま》っていた。室内に他に人はいない。リゴールも出血しているようではなかった。いったい何が起きたのか。

リゴールの前に回り込んだ。リゴールは背を丸め、自分の右手首を左手で押さえていた。状況を把握するため、大丈夫かと尋ねる。リゴールは呻きながらも、「いや、あまり……」と曖昧な言葉を発した。

アリエスに遅れて、他の者たちも集まってきた。エリックとエミリアが部屋の中に入ってくる。さらにランキンも顔を出した。皆、変事を予想していたに違いない。リゴールが死体になっている姿まで想像したのではないか。しかし実際には、リゴールは生きていて痛みに顔を顰めているだけである。一同の表情は、わずかに安堵しているかのようだった。

「どうしたんですか？　怪我ですか」

エリックがリゴールの傍らに跪き、覗き込むようにして尋ねた。それに対してリゴールは、「痛たたた」と応じる。やはり、怪我をしたようだ。

「どこですか。右手首ですか」

リゴールが右手首を押さえていることにエリックも気づいたらしく、具体的に訊く。リゴールはかろうじて頷いた。

「命に別状があるわけではなさそうですね。でも、治療は必要でしょう。村に医者はいますか」

エリックは顔を上げ、部屋の入り口で立ち尽くしているランキンに向かって問うた。ランキン

は我に返ったような顔をし、頷く。

「ええ。います。呼びに行かせましょう」

「それがいいですね。リゴールさん、ベッドに坐りますか」

リゴールの背中に手を当て、エリックが優しく尋ねる。リゴールは首を縦に振り、エリックに支えられながらベッドまで移動した。ようやく、手首の様子が見えるようになった。リゴールは手首を押さえているが、力が入らないようで、指先はだらりと垂れている。もしかしたら、手首を骨折したのかもしれない。

　できることはないが、自室に引き返すわけにもいかず、そのままリゴールの部屋で医者が来るのを待った。現れた医者はリゴールにてきぱきと手当てをし、「骨折です」と宣言する。添え木を当て、首から提《さ》げた布で右腕を固定すると、お大事にと言い残して去った。治療が終わると、リゴールの顔色にも生気が戻っていた。

「すみません、お騒がせしました。何者かに襲われたわけではありません。荷物に躓《つまず》いて、転んでしまっただけです」

　そんなことではないかと思っていたが、本人の口から聞けて安堵した。本当は襲われたのだが事情があって庇《かば》っている、という表情でもない。これまでリゴールは、何をするにも右手を使っていた。まず間違いなく、右利きだろう。ならば右手首を骨折してしまったのは、相当不便になるに違いない。気の毒なことは確かだった。

　だがその一方で、もしヴァリスとダレスを殺したのがリゴールであるなら、これで三度目の殺人は起きないかもしれないとも考えた。利き腕を骨折してしまっては、人は殺せまい。いや、魔

法を使えばそんなこととはないのか。利き腕を骨折することと魔法の相関関係を尋ねたかったが、それはすなわちリゴールを疑っていることになるので訊けなかった。

リゴールは発熱しているようだった。安静にしていた方がいい。一同はリゴールをひとり残し、部屋を出た。アリエスはそのまま自室に戻った。

36

このひと幕はなんだろうか。瀧川は首を傾げた。ストーリーと無関係とは思えない。今後、リゴールの骨折は意味を持ってくるのだろう。もしかしてこれは、死亡フラグか。怪我をして動けなくなった人が殺されるという展開は、よくある。そもそも最初から、リゴールは殺されそうなキャラだと思っていた。ひと晩経ったら死体で発見されるかな、と考えた。

もし現実に連続殺人が起きていたら、そんなに立て続けに殺しはしないのではないかと思う。ひとり殺すごとに様子を窺《うかが》い、自分に嫌疑がかかっていないとはっきりしてから次の行動に移るだろう。人ひとり殺す際の心理的負荷も相当なものだから、やはり次々にとはいかないはずだ。だがゲームでは、そんなことまで考慮していられない。何も起きない状態が長く続いては、プレイヤーは退屈する。だからゲーム内でひと晩経つと、またしても話が動いた。

「誰か！　誰か来てください！」

女性の大きな声がして、覚醒した。「ほら来た」と呟いてしまう。すぐに部屋を出て、左右を見回した。声がどこから聞こえたのか、よくわからなかった。

並びの部屋からは、エリックとエミリア、それから腕を吊ったリゴールが顔を見せた。てっきり次の被害者はリゴールだと思っていたので、「あれ？」と声が出る。

「リゴール、生きてるじゃん」

本当に事件の当事者だったら、とても口にできない不謹慎な発言だ。もちろんリゴールに声は届いていないので、「どうしたんでしょうね？」と話しかけてくる。さすがに少し気まずく感じた。

「あれはフローレンスお嬢様では」

エリックが声を発した。言われて視線を転じると、中庭の向こう側に女性の姿が見える。こちらに背を向け、ドアを何度も叩いていた。後ろ姿だけなので、エリックに言われなければ誰だかわからなかった。

エリックはすぐさま動き出した。中庭は突っ切らず、廊下を右回りに走っていく。瀧川もエミリアとともに、その後を追った。フローレンスが無事ならば、誰の身に変事が起きたのか予想がつく。意外な展開だった。

「どうしました」

エリックがフローレンスに声をかけた。フローレンスはエリックたちの接近に気づいていなかったのか、こちらに顔を向けて「ああ」と声を漏らす。

「お父様が、いくら呼びかけても応えないのです」

「鍵がかかってるんですか」

エリックは尋ねた。フローレンスは「はい」と頷く。

「ですから、開かないんです」

部屋のドアには、スライド鍵がついている。金属の閂《かんぬき》をずらし、ドア枠の受座《うけざ》に差し込む形式だ。外側から開けられるタイプではないので、中から閉められれば開ける手段がない。鍵がかかっているということは、中に人がいるのだ。それなのに呼びかけても反応がないのは、訝しかった。

「変ですね。リゴールさんみたいに、部屋の中で転んだのかもしれない」

エリックは現実的な推測を口にした。リゴールが転んで手首を折ったばかりで、ランキンまで同じようなことをするとは思えないが、偶然はあり得るということだろうか。

「ともあれ、呼びかけても応じないのはおかしい。ドアを破りましょう。いいですか」

エリックはフローレンスに許可を求めた。フローレンスは青ざめた顔で、「けっこうです」と承諾する。エリックは振り返り、後方に呼びかけた。振り返ると、使用人たちが遠巻きにこちらを見ていた。

「この屋敷に斧《おの》のような物はありますか。このドアを破りたいのです」

エリックの呼びかけに、庭師の男が踵を返した。すぐに斧を手にして戻ってくる。エリックはドアに向けて、顎をしゃくった。自分で斧を振るうのではなく、やらせるつもりらしい。まあ、この世界には身分制があるようだから、当然のことかもしれない。

庭師が斧を三回振るうと、ドアに穴が開いた。そこから手を入れ、閂を外す。だが「開きました」と言うだけで、自分でドアを開こうとはしなかった。賢明な判断だ。真っ先に部屋に飛び込んだりしたら、中にいるかもしれない犯人に襲われる危険性がある。エリックはこちらを見て、

頷いた。一緒に突入しようという意味らしい。

「下がってください」

フローレンスに注意を促し、エリックはドアノブに手をかけた。その後ろに、エミリアとともに控える。一応攻撃を受けることを想定しているが、剣がないのでおそらく何もできない。攻撃されることは考えなくてもいいのだろうか。

ドアは廊下側に開く。エリックは一気に開き、ドアの陰に隠れた。室内から何者かが飛び出してくることを覚悟したが、そんなことは起きなかった。しばらく待っても物音ひとつしないので、ドアを回り込んで中を覗いた。

すぐに、床に倒れている人が目に飛び込んできた。服装からして、ランキンだろう。エリックとエミリアがためらいなく中に入っていくので、後に続いた。入る際に左右に目を配ったが、見える範囲に人はいない。クローゼットの中に隠れているのかもしれなかった。

部屋の大きさは、客間の倍はありそうだった。しかもここは寝室で、書斎は別にあるはずだ。にもかかわらず机と椅子があり、ここでも事務仕事ができるようである。入り口から見て右側に大きめのベッド、左側に造りつけのクローゼットが見える。ちょうど中央辺りの広い床に、ランキンが倒れていた。

「お父様！」

一歩遅れて中に入ってきたフローレンスが、叫び声を上げて駆け寄った。ランキンの傍らに跪き、背中に手を当てて揺する。だが倒れている様《さま》から瀧川が想像したとおり、ランキンは反応しなかった。間違いなく死んでいる。

しかしダレスのときとは違い、ランキンの周囲に血はなかった。現実に起きたさいたま市の殺人は扼殺だという。それが《ドラゴンズ・グレイブ》をなぞっているなら、ランキンは首を絞められて殺されたはずだ。血が流れていないのも当然だった。

エリックがフローレンスの反対側で屈み、ランキンを覗き込んだ。口許に手を当て、呼吸の有無を確認している。そして顔を上げると、こちらに向けて首を振った。息絶えていたようだ。

エリックはさらに、顔を近づけて匂いを嗅いだり、ランキンの襟元を引っ張って首を見たりしている。匂いを嗅いだのは、毒殺の可能性を考えているからか。なかなかの名探偵ぶりだ。

瀧川はその間に、クローゼットを開けてみることにした。もしかしたら犯人が飛び出してきて殺されるかもしれないが、その場合はリトライするだけだ。犯人が隠れられるのは、クローゼットの中とベッドの陰くらいしかない。ベッドの陰に犯人が潜んでいるのではいくらなんでも単純すぎるが、それはクローゼットの中であろうと同じことだ。

「もしかして、これ、密室殺人なのか」

期待に胸を躍らせて、呟いた。この期に及んで、まさか密室殺人が起こるとは予想しなかった。ゲーム内のサブイベントとは思えない、正統的なミステリーではないか。いや、すべて魔法でやったことでしたという真相があり得るか。ちゃんとした本格ミステリーとは限らないと、期待を少し抑えた。

クローゼットを開けた。中には衣類しかなかった。衣類の間に隠れているわけでもない。間違いなく、ここに犯人はいなかった。

すぐさま、ベッドの陰も覗いた。もちろん、そんなところには誰もいなかった。次に、ドアを

確認した。ドア板に穴が開いているが、鍵自体は壊れていない。手で左右に動かしてみたが、閂は少し手応えがあり、力を入れなければ受座に入らなかった。これでは、糸を使って外側から閉めることもできないだろう。

さらに、窓に近寄る。期待どおり、ふたつある窓はどちらも内側から施錠されていた。ここにも不自然な痕跡は見当たらない。「よし」と納得の声を出す。これは間違いなく、密室殺人だ。

「ランキンさんは首を絞められて、亡くなったようです。首に、手の跡が残っています」

エリックが発言した。ランキンの襟元を引っ張り、赤い痕跡が見えるようにする。なるほど、くっきりとした手形が首の周りに残っていた。事前の情報どおり、扼殺だった。

「でも、おかしいですね。ドアの鍵は内側から閉まっていた。室内には他に、誰もいない。窓の鍵もかかってるんですね？」

エリックはこちらに向けて問いかけた。視界の右隅に出た選択肢のうち、「はい」を選ぶ。

「ならばこれは、密室殺人なのでしょうか。いや、そんなことはあり得ないはずです」

エリックは自分の言葉を自分で否定し、立ち上がった。そして机に近づくと、その上にあった物を取り上げた。

「またカードがありました。これはゴーレムでしょうか。どういう意味なんだろう」

呟くエリックから、カードを受け取った。なるほど、土色のゴーレムがカードには描かれている。これまでの二件の殺人では、カードが殺害方法を示唆していた。ならば今度も、同じはずである。ゴーレムがランキンの首を絞めたというのか。

「リゴールさん、わかりますか。どうして今回はゴーレムのカードなのでしょう？」

　ゴーレムに関係する魔法はないかと、エリックはリゴールに問うているのだろう。リゴールは近づいてきて、左手を伸ばす。カードを受け取って、リゴールはしげしげと眺めた。

「本当の意味は犯人にしかわからないでしょうが、もしかしたらこれは召喚《しょうかん》魔法なのかもしれません」

37

「召喚魔法」

　ＲＰＧではお馴染みのワードだが、この《ドラゴンズ・グレイブ》では一般的ではない。存在自体は知っていたものの、習得までの試練がものすごく大変で、主人公を剣士として育てているなら挑む意味がないと言われていた。瀧川も習得する気がなかったから、そもそもどんな召喚魔法があるのかも把握していなかった。ゴーレムを召喚する魔法があるのか。

「召喚魔法が使えるなら、かなり手練《てだ》れの魔法使いではないですか」

　エリックが驚きの声を発した。そのとおりで、この場にそんな老練な魔法使いがいるようには思えない。見るからに剣士然としているエリックとエミリアがそれほどの魔法使いだったなら、ミステリーとしてアンフェアだろう。リゴールはどう見てもおじさんの商人だが、実は魔法使いだという真相はかろうじてありか。屋敷からほとんど出たことがなさそうなフローレンスは、もちろん召喚魔法の使い手であるはずがなかった。

「そういうことになりますね。もはやこれは、屋敷内に犯人がいないということなのかもしれま

せん」

そんないまさらなことを、リゴールは言った。いやいや、それはないだろと内心で突っ込む。犯人は絶対に屋敷内にいるはずだ。実は屋敷の外から遠隔で殺してました、なんて真相だったら通販サイトのユーザー評価で星ひとつがたくさんついてしまう。

「でも、炎塵魔法はガラス越しでは使えないってことでしたよね。だから屋敷内にいた者が魔法で殺したのでは、という推測だったはずです。ならば、今回も同じではないですか」

エリックが反論した。「そうだそうだ」と、瀧川は賛同する。

「確かにそうですけど、でも召喚魔法となりますと……」

リゴールは自信なさそうに語尾を濁した。瀧川は疑問を覚え、質問の選択肢を探す。あった。

「召喚魔法はドア越しでも使えるのか？」。それが、瀧川の疑問だった。

「どうでしょう。召喚魔法の話はほとんど聞かないので、私もわかりません」

今回に関しては、リゴールの知識もあまり当てにならないようだった。しかし現に現場が密室だったのだから、ドア越しでも召喚魔法は使えるのだろう。ただ、そうだとしても、誰が魔法使いなのかまるで見当がつかなかった。

このやり取りの間、フローレンスはランキンの傍らに膝をついたまま、ずっと啜《すす》り泣《な》いていた。放っておくのは、いかにもかわいそうである。近づくと「声をかける」という選択肢が出たので、それを選んだ。フローレンスは頷き、立ち上がる。タイミングよくメイドが室内に入ってきて、フローレンスを支えて一緒に出ていった。気の毒だが、フローレンスには後で詳しい話を聞かなければならない。

もう一度、室内を見て回った。魔法が存在する世界だから、少し頭が混乱してしまっているので、考えを整理してみる。今回の事件は密室殺人なのかどうか、だ。

まず、犯人が本当に召喚魔法を使ったのだとしたら、密室は問題にならない可能性がある。ただ、召喚魔法を使えそうな人がいないという別の謎が立ち塞がる。

次に、犯人は魔法使いだが今回の殺人では召喚魔法を使っていない、というパターンもあり得る。この場合、ドア越しに召喚魔法は使えないのかもしれないし、召喚魔法を使えるほど犯人が魔法使いとして高いレベルにないとも考えられる。後者の方が、召喚魔法を使えそうな人がいないという現状に合致しそうだ。そして、現場が密室であることが問題になる。

さらに、犯人は魔法使いではない場合も考えておく必要があるか。問題点はふたつ目のパターンと同じく現場が密室であったことだが、それだけでなく、一件目と二件目の殺人をどのように行《おこな》ったかというさらなる謎も生じる。特に二件目は、誰も凶器になる物を持っていなかったのだから、何を使ったのかが謎だ。謎解きとしては、この三つ目のパターンが一番手強い。

「まさか、抜け穴がありましたなんて落ちじゃないよな」

ミステリーとしてどこまできちんとできているのかわからないので、どうしてもそんな疑いが拭えない。抜け穴なんて真相はあって欲しくないが、製作サイドがフェアプレイを意識していたとは限らないのだ。むしろフェアプレイなど頭の片隅にもなく、忍者屋敷みたいに抜け穴があったら面白いと単純に考えている可能性もあるだろう。製作サイドはあくまでゲーム作りのプロであって、ミステリー作家ではないのだから。

そんな疑念に基づいて、室内を入念に調べた。特にクローゼットの中は、隠し扉がないかじっ

くり確認した。その結果、現時点ではおかしなところがないと確信した。この部屋は密室だった。ならば、犯行方法はふたつにひとつだ。召喚魔法を使ったのか、それともトリックを使ったのか。

　エリック、エミリア、リゴールに話しかけてみたが、誰も大したことは喋らなかった。「何があったのか」だの、「不思議ですね」といった答えしか返ってこない。ここにいても、ストーリーは動かないようだ。部屋の外に出ると、三人も揃って後についてきた。入れ替わりに、使用人が室内に入っていく。ランキンの死体をベッドに移すのだろう。最初の被害者であるヴァリスは黒焦げだからそのまま床に放置してあるが、二番目に殺されたダレスは今、ベッドに寝かされている。

　ストーリーを動かすきっかけがどこにあるかわからないので、ついさっき休んでもらったばかりのフローレンスに話しかけることにした。他の人たちは、銘々《めいめい》勝手にどこかに行った。ひとつ隣の部屋をノックすると、「はい」と女性の声がする。中からドアが開き、顔を見せたのは先ほどのメイドだった。

「フローレンスと話がしたい」という選択肢を選んだ。メイドは「どうぞ」と言って、一歩下がる。現実ならもう少し休ませろと文句を言われそうなところだが、そこはゲームだ。フローレンスと話ができるということは、やはりこれがストーリーを動かすトリガーだったのだろう。

　フローレンスはベッドに寝ていた。部屋はランキンの寝室と同じ広さのようだ。メイドがベッドの傍らに椅子を持ってきてくれたので、そこに腰かける。かける言葉の選択肢が、たくさん表示された。

「大丈夫ですか」や「お悔やみ申し上げます」といった挨拶もあるが、「部屋に抜け穴はありま

すか」という核心を衝く問いが目に入ったので、いきなり選んでしまった。驚いたことに、フローレンスはあっさり「はい」と肯定する。

「あるのかよ！」

思わず大声を出した。肩が落ちるほど脱力する。やはり、まともな密室殺人ではなかったのだ。落胆は大きかった。

「領主をしていますと、いつ何時攻め込まれるかわからないと、この屋敷を建てた先祖が避難口を用意したのです。この部屋にも父の部屋にも、避難口はあります」

「がっかりだよ」

フローレンスの言葉に、声を荒らげて答えた。もちろんそんな声は届かないので、フローレンスは気を悪くすることなく続ける。

「そこの壁の石が一ヵ所、押せば外れるようになっています」

フローレンスは窓がある壁を指差した。立ち上がって、そちらに向かう。するとふたつある窓の間で、反応があった。「押す」というコマンドが表示される。押してみると、コントローラーに手応えを残しながら、壁の石がずるずると向こう側に動いていった。

腹這《はらば》いになれば外に出られる穴が開いた。なんということだ。先ほどはランキンの寝室でこんなコマンドは表示されなかったが、それはフローレンスの話を聞いていなかったからだろう。今行けば、同じように抜け穴が見つかるに違いない。

穴は比較的小さく見えた。石が大きいと、女性では押し出せなくなるから当然だ。思えばランキンも小柄だった。領主一族は代々、体が小さかったようだ。

これでは誰でも通れるというわけではなさそうだな、と考えた。穴に近づいてみると、やはり「体が大きくて通れない」という一文が表示された。主人公は数々の戦いを勝ち抜ける人だから、大柄なようだ。ランキンの部屋の抜け穴も、きっと通れないのだろう。

「お大事に」という言葉だけを残し、フローレンスの部屋を後にした。その足でランキンの寝室に入り、ふたたび壁を調べる。だが、フローレンスの部屋ではふたつの窓の間で反応があったが、ランキンの部屋では何もない。穴は別の場所なのか。

壁沿いに、一方の端からもう一方へ歩いてみた。しかし、「押す」というコマンドは出てこなかった。瀧川は首を捻った。

「おかしいな」

フローレンスの勘違いなのかもしれない。避難口があるのはランキンの書斎であって、寝室にはないのではないか。

もう一度フローレンスの部屋に戻り、ベッドの傍らにまだ置いてある椅子に坐る。予想どおり、「避難口はなかった」という選択肢が出てきた。それを選ぶと、フローレンスは首を振った。

「そんなはずはないです。この部屋と構造は同じなので、父の寝室にも避難口はあります」

「いや、そんなこと言われても」

言葉にして言い返す。一方で、このやり取りを奇妙にも感じていた。もしかして、このこと自体が新たな謎なのか。

フローレンスがメイドに、「避難口を教えて差し上げて」と命じた。「かしこまりました」と応じたメイドについていき、またランキンの部屋に行った。メイドが真っ直ぐに窓の間に近づいて

いく。しゃがんで、石を押した。先ほど調べた石だ。

「あれ、おかしいですね」

　メイドがそんな声を発した。かなり力を入れて押しているようだが、石はまるで動かない。女性では動かせない重さなのではないかとも思ったが、瀧川が近づいてみても何も起きなかった。抜け穴はないのだ。

　メイドとふたりでフローレンスの許に戻り、そのことを報告した。フローレンスは目を丸くして、「そんな、なぜ……」と呟いた。

38

「どういうこと？」

　意図せず、呟きが漏れた。あったはずの抜け穴が存在しないなら、その穴を塞いだことになる。しかし、なぜそんなことをしたのか。それに、同居しているフローレンスがそのことを知らないのも妙だ。娘に内緒で穴を塞ぐ理由などあるだろうか。そもそも、フローレンスに気づかれずに抜け穴を塞ぐ工事ができるのか。疑問が次々に湧いてくる。

　ともあれ、抜け穴がなかったならランキンの部屋はやはり密室だったのだ。一度は大いに落胆したが、気を取り直した。魔法で殺した可能性があるので密室殺人とはまだ断定できないが、面白くなったのは確かである。このゲーム、ミステリーとしても期待していいのかもしれない。

　しばらく、フローレンスにあれこれ問いかけた。耳寄りな情報は特に出てこないが、フローレ

ンスの母親がすでに死亡していることが判明した。まったく登場しないから、おそらくいないのだろうと思っていた。いまさら現れたら、むしろ驚きだ。

質問の選択肢がなくなったので部屋を後にしようとしたら、フローレンスに呼び止められた。

「あのう、すみません。避難口の石を向こう側から押し込んでいただけないでしょうか」

そうか、石を押して抜け穴を露出させたままだった。これでは壁に穴が開きっぱなしなので物騒だし、寒いだろう。女性が押せない重さではないはずだが、かなり力が必要そうだった。石を押した人にまた押し戻してくれと頼むのは、まあ理解できた。

承知して、部屋を後にした。屋敷の玄関から外に出て、裏へ回り込む。内側から押したときと同様に「押す」というコマンドが出たので、それを選択した。石はふたたび、壁に収まった。

ついでに、ランキンの部屋の前にも立った。窓と窓の間、本当は抜け穴があったはずの場所を調べる。すると、なぜかそこは少し地面が掘り下げられていた。抜け穴を塞ぐ工事をしたとき、地面を掘る必要があったのだろうか。

屋敷に戻り、聞き込みをして回った。だが、新情報は飛び出してこない。どうやら三つ目の殺人は、現場の状況以外の情報は不必要のようだ。これまでと同様、アリバイを主張する人もいない。悲鳴は聞こえなかったが、犯行時刻は夜中だったのだろう。

本当にこれでデータは充分なのか。それとも、まだまだ殺人は起きるのか。しかしもう、残っている人がかなり少ない。これ以上殺人が起きれば、推理の余地もなく犯人がわかってしまう。物語的には、そろそろ打ち止めではないかと予想した。

「でもなぁ、さっぱりわからないんだけど」

口に出してぼやいた。アリバイは関係ない、動機もよくわからない、科学捜査はできないでは、お手上げだ。推理で犯人が特定できるようになっているのだろうか。だとしても、推理を組み立てる足がかりさえ見つかっていない。

「おれが頭悪いの？　それとも、難易度高いの？」

そんなことを呟きながら、屋敷内を歩き回った。まだ見つけていない手がかりがあるから、推理が組み立てられないのだと思いたい。その手がかりを得るためには、部屋に籠っていては駄目だ。「犬も歩けば棒に当たる」は警察官にとって真理だが、推理ゲームをやる場合でも当て嵌まるはずだった。

中庭に立って、四方を見回した。すると、変化に気づいた。廊下の屋根の一部の色が白くなっていたのだ。まるで白いインクを垂らしたような跡。いや、あれはもしかして、鳥の糞か。

近づいて、眺めた。臭いはもちろんしないが、見た目はやはり鳥の糞に見える。大きい鳥が落としていったのか、かなり盛大に広がっていた。瀧川は「うーむ」と唸って、眉を顰めた。

すると背後から、「すみません」と声をかけられた。振り返ると、声の主は庭師だった。左手に折り畳んだ梯子《はしご》、右手にバケツを持っている。鳥の糞に気づいて、掃除に来たようだ。

横にどいて、庭師に場所を譲った。庭師は「またか」と文句を言いながら、伸ばした梯子を屋根にかけて上った。バケツの中の水を使って、屋根を洗う。見る見る汚れは落ちていった。

このイベントが、無意味に挟まっているわけがない。だが、どこがどう殺人事件に関わっているのかまるでわからない。ともかく、見ているだけで済まさず、庭師に話しかけてみなければと考えた。

梯子を下りてきた庭師に近づくと、質問がたくさん表示された。まずは無難に、「鳥の糞か？」と訊いてみる。

「ええ、そうです。最近、この辺りに大きい鴉《からす》が棲《す》みついたみたいで、よく落とし物をしていくんですよ。まだ屋根だからいいですけど、どなたかの頭の上に落ちたりしたらいやですよね」

確かに、それはいやだ。屋根の上での広がり方からすると、頭がすっかり白くなってしまいそうだ。

「いつもその都度洗い流すのか？」と尋ねた。庭師は「ええ、もちろん」と頷いた。

「臭いますし、そのまま放置しておけないです。掃除は私の仕事ではないんですが、まあ梯子を使うことですからなんとなく引き受けてます」

「梯子はどこに置いてある？」なんて質問もあった。そんなことに意味があるのかと思いつつ、一応訊いた。

「そこの物置です。離れに繋がる回廊の横に、扉がありますでしょ。あそこが物置なんですよ」

庭師は指を差した。つまり、離れまで行かずとも梯子を持ち出せるようだ。鳥の糞に限らず、屋根の修繕などで梯子が必要になる場合もあるから、当然だろう。

「前に鳥が糞を残していったのはいつ？」とも尋ねた。選択肢が出るから選んでいるだけで、質問の意図はよくわからない。

「割と最近ですよ。ええと、いつだったかな。エリック様はもういらしていたはずです。リゴール様はまだだったな。エリック様はちょうどその辺りに立って、梯子に上って掃除する私を見ながら『派手に撒《ま》き散らしたねぇ』と呆れてましたよ」

確か、エリック、リゴール、ヴァリス、エミリア、そして主人公という順番でこの屋敷にやってきたはずだ。割と最近と庭師は言うが、けっこう前ではないだろうか。

「鴉って、頭がいいんですよね。人間をからかうために、わざと屋根に糞をしてるんじゃないかって気がしますよ。まったくもう」

ぶつぶつ言いながら、庭師は頭を下げて去っていった。庭師が物置に梯子をしまうのを、漫然と目で追った。

すると突然、なにやら景気のいいＢＧＭが始まり、目の前が灰色になった。そして、文字が中空に表示され始めた。ナレーションも聞こえる。こんな内容だった。

プレイヤーの皆様へ。

ミステリー界の巨匠エラリー・クイーンは、筆歴初期の傑作群において優れた犯人当て小説を書きました。作中の手がかりを拾い、それを組み合わせることで、純粋に論理のみで犯人を特定できるミステリーです。クイーンはすべての手がかりが与えられた時点で、読者に向けての挑戦状を挿入しました。

読者の諸君、論理だけで犯人がわかるだろうか、と。

この領主屋敷の事件はクイーンの傑作群にはとうてい及ばないものの、論理で犯人を特定できる形式は遵守《じゅんしゅ》しています。そこで、謹《つつし》んで宣言をいたします。

プレイヤーの皆様、今やすべての手がかりは与えられました。剣に換えて論理を武器に、どうか犯人を特定してください。武勇だけでなく知略も、龍の墓に至るには必要なものなのです。あ

なたが武勇と知略を兼ね備えた勇者になられることを願っております。

「うおっ、これやっぱり、ガチのミステリーだったのか」

瀧川は目を見開いて叫んだ。

39

埼玉県警からは県警本部捜査一課の刑事一名と、浦和《うらわ》警察署の刑事一名がやってきた。それぞれ、堀内《ほりうち》と山口《やまぐち》という名だった。ともに男性で、堀内は四十そこそこ、山口は三十前後に見える。ゲームに詳しく、遺留品のカードを見て《ドラゴンズ・グレイブ》との繋がりを指摘したのが山口だとのことだった。

堀内は銀縁眼鏡をかけて、髪をきっちりと分けている。やり手のサラリーマンのようだと、真萩は思った。一方山口は、髪の色が若干茶色がかっていて、整髪料の匂いもする。顔立ち自体はごく普通だが、いい男ふうではある。上の世代が「最近の刑事は変わった」と言いたくなるのは、この山口のような若手を見たときだろう。

挨拶を終え、さっそく事件の説明に入る。本郷と延岡の役割分担とは違い、一課刑事の堀内が説明役を務めた。

「事件は六月十七日、午後七時過ぎに発覚しました。被害者の名は田《た》ノ浦《うら》佳《よし》加《か》。二十八歳、女性、独身、ひとり暮らしです。職業はイラストレーター。メッセージアプリのスタンプを作って、収

入を得ていました。ただし、売れっ子というわけではなく、わずかな収入で細々と暮らしていたと思われます」

堀内は被害者の顔写真を、テーブルの上に置いた。複数枚あり、いくつかは死体を写したものだ。扼殺だから、顔が鬱血《うっけつ》している。膨らんでいて、生前の面影はとどめていない。そのため、これらの写真で美醜の判断はできなかった。

だが他にも、生きているときの写真もあった。カメラに向かって微笑んでいる表情は、魅力的と言えなくもない。とびきりの美人ではなくても、劣等感を持つ必要はなかったろう。

「勤め人ではなく、仕事場があるわけでもないので、あまり外に出ない生活を送っていたようです。近隣の聞き込みによれば、訪ねてくる人もいなかったとか」

すぐに、東尾久の事件と被害者像が似ていると真萩は感じた。東尾久の事件に輪をかけて、友人がいないタイプか。似ていることに、何か意味があるのだろうかと考えた。

「事件発見者は被害者の母親。鳩《はと》ヶ谷《や》に住んでいるので、被害者宅とは比較的近いです。頻繁《ひんぱん》というほどではなくても、それなりの頻度で娘と連絡をとり合っていたのに、メッセージを送っても返事が来なくなっていました。電話をしても繋がらない。そこで心配になり、直接訪ねてみたところ、玄関先で倒れている娘を発見したとのことでした。玄関は施錠されていませんでした」

玄関ドアに鍵はかかってなく、被害者が玄関先で殺されていたのも、東尾久の事件と共通している。犯人は親しい人ではなく、訪問していきなり殺したのではないかと推察した。

「死因は頸部《けいぶ》圧迫による窒息。首に手形が残っていました。ただし、指紋は検出されていません。手袋をして、首を絞めたものと思われます。手形から男性ではないかと推定されるものの、確実

ではありません。男性にしては小さめで、手の大きい女性である可能性は否定できません」

「まあ、ホシが女性なら、凶器を準備しておくでしょう。殺意があったのに手ぶらで被害者宅を訪れたとは、あんまり想定できませんな。現にこちらの殺しでは、刃物で刺し殺していますし」

　本郷が口を挟んだ。その指摘には頷けるが、不可解な点を浮き彫りにもしている。犯人が男性であろうと女性だろうと、凶器を使った方が確実に殺せる。あえて扼殺にしたのは、やはりゲームの見立てにするためか。

「はい、こちらでもそのような意見は出ています。ですが、断定はしていません」

　堀内は丁寧に応じた。警視庁と埼玉県警に上下関係はないが、堀内の方がいささか遠慮気味だ。堀内は手許の資料に目を落として、続けた。

「死亡推定時刻は、死体発見時からおおよそ七十二時間の幅があります。他人との付き合いがなく発見が遅れたのと、クーラーが点きっぱなしだったため部屋がかなり冷えていたことが原因です。ただし、死体発見時刻の二十時間前まではネットを使った痕跡が残っているので、十六日午後十一時頃までは生きていたものと思われます」

　六月からクーラーを点けるのは少し早い気もするが、暑がりな人であれば使っていても不思議ではない。犯人がクーラーを止めずに帰ったなら、部屋の温度は相当低かっただろう。死亡推定時刻に幅が出てしまうのは、やむを得なかった。

「部屋に争った形跡はなく、なくなった物もなさそうです。少なくとも現金やクレジットカードなどは、そのまま残っていました。母親にも確認してもらいましたが、室内に異変はないとのことでした」

そこも、東尾久の事件と同じだ。物取り、あるいは女性に対する邪心が理由の犯行ではないと見ていいだろう。

「ガイシャが住んでいたアパートに、防犯カメラは設置されていませんでした。ですので、人の出入りは記録されていません。左右の部屋の住人も、言い争う声や悲鳴、呻き声、揉み合う音など、不審音は何も聞いていません。左右の住人との付き合いもありませんでした」

　都会の孤独な死、というやつか。母親が訪ねていかなければ、腐乱死体になるまで発見されなかったかもしれない。

「以上のように、現場にはさほど特徴的な点がなかったのですが、ひとつだけ注目すべき物がありました。これに関しては、山口君に説明してもらいます」

　堀内はそう言って、所轄刑事にバトンタッチした。山口は少し気負ったように、口許を引き締める。

「では、僭越ながら私から。お聞き及びのことと思いますが、現場には一枚のカードが残されていました。ゴーレムの絵が描いてあるカードです。私はそれを見て、《ドラゴンズ・グレイブ》を思い浮かべました。《ドラゴンズ・グレイブ》のサブイベントでは、ある屋敷で連続殺人が起き、その三つ目の殺しが扼殺なのです。そして殺人の前後には必ず、殺し方を示唆するカードが残されていました。三枚目のカードは、ゴーレムのカードでした。扼殺とゴーレムのカード。その組み合わせにピンと来たのです」

　山口は誇らしげに胸を張った。山口の気づきがなければ、埼玉の事件と東尾久の事件は結びつかなかった。実際はネットで騒がれていたのだが、警察がそれを重視するまでには時間がかかっ

ただろう。技術がいくら進化しても、警察は保守的なものだ。

「ネット上で、東尾久の殺しが《ドラゴンズ・グレイブ》の見立てではないかと言われていたことを、私は知っていました。そこで問い合わせを進言したところ、東尾久の現場にもカードが残っていたことがわかりました。しかも《ドラゴンズ・グレイブ》の二番目の殺しと同じく、稲妻を発する男のカードだった。それだけでなく、ホトケの傷口には透明なアクリルの棒が刺してあった。間違いなく、《ドラゴンズ・グレイブ》の見立てです」

　山口は断定した。所轄刑事が断定することではないだろうと思うが、自信を持って言い切るのも理解できる。そこまで揃えば、他の解釈は難しい。

「ならば、ゲーム内の第一の殺人に相当する事件が起きているはずです。ゲーム内の殺しは焼死でした。調べたところ、町田市内でホトケを焼く事件が起きていました。これで、ゲームと同じ殺し方をしている事件が三つ揃ったことになります。三つの殺しには関係があると、我々は考えています」

　山口はわずかに頬を紅潮させていた。警視庁の捜査一課刑事たちを前にして説明をしていることに昂揚《こうよう》しているのか、事件の繋がりに興奮しているのか。どちらであっても、真萩は同じ所轄刑事として気持ちがよくわかった。

「こちらの捜査状況も申し上げておきます」

　後を堀内が引き取った。山口と対照的に、堀内はあくまで淡々と説明する。

「ガイシャはあまり人付き合いが多い方ではなかったようで、仕事関係の相手ともオンラインでのやり取りで済んでいます。友達らしい友達もいなかったらしく、頻繁に連絡をとっている相手

はいません。ただ、だからこそなのか、ネットへの書き込みは割と積極的でした。自分のことの発信はスタンプの宣伝くらいですが、他人へのコメントは一日何十とつけていました」

またしても既視感《きしかん》を覚えた。東尾久の被害者とそっくりではないか。町田の事件も、被害者はもう少し外部と接触があったものの、似たような気配は感じる。この共通点こそが、三人を結びつけるのではないか。

「じゃあ、動機はネット上で生じたんですかね。東尾久のガイシャも、同じような感じでしょ。うちのガイシャも、ネットにいろいろ書き込んでいたようなんですよね」

それまで黙っていた南条が、ついに口を開いた。町田の事件については自分が語らなければならないのかと考えていたので、少し安堵する。だが南条のことだから、長くなる説明は真萩に押しつけてくるかもしれなかった。

「それでは、南条さん。次はそちらのヤマについて説明してくれますか。そちらのヤマも、無関係じゃなさそうですね」

この中では最年長になりそうな本郷が、流れを取り仕切った。南条は軽い調子で「では」と応じると、真萩の方に顔を向けた。

「詳しいことは、この保田が申し上げます」

やっぱりか。覚悟していたので、腹は立たない。苦笑したくなる気持ちを、懸命に抑えた。

40

「私たちの事件では、マスコミに伏せていることはありません。ですので、今から申し上げることはすでにご存じと思います」

そう前置きして、説明を始めた。死体発見の経緯、現場の状況、死体の解剖結果などを、手短に話す。聞きたいことはやはり、捜査の進展具合だろう。

「ガイシャは韓国のインスタント食品を輸入している会社に勤めていました。社員十数人の、小さい貿易会社です。社内に友人はおらず、取引先や以前に勤めていた会社にも当たりましたが、親しい友人関係も目立ったトラブルもありませんでした。ただ、ネットへの書き込みは熱心だったようです。それも、けっこう攻撃的な書き込みが目立つとのことでした」

これまでに判明していることを、かいつまんで披露した。真萩たち刑事の聞き込みの成果と、サイバー班による被害者の通信端末の分析結果である。自分で語っていて、最前聞いたことのコピーのようだと感じた。被害者三人は、同じタイプの人物だったと見てかまわないだろう。

「もうここまで揃うと、動機はネット上にあると考えるしかないんじゃないですかね？　ガイシャは三人とも、誰かを攻撃したりして恨みを買ったんですよ」

南条が、投げやりに言い切る。いや、投げやりと受け取るのは真萩が南条の性格を理解したからであって、知らない人からすれば自信を持って推理していると見えるのではないか。容姿が整っている人は得だと、心の中だけで肩を竦めた。

「三人が三人、実生活で動機が浮上しないところからすると、その可能性が高そうですね。しかし、ネットか……」

　本郷が渋い顔をした。それを受けて、山口がまた発言する。

「うちのガイシャはストレスを抱えていたのか、かなりあちこちに噛みついてたんですよね。だから、どこで恨みを買ったのか特定するのは難航しそうです」

「いや、でも、ガイシャ三人が共通して攻撃してた相手となると、限られるんじゃない？　特に、殺されるほど恨まれたんだからさ」

　いかにも南条らしい、楽観的な意見だった。こちらの事件の被害者である亀沢が、ネットでどれくらいコメントしていたのか真萩は正確に知らないので、判断できない。南条の言うとおりかもしれないし、あるいは南条の想像を超えて多方面を攻撃していた可能性もある。ともあれ、被害者が叩いていた相手をリストアップし、突き合わせる必要があるだろう。

　話し合いの結果、各捜査本部でリストを作り、持ち寄ることになった。合同捜査本部になるかどうかは上の判断次第だが、おそらくそうはならないと一課刑事たちは予想した。ゲームの見立てとはあまりにセンセーショナルすぎて、騒ぎが大きくなる。そしてそれは、犯人の思惑どおりかもしれない。犯人を油断させるためにも、警察はまだ三つの事件の繋がりに気づいていない振りをした方がいいだろうというのが、一課刑事たちの考えだった。

「容疑者すら浮かび上がらなくてどうなるかと思ったけど、ようやく展望が拓けたねぇ」

　荒川警察署を出てふたりだけになると、南条が能天気なことを言った。まだ何も調べていない今の段階で、展望が拓けたとはとても考えられない。南条のお気楽な性格が羨ましくなった。

「悲観的なことを言って申し訳ないですが、ネットで誰かを攻撃する人って、漏れなく炎上に乗っかるんじゃないですかね。だとすると、ガイシャ三人が共通して攻撃していた相手は、かなりの数になる可能性がありますよ」

水を差したくはないが、つい現実的なことを言ってしまった。これでバランスが取れているという意識もある。南条は外国人のように、大袈裟に両方の掌を上に向けた。

「そんなこと言うなよー。言霊《ことだま》って知らないの？　前向きに考えてれば、物事は自然といい方に向かうんだからさ」

南条の楽観主義は、多少水を差したくらいではびくともしないようだ。この楽観主義こそが、南条を捜査一課刑事にまで押し上げたのかもしれないと思えてきた。何事も、人並み外れた点は武器になる。

「では、事件解決に向かっていると信じることにします」

真萩は逆らわずに答えた。皮肉ではなく、本心だった。

話し合いの結果を電話で捜査本部に報告し、被害者の亀沢がネット上で攻撃していた相手をサイバー班にリストアップしてもらうよう頼んだ。真萩たちはそのまま、亀沢の知人への聞き込みに向かう。ただ、南条はネット上のトラブルこそが本命と決めつけたらしく、露骨に聞き込みへの熱意を失っていた。真萩も南条の影響を受けてしまったのか、この線では何も出てこないだろうなと思いながらも聞き込みをした。案の定、なんら注目すべき情報は得られなかった。そもそも、亀沢と濃い付き合いがあった人には当たり尽くしているのである。面識があった程度の人に話を聞いても、何かが出てくる可能性は限りなく低かった。

夜の捜査会議に戻ると、サイバー班作成のリストができあがっていた。予想どおり、かなり長いリストだった。亀沢はよほどストレスを抱えていたのか。このリストを見ると、誰彼かまわず嚙みついていたのではと思えた。

荒川警察署と浦和警察署が作ったリストも、すでに届いていた。それらのリストは、もっと長い。案の定、三つのリストに共通して出てくる名前は少なくなかった。これを絞り込むのは手間がかかると、多難さを思って天を仰ぎたくなった。

「なんだろうなぁ、このリストは。こんなに他人のことを攻撃して、自分の卑《いや》しさがいやにならないのかね。これじゃあ、どこで殺されるほど恨まれたか、見当もつかないじゃないか」

司会役の捜査一課係長が、うんざりした口調でリストを叩いた。同感である。無機質な名前の羅列《られつ》だが、なんのリストか知っているとまるで悪意の塊《かたまり》に見えた。人はなぜ他者を攻撃するのかと、哲学的な問いが頭に居坐《いすわ》った。

「あー、でも、ちょっと待ってください。これはどうですか。この春日井《かすがい》ほのかって子」

手を挙げて発言したのは、南条だった。春日井ほのかという名には、聞き憶えがあった。だが、なぜ記憶しているのかわからない。真萩のもどかしさは、すぐに南条が解消してくれた。

「この子、アイドルなんですけどうっかり失言して、ネットでものすごい叩かれたんですよ。そうしたら、それに耐えられずに自殺しちゃったんですよねぇ。叩いた人を殺すほどの恨みだったら、これじゃないですか。ホシはきっと、春日井ほのかのファンだったんですよ」

ほとんど直感でしかない推理だが、一理あると思った。そうか、あの件か。警察沙汰にはなっていないが、一時期騒がれたので憶えていたのだ。あらましはこんなところだった。

春日井ほのかは女性アイドルグループに属していた。人数が多いのでその中で目立つのはなかなか難しいのだが、春日井にはひとつのアピールポイントがあった。正確には本人がアピールしたわけではなく、その言動からファンが興味を持ち、調べ上げたらしい。春日井ほのかの親は、金持ちだったのだ。

本人は公式には認めなかったが、親は相当な資産家だったようだ。自宅には部屋がいくつあるのかよくわからず、学校には運転手つきの車で通っていたという。ファストフードはアイドルデビューするまで食べたことがなく、仕事で回転寿司店に行ったときには「こんなの初めて」と興奮していた。そうした少し浮世離《うきよばな》れしているところが、お嬢様アイドルとして受けていたのだった。

その浮世離れぶりが、あるとき裏目に出た。スタジオ収録の番組で、一般家庭の暮らしを映したＶＴＲを流したとき、司会者からコメントを求められた。どういう内容だったのか真萩は知らないが、介護を必要とする老人がいたらしい。まだ若い女の子が、その老人のおむつの始末をしていたのだった。

『偉いですよねー。ホント、すごいと思いますけど、私は絶対無理です。お年寄りのおむつ替えなんて、死んでも無理』

そのコメントはある意味、春日井ほのかに求められるキャラクターに沿っていて、スタジオでは爆笑が起きた。テロップには、〈お嬢様ですので〉と出ていたらしい。おそらく、そんなテロップを入れたスタッフに悪意はなかった。もちろん、発言をした春日井ほのかに、他者を見下す気持ちはなかったのだろう。親が資産家でなくても、十代の女の子としては無理もない感想だっ

たとも言える。

しかし、この発言はアウトだった。世の「良識ある人々」の怒りを買った。具体的にどんな非難が殺到したのかわからないが、だいたい想像はつく。春日井ほのかの個人アカウントにはもちろんのこと、属しているグループの公式アカウント、グループが所属しているプロダクション、番組を放送したテレビ局、果てはその番組のスポンサーにまで非難の矛先《ほこさき》は向かったらしい。外野の人間からすると大袈裟すぎると感じるが、春日井ほのかのお嬢様キャラが災いしたのだ。発言を非難した人たちの心に、やっかみがまったくなかったとはとうてい思えない。春日井ほのかは典型的な、叩いてもいい〝溺れる犬〟になったのだった。

お嬢様だったから温室育ち、とは一概に決めつけられない。どんな育ち方をしていようと、日本じゅうから非難されるような経験をすれば誰でも心のバランスを失うのではないか。春日井ほのかは自宅の風呂場で、手首を切って自殺した。ためらった痕跡が見られないほど、深くスパッと切っていたらしい。遺書には「死んでお詫びします」とだけ書かれていたと、ニュースで報じられた。

なんとも後味の悪い話だった。驚くことに、それで気まずい気配が世間に流れるでもなく、その後も死者を鞭打《むちう》つ人が多数いたのだった。非難対象者を死に追いやっても、自らを正義と信じる人たちの憤りは癒えなかったらしい。そこまでの怒りを抱える人の精神構造が、真萩にはよくわからなかった。

今なお燻《くすぶ》り続けていることだから、恨みに思ったファンの犯行という南条の読みには頷けた。他にも人死にが出た炎上があったならともかく、まず優先して春日井ほのかの自殺について調べ

てみる価値はあると考えた。

「その話はおれも知ってるなぁ」

司会役の捜査一課係長が、納得気味に小刻みに首を縦に振った。そして、南条の案を受け入れたように「よし」と声を発する。

「まずはリストの突き合わせだ。他にも人が死んでいる事案がないか、調べろ。で、南条他数名は、春日井ほのかのファンに当たれ。叩いた奴に反撃するほどなら、かなり熱心なファンだろう。それなら、ファンの間で有名人だった可能性がある」

なるほど、きっとそうだ。すぐに捜査方針を決める一課係長に感服した。さすがは本庁捜査一課の係長である。

感服したと言えば、南条に対しても同じだった。ただの思いつきで行動しているようで、結局は捜査の方針を決めるまでの読みを披露している。本当に何も考えていないのかもしれないが、一課刑事になるほどの特別なものを持っていることは確かだった。

41

春日井ほのかが属していたアイドルグループは、人気の度合いとしては中クラスだったらしい。中クラスといっても、女性アイドルは層が厚い。その中で中クラスは、立派なものだそうだ。現に春日井ほのかは、テレビにも出ていた。地下アイドルでは、とうていあり得ないことだ。

その一方、アイドルグループは地道なライブ活動も継続していた。渋谷《しぶや》の劇場で毎週、ライブ

を行っているのだ。調べたら、翌日にもライブが開かれる予定だった。ファンに話を聞くには好都合であった。

　事前に主催側に話を通しておき、観客が集まり始める午後四時過ぎに劇場に向かった。スペイン坂を上った先にある劇場の前には、開場を待つファンの列ができていた。若い人が多いが、中年も見られる。女性も交じっていた。ファン層が幅広いことが窺えた。

　取りあえず、最後尾から声をかけていくことにした。大学生くらいの男性ふたり組に、南条が「ちょっとすみません」と話しかける。

「あのう、警察の者なんですけど、少し話を聞かせてもらえないかな」

　警察バッジを示し、特に声を潜めるでもなく頼んだ。男性ふたりは目を丸くし、それだけでなく列に並ぶ他の人たちもいっせいに振り返った。注目を浴びたことに照れたのか、南条は手を上げて、「順番に話を聞いていくので、よろしく」などとよく通る声で言った。

「あのさ、春日井ほのかちゃんのことなんだよ。痛ましい話だよねぇ。なんであんなかわいい子が死ななきゃならないのか。ぼくはさ、ほのかちゃんの熱心なファンを捜してるんだよ」

　どこまでが本心か、真萩にもよくわからないことを南条はぺらぺらと喋る。しかも、春日井ほのかのことをちゃんづけで呼んでいる。まあ、南条は見た目が若いので、そんな物言いをすれば親近感を持ってもらえそうだ。そこまで計算の上での口調なのだとしたらすごいが、きっと違うだろう。南条のすごさは、天然のすごさなのだ。

「熱心なファン、ですか」

　若い男性は戸惑い気味に問い返す。南条は気安い調子で、「そうそう」と頷いた。

「誰か、知らないかな。君は違う？」

「いや、ぼくたちは別の人推《お》しで……」

春日井ほのかのファンならば、もう出演しないライブには来ないだろう。複数の人のファンであった可能性もあるが、そんな人はおそらく殺人にまで手を染めるほど思い詰めたりしない。春日井ほのかだけを熱烈に好いていた人こそ、捜すべき相手なのだ。

「君たちは、ライブは今日初めて？」

「いえ、違いますけど、そんなにディープじゃないですよ」

どれくらいの度合いを指してディープと言うのかわからないから、自己申告を額面どおりには受け取れない。だとしても、春日井ほのかの熱烈なファンを知らないのであれば、度合いはどうでもよかった。

「ほのかちゃんのファン、知らない？」

「ええと、ライブに来なくなった人はいるけど、名前までは知らないです」

ファン同士の横の繋がりがどれくらいあるのか、警察はまったく知識がない。顔は知っているが名前は知らない、という繋がりが普通なのかもしれない。そうであっても、こうしてファンに当たって情報をもらうより他に道はなかった。

「君も？」

まったく喋らないもうひとりに、南条は水を向けた。もうひとりは小声で「知らないです」と首を振る。

「名前じゃなくて、渾名《あだな》だったら知ってますよ」

やり取りを聞いていた、列に並ぶ別の人が話しかけてきた。同じく大学生くらいに見える、男性三人組だ。そのうちのひとりが、興味深そうに目を輝かせている。

「ほのかちゃんのファンがどうしたんですか？　警察の人がいまさらほのかちゃんファンを捜すなんて、もしかしてほのかちゃんは自殺じゃなく他殺だったとか？」

好奇心丸出しで、物騒なことを男性は言う。そうでなくても列に並ぶ人たちの注意が集中していたのに、視線が食い入るように強くなった。全員、前ではなくこちらを向いている。

「違うよー。そんなことあり得ないでしょ」

南条は特に動じず、簡単にいなす。違うからね、という意味でか、こちらを見ている人たちに向けて首を振った。

「どうして捜しているかは、内緒。君たちが協力してくれたら、そのうちわかるかもよ」

「えー、そうなんですか。まあ、しょうがない。ええとですね、ぼくが知っているのはヨシさんと呼ばれている人です。すごい熱心で、ほのかちゃんが出演するときには必ずいたんじゃないかな。ＣＤやグッズに、毎月何万円も使ってるって話でしたよ」

「ヨシさん。どんな字を書くの？」

「それは知らないです」

「見た目は？　若い人？」

「若くはないかなぁ。三十代から四十代くらい」

ずいぶん漠然としている。自分が若いから、年長者の年齢の見当がつかないのだろう。

「君たちはそのヨシさんを知ってる？　何歳くらいだと思った？」

他のふたりにも、南条は尋ねた。ふたりは口々に、「五十はいってないよね」「四十代前半じゃない？」「いや、意外と三十代半ばくらいかも」などと言う。どうやら四十代後半ではなさそうだが、それでもまだ幅がある。

「ヨシさんを知ってる人はいませんか」

今度は大きな声で、列に向かって南条が問いかけた。一瞬の無反応の後、おずおずと手を挙げる人がいた。

応じてくれた若い男性たちに礼を言い、そちらに向かった。手を挙げたのは、三十代後半くらいの男性だった。

「おれと同じくらいだったはずです。だから、三十七、八じゃないかな」

「ヨシさんとはお知り合いですか？」

「まあ、会えば話しました。顔を合わせることが多かったので」

いい話を聞かせてくれそうな人が見つかった。南条は食いつく。

「そうですか！　ヨシさんの名前はご存じですか」

「どうだったかな。聞いた気がするけど、憶えてないです」

そんなものなのか。名前がわからないのは残念だった。

「どこに住んでるとか、職業とか、何か聞いてます？」

「職業は、けっこういいところのサラリーマンだったはずです。給料がいいから、推《お》し活《かつ》がしやすかったみたいで。独身だと思いますよ。奥さんはいたのかもしれないけど、間違いなく子持ちではないです。住んでるところは知らないですね」

「どこの会社だか、聞いてないですか」

「うーん、聞いてないけど……。ああ、場所は新宿だったかな。渋谷に来やすいって言ってたことがある」

「見た目はどんな感じでしょう？」

「がっちりしてましたよ。かなり逞《たくま》しいですね。背は高くもなく、低くもなくです」

「百七十センチはない、くらいですか」

「たぶん。おれが百七十二で、おれよりは低かったので」

「眼鏡をかけてる、かけてない、イケメン、不細工、清潔、不潔、おしゃれ、野暮ったい、どんな感じ？」

「ええと、眼鏡はかけてませんでした。イケメンじゃないけど、不細工でもないですよ。まあ、普通です。不潔感はなかったですね。おしゃれではないかなぁ」

なるほど、なんとなく外見のイメージはできたが、それだけで捜し出せるほどではない。やはり、名前なり勤め先なりが判明しないと、特定は難しそうだ。

「どれくらいほのかちゃんのことが好きだったか、わかるようなエピソードはありませんか」

　南条は質問を変えた。男性は首を捻る。

「そうだなぁ、ほのかちゃんと握手した回数が一番多いのは自分だ、って言ってたな。ホントかどうかわからないけど」

「おお、それは熱心ですね。じゃあ、運営の人に訊けば、本名がわかるかな」

「ああ、そうかもしれません。ファンクラブにも入ってたはずですからね」

これは前進だ。面倒な手続きは必要かもしれないが、おそらく個人を特定できるだろう。

「で、ほのかちゃんが自殺した後は、ライブには来てないですか？」

「見かけないですねぇ。ほのかちゃん以外に推しはいなかったから、もう来ないんじゃないですか」

「ありがとう。大変参考になったよ」

南条はにっこり微笑んで、礼を言った。南条に無防備な笑みを向けられ、男性は少し照れたように頭を下げた。

42

「他に、熱心なほのかちゃんファンをご存じの方はいませんか」

南条は列に並んでいる人たち全員に向けて、声を発した。すっかりこの場を仕切っている。素直な人たちが多いのか、警察に対する反感を露《あら》わにするような者はいなかった。春日井ほのかのファンではなくても、その死に方を気の毒に思い、協力したい気持ちでいるのかもしれない。

「しばらく前に来なくなった人ですけど、ほのかちゃんファンがいました」

前方で、また別の人が手を挙げた。南条とふたりでそちらに向かう。手を挙げたのは三十前後の、きちんとスーツを着ている人だった。会社帰りにそのまま来たのだろう。

「ありがとうございます。どんな人でした？」

スーツの人の前に立ち、南条は問いかけた。スーツの人は言うべきことを頭の中で整理してあ

ったのか、すらすらと答える。

「やっぱり熱心な人で、ヨシさんと競っている感じでした。ただ、経済力でヨシさんに負けちゃったのか、そのうち来なくなったんですよ。半年くらい前かなぁ。だから、ほのかちゃんが死ぬ前ですけど」

「経済力で負けた。つまり、ＣＤとかグッズをどれくらい買ったか、競い合ってたんですか」

「具体的に数を比べてたわけじゃないでしょうけど、一番のファンの座を争ってましたね。握手券を大量に買って、どっちの方が長い時間ほのかちゃんと喋ったかとか、そんなことで勝負してましたよ」

「なるほど。それはお金がかかりそうだ。で、経済力で負けてしまって、来なくなったと」

「負けたことが原因かどうかわかりませんけどね。負けたからじゃなくて、推し活を続ける金がなくなっちゃったのかも」

「だったら、ファンをやめたわけじゃないんですかね」

「どうだろう。直接話をしたことがあるわけじゃないから、本当のところはわからないです。ただ、また金が貯まったら復活するつもりだったかもしれません。わからないですけどね」

　無責任なことは言いたくないのか、スーツの人は「わからない」を繰り返した。しかし、変に断定するよりはいい。

「その人の名前、わかります？」

「フルネームは知らないですけど、ヤマキって名乗ってるのを聞いたことがあります」

「ヤマキ。字はわかります？」

「さあ、そこまでは」

スーツの人は首を振るが、名字がわかるだけでもありがたい。南条は続けてヤマキの容姿についても質問した。中肉中背、三十代前半くらい、普通の勤め人っぽかった、とのことだった。

「私も知ってる人がいます」

話が一段落するのを見計らっていたのか、今度は若い女性が声を上げた。二十歳前後の女性のふたり組だった。そのうちのひとりが、手を大きく振ってこちらの注意を惹く。

「女性なんですけど、ほのかちゃんのファンがいました。話もしたことあります。ほのかちゃんは自分が若い頃になりたかった理想の姿だ、って言ってました」

元気がいい感じの女の子で、はきはきと話す。わざわざライブに来るのだからアイドルファンなのだろうが、真萩の目にはこの子自身がアイドルのようにかわいらしく見えた。

「へえ。いくつくらいの人？」

南条は砕けた口調で問い返した。女の子は「三十くらいかなぁ」と答えた。

「ちょっと地味目でしたけど、若く見えましたよ。きっと実際より若く見えるんだろうという計算も入れて、三十歳くらいかと思いました」

「なるほど。その人はひとりで来てたの？」

「そうですね。私は友達と来てますけど、ひとりで来る女の人も珍しくないですよ」

「今は推し活も立派な趣味だもんねぇ。その人の名前は知ってる？」

「私たちはハマベさんって呼んでました。どんな字を書くかは知らないです」

「職業とか、住んでる場所とか、聞いたことある？」

「派遣だって言ってました。住んでる場所は知らないけど、埼京《さいきょう》線で来てるって言ってたから埼玉かなぁ」

「そう。で、その人はどれくらい熱心だった？」

「さっき名前が挙がってた男の人たちには負けてたかもしれないけど、私から見たらかなり熱いファンでした。ライブもよく来てたし、握手会とかツアーとか、ずっと追ってたはずですよ。ライブのブルーレイを擦り切れるほど見てる、とも言ってたな」

「確かにそれは熱いね。ほのかちゃんが亡くなった後、会った？」

「会ってはいないけど、メッセージのやり取りはしました。すんごい落ち込んでて、後追い自殺するんじゃないかと心配になりました」

　後追い自殺とは穏やかでない。かなり思い詰めていたようだ。

「で、今はどうなのかな。後追い自殺なんてしてないんでしょ」

「わからないんです。メッセージが届かなくなったので」

「届かなくなった？　どうして？」

「アカウント自体がなくなっちゃったんですよ。割とショックでした。だから刑事さんたちがハマべさんを見つけてくれるなら、私としても嬉しいんですよ」

「あ、そう。そりゃ心配だね。わかった。捜すよ。もしかしたらまたこうやって聞き込みに来るかもしれないから、そのときに君がいたら教えるね」

「ありがとうございます！　刑事さん、かっこいい上に優しいですね」

「うん、よく言われる」

南条がそんな答え方をすると、女の子たちは大笑いした。若い子の扱い方がうまいなと、真萩は横で見ていて思った。これは天然ではなく、計算ではないかという気がする。いつもこんな調子で若い女性に接しているのだろう。

その後もしばらく情報提供が続き、リストが作れるくらいに名前が挙がった。聞き込みを切り上げて帰る際には、「がんばってください」と声をかけられるほど、列に並ぶ人たちに好意的に受け入れられていた。南条の聞き込み術の巧みさを目の当たりにし、大いに勉強になった。

その足でアイドルグループが所属しているプロダクションの事務所に向かい、名前が挙がったファンたちの身許を確認した。先方は「個人情報をお教えするのは……」と渋ったが、「そこをなんとか。ほのかちゃんの弔《とむら》い合戦にもなることですし」と南条が頼み込んで押しとおしてしまった。裁判所に行って情報開示のための令状を取るとなると、手続きが面倒になる。頼み込んで教えてもらえるなら、その方がずっと楽だった。

だからその夜の捜査会議に、得たばかりの情報を持っていけた。サイバー班もネットのファンコミュニティーで情報を拾い、何人かをピックアップしていた。こうしてついに、容疑者候補をリスト化することができたのだった。

43

春日井ほのかはグループの中でも人気がある方だったので、ファンのリストはそれなりに長いものになった。各人に当たるには手分けをする必要があり、捜査本部で割り振った。真萩たちコ

ンビは、三人の許に行くことになった。

三人とも、渋谷で聞き込んだ際に名前が挙がった人たちだった。そのうちの、まずは浜部《はまべ》という女性に会いに行った。連絡がつかなくなったと、心配されていたからである。ファンクラブの登録情報によれば、浜部は埼玉県戸田《とだ》市に住んでいるとのことだった。

ファンクラブに、勤め先の情報は登録されていなかった。登録の際の必須事項ではないので、勤め先が空欄の人は珍しくないらしい。浜部は派遣社員だったようだから、仮に登録されていたとしても勤め先が変わっている可能性がある。実際に住所地に足を運んでみるしかなかった。

ＪＲ埼京線北戸田駅から、歩いて十数分のところに浜部の住まいはあった。小さめのマンション、あるいはコーポとでも呼ばれる規模の集合住宅である。そこの二階に、浜部の部屋があるはずだった。

なんら気負いを見せず、南条がその部屋のインターホンを押した。だが反応はない。二度、三度と繰り返しても、人は出てこなかった。部屋番号の下の表札には、何も書かれていなかった。

「引っ越したか、あるいは仕事か」

「平日なので、普通に考えて仕事でしょうか」

まだ午前中なので、無駄足を承知で訪ねてきたのである。もちろん、事前のアポイントなど取っていない。身構えさせないためにも、会えるまで何度でも足を運ぶしかなかった。

「また夜に来るか。しかし、駅から遠かったな。また歩いて駅に行くのかぁ」

タクシーを使いたいところだが、そこまで時間に追われているわけではない。昨今は予算が限られていることもあり、必要性が低いタクシー代は文句を言われるらしい。そろそろ、歩いてい

ると汗ばんでくる季節である。真萩も南条のぼやきに同意したかったが、口には出せなかった。所轄刑事は、黙々と本庁刑事についていくだけである。

次は、山木《やまき》という男性に会いに行くことにした。山木は勤め先がわかっていたからである。たとえ外回りに出ていたとしても、なんとか摑まえられるだろう。山木の勤め先は目黒《めぐろ》だった。

ファンクラブに登録されている社名から、勤め先が飲食店経営の会社であることがわかっていた。複数の店を、都内各所に出店しているようだ。どの店も大衆的な値段で、高級店を志向しているわけではない。会社の規模としては、まださほど大きくないと言ってよかった。

駅から少し離れたところにあるオフィスを訪ねると、山木は外出中だった。だが一時間もせずに戻ってくるとのことだったので、近くでコーヒーでも飲みながら待つことにした。ずっと移動をしていたので、休憩はありがたかった。ひと息入れるとはいえ勤務中であることに変わりはないので、のんびり南条とお喋りなどしない。互いにネットを見て、世の中の動きに目を配った。今回の事件は特に、ネットの情報が大事だという認識があった。

一時間後に再度オフィスに向かうと、不安な気持ちを丸出しにした表情の男が出てきた。眉を寄せ、上目遣《うわめづか》いになり、肩を窄めている。中肉中背のはずだが、身を縮こまらせているせいか、小柄に見えた。

「山木です。どういったご用件でしょうか」

「お勤め先まで、突然に押しかけてすみません。実は春日井ほのかさんのことで、伺いたいことがあるのです」

「えっ」

まったく予想していなかったのか、山木は両目を見開いて硬直した。あまりに長く絶句しているので、「大丈夫ですか」と声をかけたくなったほどだ。南条も様子を窺うように、「あのう」と話しかける。

「もしよかったら、外に出ませんか。お時間は取らせません。二十分ほどいただければ」

「……はあ」

ようやく山木は頷き、「少しお待ちください」と言い残して奥に消えた。そしてすぐに出てくると、「行きましょう」と促してすたすたと外に向かう。入った先は、先ほどまでコーヒーを飲んでいた店だった。

なるべく周りに人がいない席を取り、テーブルを挟んで向かい合った。山木は頼んだコーヒーをそっちのけにして、身を乗り出す。

「ほのかちゃんのことって、どういうことですか。まさか、ほのかちゃんの死に不審な点があるんですか」

警察が訪ねてくればそのように考えるのは、まあ自然だ。演技なら大したものだが。

「違います。そうではないんですよ。いいのか悪いのかわかりませんが、ほのかちゃんが自殺したことに間違いはありません」

南条も山木に引っ張られているのか、相手がファンだからか、また「ほのかちゃん」と呼んでいる。山木はそれを聞き、今度は脱力したように背凭《せもた》れに寄りかかった。

「あー、なんだ、やっぱりそうなんですね」

ファン心理として、自殺などであって欲しくないと思うものなのだろうか。真萩にはよくわか

らなかった。

「山木さんはほのかちゃんの熱心なファンだったと伺いました。でも最近は、ライブや握手会には行かなくなっていたようですね。何かあったのですか」

南条はまず、無難なところから質問を始めた。山木は軽く首を傾げ、片頬を歪めるような笑みを浮かべる。

「なんですか、それ。そんなことになんで警察が興味を持つんですか。これはなんの捜査ですか」

素直に答える気はなさそうだ。警察の訪問を受けることに心当たりがなく、不安に思っているからこそ、訊き返しているのかもしれない。

「山木さんはゲームをやります？　今、ＶＲゲームが人気ですよね」

質問に対して質問で応える山木に、南条はさらなる質問を向けた。山木は今度は即答せず、質問の意図を探るように南条の顔を凝視した。もし犯人でないなら、これがなんのための質問かわかるはずがない。山木はまた臆病そうな態度に戻り、「いえ」と首を振った。

「ゲームはやりません。それが何か？」

「ちょっとした世間話のつもりです。なんか、雰囲気が硬かったので」

南条は単に、山木の反応が見たかっただけのようだ。山木が不自然な素振《そぶ》りを示さないなら、情報を与えるわけにはいかない。

「で、どうなんです？　ほのかちゃんのファンはやめたんですか？」

南条の物腰は柔らかだが、これまでになく有無を言わせぬ調子である。南条が本気になってい

るのを感じた。

「やめたかどうかと訊かれたら、もうファン活動はしてないですよ。何しろ、本人が死んでしまったんだから」

ますます不安になってきたようで、山木はふたたび上目遣いになった。助けを求めるかのように、真萩にまで目を向けてくる。だが、そんな縋《すが》る目で見られても勝手にあれこれ教えてやるわけにはいかない。

「ライブに来なくなったのは、ほのかちゃんが亡くなるより前だと聞いてますけど」

「資金が底を尽きました。さすがに、ひと月に十万以上も注ぎ込むような真似をしてたら、限界が来ます」

山木は小さく首を振った。どうやら、ライブに姿を見せなくなった理由は聞き込みで得た情報どおりのようだ。

「資金が底を尽きたから、ファンをやめたんですか。それとも、貯金してまた復帰するつもりでしたか」

そこは大事な点だった。すでにファンでなくなっていたなら、復讐を考えるはずがない。

「どうかな。復帰するつもりはあったけど、少し頭が冷えたところもありました。どっちだか、自分でもわかりません」

山木は今度は大きく、首を振った。ごまかしているわけではなく、本音なのだろう。月に十万円以上も注ぎ込むようなファン活動は、一度冷静になってしまえば続かなくても当然だ。しかし、それが本音ならば犯人である可能性は低い。

「なるほど。では正直にお話ししますね。東京と埼玉で、立て続けに三件の殺人事件が起きました。どの被害者も、ネットでほのかちゃんを非難していました。私たちは、そのことへの復讐が殺人の動機ではないかと考えています」

「えっ」

いきなり訪問意図を明かされ、山木はきょとんとしていた。殺人自体は報道されていても、三件の繋がりは伏せてある。ましてそれが春日井ほのかに関係しているとは、噂レベルでも情報は流れていない。犯人でないなら、寝耳に水だろう。

山木にはアリバイを尋ねなければならない。アリバイを訊けば、それがなんの捜査か調べればわかる。ならば正直に明かし、口止めをしておいた方がいい。秘密を守ってくれるかどうかは判断できないが、手の内を明かさずにアリバイ確認だけして帰れば、ネットに何を書き込まれても文句は言えない。容疑者候補が相手であっても、ある程度は腹を割る必要があるのだった。

「そこで、熱心なファンの方にお話を聞いて回っているのです。山木さんは今から挙げる日時に、何をしていましたか」

南条は手帳も見ず、東尾久とさいたま市の事件における被害者の死亡推定時刻を口にした。まあ、手許を見なくてもゴーグルをかけているので、こっそりメモを読んでいるのかもしれないが。山木は「えっ、えっ」と戸惑いながらも、ゴーグルを操作してそれぞれの日のスケジュールを確認した。

「ええと、十五日は家にいました。ひとり暮らしなので、それを証明してくれる人はいませんけど。あ、いや、そんなことないか。ちょっと待ってください」

そう断って、山木はさらにゴーグルで何かを調べる。スマートフォンと違って覗き込むことができないので、何を調べているのかわからない。仕方なく黙って待っていると、「あ、やっぱり」と山木は声を弾ませた。

「十五日の夜九時過ぎに、宅配便を受け取ってます。ホントは七時から九時の時間指定をしたんですけど、なかなか来なくて苛々したのを憶えてます。で、遅れて届いたから九時過ぎでした。宅配業者に確認してみてください」

山木は注文をしたサイトと、宅配業者の名前を告げた。配達記録が残っていたのか、配達番号まで読み上げる。真萩はそれを書き取った。配達番号がわかっているなら、真偽はすぐに判明するだろう。山木は翌日の話もする。

「十六日の夜も家にいましたが、その日は何も届いてません。十七日は普通に出勤してますから、後で会社に訊いてみてください。十七日の何時まで働いていたかは、ちょっと記憶にないです」

町田の事件は、死体を焼いているので死亡推定時刻が絞り込めない。だから、東尾久とさいたま市の事件についてだけ、アリバイを尋ねたのである。さいたま市の事件は死亡推定時刻に幅があるが、十六日午後十一時頃までネットを見ていた記録があるため、それ以降のアリバイを確認した。

「なるほど。では、お宅に届け物をした人に確認してみますね。そのためにも顔写真が必要なんですが、撮っていいですか?」

南条は軽い口調で頼んだ。替え玉が荷物を受け取っていた可能性まで考えるなら、確かに人相風体を確認する必要がある。山木は戸惑ったように、「えっ」と言って表情を曇らせた。警察に

顔写真を撮られて、喜ぶ人はいない。

「アリバイが確認できたら消すので、撮らせてください。拒否したら、いらぬ疑いをかけられちゃいますよ」

聞きようによっては脅しのようなことを、南条は平然と言う。山木は渋々といった内心を隠さず、「わかりました」と応じた。南条はゴーグルの縁に手を当て、「はい、撮りますね」と記念撮影のような調子で写真を撮った。ゴーグルにはカメラが内蔵されているが、盗撮防止のためにシャッターを切る際には派手な音がする。

「一応お訊きしますけど、双子の兄弟なんていないですよね。双子はいないけど、三つ子の兄弟ならいるとか、そういうのもなしですよ」

替え玉を想定するなら、そっくりの人の存在も念頭に置く必要があるが、ずいぶんとマニアックな確認だ。だが山木は呆れた様子もなく、「いません」と小声で否定した。

44

三人目のヨシさんこと吉村《よしむら》は、東急目黒線武蔵《むさし》小山《こやま》駅の徒歩圏に住んでいた。つまりたまたまではあるが、聞き込みで最初に名前が挙がった三人は連続して訪ねていきやすい場所に家や勤め先があったのである。そこで、真萩と南条のコンビが三人に話を聞くことになったのだった。もっとも、平日の昼間だから吉村が在宅している可能性は低い。残念ながら、吉村の勤め先はわからなかった。

駅から歩いて十分ほどのところにあった小さめのマンションは、かなり築年数が古そうだった。エントランスはオートロックではなく、管理人もいない。郵便受けを見ると、目指す部屋には名前が書いてあったが「吉村」ではなかった。もしや、すでに引っ越して別の人が住んでいるのか。

「あら、どういうことだ」

南条は郵便受けの名前を見て、眉を顰めた。勤めに出ているどころか、そもそもここに住んでいないとなると、さらに捜す手間が増える。話を聞くべき相手の名前がわかっても、会うのはそう簡単ではなかった。

「取りあえず、部屋を訪ねてみよう」

南条が言うので、閉じ込められないか心配になるほど古いエレベーターに乗った。四階にある目指す部屋の呼び鈴を押すと、三十代後半くらいの女性が顔を出す。南条が警察バッジを示してから、「こちらに吉村さんはいらっしゃいますか」と訊くと、「いえ、うちは山田《やまだ》です」と女性は応じた。

「部屋をお間違えでは」

「こちらに入居されたのはいつですか」

「まだ一ヵ月くらいです」

間違いない、吉村は引っ越したようだ。南条はこのマンションを管理している不動産屋の名前を訊き出し、やり取りを終えた。不動産屋は駅前に店を構えているとのことだった。

駅まで戻り、不動産屋に飛び込んだ。不動産屋では吉村の引っ越し先まで把握していないだろうが、契約書に勤め先が書いてある可能性がある。それを教えてもらおうとしたのだが、個人情

報だから令状がないと明かせないと突っぱねられた。理は向こうにあるので、引き下がらざるを得なかった。

「面倒臭いよなぁ」

お願いが通用しなかったので、南条はぼやいた。お願いされてほいほいと個人情報を漏らす不動産屋は信頼できないが、面倒臭いのは事実である。しかし警察には、奥の手がある。南条も、奥の手を使うことにためらいはないようだった。

「仕方ない。問い合わせるか」

そう言って、電話をかけ始めた。問い合わせ先は、捜査本部である。もし吉村が自動車運転免許証を持っているなら、東京都公安委員会から交付の委託を受けている警視庁は現住所を割り出すことができるのだ。ただ、自動車運転免許証に記載されている個人データは、捜査に供《きょう》するために登録されているわけではない。それを勝手に参照するのは望ましくないのだが、殺人事件の捜査だからという大義の下に使っているのが現状だった。

「よし、割り出しには時間がかかるから、また北戸田に行ってみるか」

留守だった浜部が、帰宅しているかもしれない。まだ帰っていないとしても、今度は少し待ってみてもよかった。

電車を乗り継ぎ、一時間ほどで浜部の住居に着いた。時刻はまだ午後四時過ぎで、勤め人が帰ってくるには早い。案の定、浜部はいなかった。時間を潰すために近くのショッピングモールに行き、コーヒーショップに入った。四十分ほど休んで、浜部を再訪した。

浜部はまだいなかったが、今度は周辺を歩いて帰宅を待った。五時半過ぎに、ようやくそれら

しき人物が現れた。見守っていると、やはり浜部の部屋の前に立つ。間違いなかろうと判断して、近づいていった。

「突然すみません、浜部さんですか」

女性のひとり暮らしなので、驚かさないように真萩が声をかけた。それでも突然の呼びかけに相手はびくりとし、振り返る。こちらの身分に見当がつかないらしく、わずかに身を引いて警戒心を露わにした。

「ごめんなさい、驚かせて。私たち、こういう者です」

警察バッジを示した。浜部は目を丸くした。

「ちょっとお話を伺わせてもらいたいので、中に入れていただけませんか。玄関先でけっこうです」

今度は南条が引き取って、浜部の部屋の方をちょんちょんと指差した。浜部は依然としてこちらの訪問の意図がわからないらしく、「えっ、えっ」と戸惑いの声を発している。

「そんな、急に言われても……」

「そうですよね。わかります。でも、そんなにお時間は取らせませんから。ねっ。お願いします」

南条は軽い調子で言って、なおも玄関ドアを指差し続ける。断り切れないと思ったか、浜部は「はあ」と応じてドアの鍵を開けた。

「どうぞ」

渋々であることを露骨に示して、浜部は中に入るよう促した。自分は靴を脱いだが、奥には行

こうとしない。三和土《たたき》から先には一歩も入れないつもりのようだった。

「ええとですね、実は春日井ほのかさんに関してのことなんです」

狭い三和土に前後して立って、前にいる南条が質問を開始した。春日井ほのかの名を聞き、浜部は眉毛を吊り上げる。

「えっ、ほのかちゃん？　ほのかちゃんのことで、どうして警察が……」

「いいえ、ほのかちゃんの死が自殺じゃなかったとか、そういう話じゃないですよ」

勘違いされることを予想し、南条は先回りして答える。それでも浜部は、吊り上げた眉を戻さなかった。南条は淡々と続ける。

「ほのかちゃんが亡くなってから、ライブには行ってないようですね。ライブで知り合った人がメッセージを送っても返事がないって、心配してましたよ」

後追い自殺の心配までされていたが、それは取り越し苦労だったようだ。ならば、憧《あこが》れのアイドルの死に落ち込んで、返信をする気力もなかったのか。

「あー、はい、そうですね。返事してないです」

浜部はなぜか、あっけらかんとした調子だった。心配されていたと言っているのに、まるで気に留めていないように見える。

「どうしてです？　返事くらい、してあげたらどうですか」

南条にしては珍しく、至ってまともなことを言う。真萩も同感だった。

「はあ、ええ、でも、もう会うことはないだろうし」

浜部は今度は眉を寄せた。面倒臭いな、という心の声が聞こえてきそうな表情だった。

「ほのかちゃんが死んじゃったからですか。思い出すのも辛い、って感じですか」

「いいえ、そんなことはないですよ。もう次の推しを見つけてますので」

「えっ」

意図せず、驚きの声が南条と揃ってしまった。妙にさばさばしていると思ったら、そういうことだったのか。

「だって、もういない人のことをいつまでも思っててもしょうがないでしょ。恋愛だって、失恋の痛手を癒す一番の方法は次の恋愛をすることじゃないですか。だから私も、次の推しを見つけたんです」

「はあ、なるほど」

堂々と言い切られ、さすがの南条もうまい相槌が打てずにいるようだった。そして、これが演技でないなら、かなり重要な発言である。もう死者に拘泥《こうでい》していなければ、復讐などするわけがないからだ。

「バーチャルアイドルじゃなく、リアルのアイドルですか」

「そうですよ。私はいつもリアルアイドル推しです」

「じゃあ、ＶＲには興味なし？」

「ないですね。ゴーグルはＶＲ目的では使ってないです」

話の持っていき方がうまいと思った。ＶＲに興味がないなら、ＶＲゲームの見立て殺人という発想は出てこない。真萩が見ていた限り、ＶＲという言葉にも目立った反応を示さなかった。とぼけているわけではなさそうだ。

「実はですね、東京や埼玉で殺人事件が続いていまして、その被害者たちはみんな、ほのかちゃんを誹謗中傷《ひぼうちゅうしょう》していたんですよ。だからね、ほのかちゃんの熱心なファンが復讐をしているんじゃないか、とも考えられるんです」

「へー」

南条が手の内を明かしても、浜部の反応は鈍かった。もはや、春日井ほのかになんの関心もなさそうな態度だ。ずいぶんドライな性格のようである。

「あ、それで。だから私に会いに来たんですか」

一拍遅れて、浜部は真萩たちの訪問の理由に思い至った。それでも、特に動揺したりしない。むしろ、面白がっているかのように目を輝かせた。

「ホントにファンが復讐で殺してるなら、すごいですねぇ。ファンの鑑《かがみ》ですね」

ファンの鑑かどうかは、大いに異論がある。他の春日井ほのかのファンが聞けば、不愉快に思うのではないか。人殺しは、決してファン代表ではない。

「いやいや、何言ってんのかよくわからないけど、じゃあ浜部さんはもう気持ちを切り替えたので、復讐殺人なんてしてないわけですね」

呆れたのか、南条が直截《ちょくせつ》な問いを向けた。浜部は「ははは」と笑って頷く。

「してないですよー。ほら、見てください。部屋に貼ってあるポスターだって、新しい推しのですから。ほのかちゃんを誹謗中傷した人たちを殺す理由なんてないです」

浜部は半歩横にずれて、真萩たちが室内を見やすいようにした。ワンルームの部屋の壁には、なるほど見憶えのないアイドルのポスターが貼ってある。警察の訪問を予期してカムフラージュ

のために別のアイドルのポスターを貼ったと勘ぐることもできるが、そこまで深読みする必要はないだろう。春日井ほのかに対する執着はいっさいないと、よくわかった。

「なるほどね。でも、せっかく訪ねてきたから、一応アリバイを訊いてもいいですか。手ぶらで帰るのも空《むな》しいので」

「えーっ、容疑は晴れたんじゃないんですか。まあ、いいですけど。いつのことです？」

不満げな浜部に、十五日から十七日のアリバイを尋ねた。浜部はゴーグルを操作し、答える。

「ええと、十五日の夜九時過ぎには外をジョギングしてますね。ＧＰＳでルートも記録してありますよ。送りましょうか」

「お願いします」

浜部はスクリーンショットを撮ってから、それを南条に送った。南条は「はあはあ、なるほど」と頷いている。嘘をついているわけではなさそうだ。

「十六日の十一時過ぎには、もう寝てました。これも睡眠記録があります。送りますね。十七日には仕事に行ってます。職場に問い合わせます？」

「仕事なのでね。お勤め先を教えていただけますか」

「えーっ、これだけアリバイを証明するものを提出してるのになぁ」

ぶつぶつ言いながらも、浜部は社名を告げた。チェーン展開をしている花屋だそうだ。十七日には店頭で花を売っていたという。自信たっぷりに言うからには、本当なのだろう。

「わかりました。お手間を取らせました。ありがとうございました」

礼を言って、辞去した。浜部は玄関ドアを閉める間際に、「いい迷惑だなぁ」と聞こえよがし

に言った。その口振りには、腹が立つより苦笑を誘われた。

45

「いや、なんというか、驚きましたね」

浜部のマンションから離れると、思わずそんな言葉が飛び出てしまった。南条は面白がるように眉を吊り上げる。

「世の中、いろんな人がいるよね。まあ、社会性に欠けてるわけじゃないから、いいんじゃない？」

捜査一課刑事として、南条は〝いろんな人〟を見てきたのだろう。実感が籠っている。そもそも南条自身が、真萩がこれまで会ったことのない種類の人だ。確かに、世の中にはいろいろな人がいると思う。

南条は真萩に相槌を打ちながらも、ゴーグルを操作していた。「おっ」と声を上げる。

「吉村の引っ越し先、わかったぞ。ええと、どこだこれ。最寄り駅は北千束《きたせんぞく》？　なんだ、割と近くに越したんじゃないか」

北千束と聞いて台東《たいとう》区かと思ったが、そうではなく東急大井町《おおいまち》線の駅だった。つまり、引っ越し前の家である武蔵小山駅から近い。ただし、路線は目黒線ではなく大井町線で、ＪＲとの接続は大井町駅になるから利便性では下がる。おそらく、家賃が安いところに越したのだろう。

「また戻るか」

力なく、南条が言う。埼京線で北や南に何度も移動するのは、徒労感がある。順番に訪ねていきやすいからとこの三人の聞き込みを担当したのに、結局そうでもなかった。刑事の仕事とは、こんなものである。

埼京線と山手線を乗り継いで目黒に戻り、東急目黒線で大岡山《おおおかやま》まで行って東急大井町線に乗り換えた。吉村の新住所は、北千束駅から徒歩八分ほどのところだった。今度は比較的新しめのマンションである。利便性が落ちた分、住居の質は上がったようだ。

時刻はそろそろ午後七時半になろうとする頃である。勤め人でも、帰宅している時間帯だ。マンションのエントランスはオートロックなので、部屋番号を押して呼び出した。すると、反応があった。

「はい」

太い男の声だ。南条がマイクに顔を近づけ、話しかける。

「突然すみません。私、警察の者ですが、ちょっと春日井ほのかさんのことについてお話を伺えないでしょうか」

「えっ、ほのかちゃん」

男はオウム返しに言ったが、声だけなので驚いているのかどうかわからない。少しの沈黙の末に、「どうぞ」とだけ返事があった。南条は「失礼します」と答えて、開いた自動ドアをくぐった。

六階の部屋を訪ねると、中から三十代後半ほどの年格好の男が現れた。しかしその顔つきよりもまず、手許に目が行った。男は左手を三角巾で首から吊っていた。ギプスもしている。骨折し

ているのだろうか。

「吉村さんでしょうか」

南条が確かめた。相手は「ええ、そうです」と応じる。ドアチェーンをしているので、真萩たちは中に入れない。内廊下のマンションだから、声が響いた。

「ちょっと中に入ってお話しした方がいいかと思うのですが」

南条はドアの隙間から内側を指差した。吉村は諦めたように目を伏せると、一度ドアを閉じてからまた開けた。

「どうぞ」

「失礼します」

断って、中に入った。だがそれ以上立ち入らせようとしないのは、先ほど会ってきた浜部と同じだ。三和土に立ったまま、向かい合う。

吉村は体格のいい男だった。ラグビーでもやっていたのかと思わせる、がっちりとした体躯《たいく》である。肩幅が広く、胸板が厚い。顔つきもそれに見合って厳《いか》つく、頬骨が出ていて三白眼《さんぱくがん》だ。こんな強面《こわもて》がアイドルのライブでペンライトを振って応援しているところを想像すると、なかなかシュールなシーンが浮かぶ。

「手、どうされたんですか？」

南条は真っ先にその点を質した。吉村は苦笑気味に顔を顰める。

「転んじゃいましてね。手のつき方が悪くて、骨折しちゃったんですよ」

「あらー、それは大変ですね。お大事に」

呑気にやり取りをしているが、南条はそれが注目すべきことと気づいているのだろうか。片手を骨折していたら、他人の首を素手《すで》で絞めて殺すことはできない。つまり骨折のタイミングによっては、吉村は容疑圏外になるのだ。

「で、ほのかちゃんのことってどういう意味ですか」

向こうから訊かれてしまった。南条は依然として軽い調子で、「はいはい」と応じる。

「実はですね、東京と埼玉で殺人事件が三件も起きてるんですが、どの被害者も春日井ほのかちゃんを誹謗中傷していたんですよ」

「へえ」

吉村は相槌を打つものの、表情に乏しいのでどう感じているかわかりにくい。オートロックで呼び出したときは声だけだから感情が読めないと思ったが、そもそも声が平板なタイプのようだ。

「で、熱烈なほのかちゃんファンの犯行ではないかという仮説を立てまして、こうしてファンの方を訪ねて歩いているわけです。吉村さんは当然、ほのかちゃんが亡くなったことに腹を立てていますよね」

そんなことをわざわざ確認するのは、浜部の例があるからだろう。吉村も別のアイドル推しに鞍替えしていたら、アイドルファンの気持ちを疑いたくなってしまう。

「もちろん、腹を立てているし悲しんでます。ひどい話です」

もともと低い吉村の声が、さらにくぐもった。考えてみれば、最初に話を聞いた山木も「頭が冷えた」と言っていたので、春日井ほのかの死を悲しんでいる人はこの吉村が初めてだ。かわいそうな死に方をしているのだから、その死を悼《いた》む人がようやく見つかったことに、なにやら安堵

する気分になった。

「ほのかちゃんに、ちょっと想像力が足りなかったのは確かです。でも、まだ十九歳の子ですよ。想像が及ばないことがあるのは普通だと思いませんか。それに、ほのかちゃんを非難した人たちはもっと想像力不足です。あんなにみんなで責め立てたら、言われる側がどう思うか、誰も想像しなかったんでしょ。だったら、お前らだって非難する権利はないじゃないかと言いたいですよ。そう思いませんか」

「まったくそのとおりですね。私も腹が立ちますよ」

　南条は同意するが、真萩にはまるで心が籠っていないように聞こえた。吉村が春日井ほのかの死にこれほど憤っているなら、復讐殺人をしてもおかしくない。そんなふうに冷静に観察していそうだった。

「じゃあ、ほのかちゃんを誹謗中傷した人たちが殺されて、爽快ですか」

　誘導尋問めいたことを、南条は問う。さすがにこれに乗ってはいけないと気づいたか、吉村は警戒心を露わにした。

「爽快だって言ったら、おれに対する容疑が濃くなるわけですか」

「いえいえ、心の中で思っただけでは犯罪じゃないですよ。私も腹が立ってるんですから。仕事柄、爽快だとまでは言えませんけどね」

　なおも罠めいたことを南条は口にするが、吉村は同意しない。敵を見るような目を南条に向けて、じっと黙り込んだ。

「吉村さんのお気持ちはよくわかりました。では、恐れ入りますがアリバイを確認させていただ

けますか。アリバイを訊かれるのは当然と、ご自身でも思いますでしょ」

　結局、駆け引きでは南条の勝ちだった。吉村は不平も表明できず、頷く。南条が具体的な日時を挙げた。

「六月十五日火曜日の午後九時から十一時、それと十六日午後十一時から十七日午後七時までは何をしてらっしゃいました？」

「そんなこと急に訊かれても。いや、わかるか。そうそう、十五日の夜に骨折したんですよ。救急病院を探して駆け込んで、大変でした。だから十六日は会社を休んで、家にいましたね」

　なんと、よりによって十五日か。十五日の何時のことなのか確かめたいが、いずれにしても十六日にはすでに腕が不自由だったことになる。ならば、その日に三人目の被害者を扼殺するのは不可能だったわけだ。

「それは災難でしたねぇ。骨折したのが何時頃のことで、どこの病院に行ったのか教えてもらえますか」

「いいですよ。転んだのは何時頃かな、十一時くらいかな。もうちょっと早いか。ジョギングをしていて、転んじゃったんです」

　またジョギングか。ログを取っていないか南条が尋ねたが、浜部とは違って記録していないという。

「で、いったん家に帰って、あんまり痛いんで自力で病院に行こうとしたんですよ。夜間にやってる救急病院をネットで探して、タクシーで行きました」

　吉村は病院名を口にした。これは簡単に裏取りできる。嘘をついているとは思えなかった。

「わかりました。大変参考になりました。すみませんでしたね、突然に。どうぞお大事に」

南条は唐突に質問を打ち切った。骨折のタイミングの意味がわかっているのだろう。これ以上、あれこれ尋ねても無意味だと判断したようだ。

「おれとしてはむしろ、犯人なんかよりほのかちゃんを責め立てた連中を逮捕して欲しいですけどね」

去ろうとする真萩たちに、吉村はそんなことを言った。南条は心の籠らない口調で、「そうですよねー」と応じた。

46

「三人に会って、ふたりはアリバイがあり、ひとりは犯行不可能か。なかなかな収穫だなぁ」

マンションを出ると、南条が自虐的に嘆いた。まだ裏取りをしていないので各人の主張が事実とは限らないが、それ以前に山木と浜部のアリバイは不完全ではないだろうか。

「山木のところに宅配便が来ていたとしても、九時からそれほど遅れてはいないでしょう。それに対して東尾久のガイシャの死亡推定時刻は九時から十一時なのだから、宅配便が来てから向かっても間に合うんじゃないですか。浜部も同じですよね。何時までジョギングをしていたのかわかりませんが、九時から十一時までずっとではないでしょ」

そう反論すると、南条は首を傾げて「うーん」と言った。

「あのさ、女性のひとり暮らしで、知らない人が来たのに玄関を開けるケースって、どんな状況

が考えられる？」

「えっ」

　突然の質問に、意図が摑めなかった。ひとまず、素直に自分の考えを口にする。

「荷物を届けに来た業者なら、開けますね」

「だろ？　きっとホシも宅配業者の振りをしたはずなんだよ。ガイシャと面識がないなら」

「はあ、そうかもしれませんね」

「だったら、そんなに遅い時間のはずがないんだ。遅くても九時くらいだろ」

「――あ」

　南条の言いたいことがわかった。山木のところに宅配便が届き、それから急いで荒川区東尾久に向かったところで、もう宅配業者の振りは通じない。つまり、死亡推定時刻が九時から十一時であっても、実際は九時寄りだったのではないかと南条は考えているのだ。

　もちろん、犯人が宅配業者を装《よそお》ったという証拠はない。もしかしたら違う手段があったのかもしれない。だが、独身女性に玄関ドアを開けさせる手段が他に思いつかないのも事実だ。ならば、犯行時刻は九時に近いという仮説は信憑性《しんぴょうせい》が高いと見做さざるを得なかった。

「浜部さんのジョギングログも、終わった時刻が九時半くらいなんだよね。だから、やっぱり間に合わないだろ。完全な証明にはなってないけど、ぼくはアリバイが成立してると思うねぇ」

「なるほど」

　やはり、場数を踏んでいるからこそ思いつくことなのだろうか。本庁捜査一課に籍を置いているのは伊達《だて》ではない。

「もっとも、アリバイ工作がまったく不可能ってわけでもないけど。ジョギングログなんて、別の人にスマートウォッチを着けて走ってもらえばいいんだし、宅配便の受け取りもどうにかできるかもしれない。裏づけ捜査が必要だね」

「そうですね」

同意はしたが、そうした小細工をしているとも思えなかった。協力者がいるなら、もっと疑いようのないアリバイを作れるからだ。微妙なアリバイは、かえって真実らしく見える。すると、骨折していた吉村も含めて、当たった三人の中に犯人はいなかったということか。

翌日、三人の主張の裏づけに歩き回った。山木の家に宅配便を届けた業者に写真を見せると、この人に間違いなかったと証言した。一度だけでなく、何度も届けているから自信があるという。浜部のジョギングは、近所の人が目撃していた。やはり、別人ではなかったと断言した。そして吉村が駆け込んだ病院も、十五日に骨折の治療をしたと認めた。

三人とも、犯人ではなかったようだった。

47

挑戦状が出てきたタイミングが問題だ、と瀧川は考えた。つまり、犯人特定の条件が揃ったからこそ、挑戦状が表示されたのである。ならば、その直前の出来事がキーだったに違いない。直前には、庭師が梯子を持ち出し、鴉の糞を洗い落としていた。キーは庭師か、梯子か、鴉か、それとも糞か。

「事件に関係ありそうなものは……」

声に出してみた。頭の中だけで考えるより、思考が組み立てやすくなる気がする。これまでに起きた三つの事件を、改めて思い返す。そしてふと、気づくことがあった。

「そうか」

まだ確信は持てない。本当に犯人限定の材料になるのか、わからない。だから実際に、確認してみることにした。庭師は確か、回廊の横に物置の扉があると言っていた。

中庭を横切り、回廊の入り口に立った。だが、その横に物置があるとは、言われなければ気づかなかった。ランキンの部屋のドアを破る際に庭師が斧を持ち出したのもここだろうが、あのときは死角になっていて見えなかった。少し奥まっているからだ。その上、取っ手が小さくドアに見えない。小さな取っ手に手をかけて手前に引いてみると、鍵はかかっていなかった。そもそも、鍵が備わっていないので施錠しようがない。物置なのだから、当然だろう。

「うーん、なるほど、なるほど」

思わず唸った。推理の方向性は正しいようだ。しかし、まだ絞りきれない。次のステップに進む必要があるようだ。

梯子に関する仮説は成立するとして、魔法の問題はどう考えればいいのだろう。誰が魔法使いなのか。それらしい人はいないが、隠しているのだろうか。あるいは、もっと根本的に事件を見直すべきか――。

「あれ？」

少し、推理の目先を変えてみた。この屋敷に到着してからのことしか思い返していなかったが、

実はもっと前から伏線が張られていたのではないか。エラリー・クイーンを引き合いに出す挑戦状を挿入する製作陣である。それくらいのことは、しても不思議ではなかった。

「ああ、わかった」

急に視界が開けた。そうだったのか。すべて説明がつく。だが、単なる仮説でしかない。どこかで証拠を見つけなければ、話は進まないのではないか。

犯行の過程を具体的に想像してみた。すると、意味が不明だった状況が理解できた。この推理が正しければ、痕跡が残っているはずである。よし、探してみよう。

玄関から外に出た。回り込んで、屋敷の裏に向かう。裏手には木が何本も生えていて、ちょっとした林になっていた。その林の中に分け入っていく。

「あった」

目指す物はすぐに見つかった。それは石だった。隠そうとした様子はない。正しい筋道で推理を組み立てれば行き着けるよう、物証として存在しているのではないか。案の定、視界の右下に選択肢が出た。

「えっ、何これ」

しかし、その選択肢を見て困惑した。思っていたようなことではない。選択肢は「エリックに推理を話す」だったのだ。

「どういうこと？　でもまあ、これが正しいストーリーなのかな」

首を傾げながらも、その選択肢を選んだ。一瞬で場面が変わり、物語が進み始める。主人公はエリックの部屋を訪れていて、エリックは「どうしましたか」と出迎えた。中へどうぞ、と請《しょう》

じ入れる。

「えっ、ぼくに話ですか。ええ、伺いますよ。なんでしょう？」

エリックは椅子に坐り、気さくな調子で問いかけてきた。そこで、視野が暗転した。

48

食堂に、人々が続々と集まってきた。エリックが招集をかけたのだ。エミリア、リゴール、フローレンス、そして庭師やメイド、料理人など使用人たち。皆の表情は緊張で強張っているように、アリエスの目には映った。

「これで全員ですね。お呼びだてしてすみません。皆さんに大事な話があります。ヴァリスさん、ダレス、ランキンさんを殺した犯人がわかりましたので、それをお話しします」

エリックが宣言すると、どよめきが起きた。目を瞠る者、口許に手を当てる者、短い言葉を発する者、様々だ。エリックは一同が落ち着くのを待ってから、おもむろに続けた。

「でも、その手柄は残念ながらぼくのものではありません。アリエスさんが真相に至ったのです。ではなぜ、ぼくが得意げに話をしているかと言いますと――、まあそれは追い追いわかると思います」

エリックはこちらに視線をくれた。一度頷いてから、また一同に向き直る。客人とフローレンスは横並びで席に着き、使用人たちは壁際に立っていた。エリックはテーブルを挟んでフローレンスたちの正面に坐っていて、アリエスはエリックの斜め後ろに椅子を持ってきて腰を下ろして

いるのだった。

「では、アリエスさんの推理をお話しします。まず最初の事件、ヴァリスさん殺しについては、語ることがありません。ほとんど燃えてしまい、物証がないからです。ただし、後で言及します」

エリックの語りは堂《どう》に入《い》ったものだった。説明役を譲ってよかった。なかなかこのように語れるものではない。

「ですので、ダレス殺しに移ります。ダレス殺しはヴァリスさん殺しとは違い、注目すべき点がありました。雨が降り、足跡が残っていたのです。木が倒れて回廊を塞ぎ、外に出なければ離れと往復できませんでした。雨のせいで地面がぬかるんでいたため、犯人は足跡を残しました。ただし、その足跡はリゴールさんの売り物である靴を盗んで履いていたものでした。自分の足跡が残ることを、犯人は避けたわけです。泥がついた靴は、中庭で発見されました」

皆が知っていることではあるが、エリックはざっと振り返った。今のところ、間違いはない。前提を全員で共有した上で、真相の説明をするつもりなのだ。

「このことが語る意味を考えましょう。まず、犯人が事前に雨が降ることを知っていたのでなければ、あらかじめ靴を盗んでおくこともできません。犯人は明らかに、雨が降っていることに気づいたからこそ、リゴールさんの靴を盗んだのです。それはなぜか。すでに言ったとおり、自分の靴の跡を残したくなかったからですね。そう考える人は誰か。当然、屋敷側にいた人のはずです。ならば、犯行時間に離れにいた使用人は全員、容疑圏外になります」

壁際にいる使用人たちが、一様に安堵の表情を浮かべた。自力でその結論には辿り着けていな

かったのだ。むろん、このような事件を起こすだけの知力や知識を持っている者もいない。その意味でも、使用人たちはもともと容疑者たり得なかった。

「ダレスが殺された夜、屋敷にいたのはランキンさんとフローレンスさん、そして客人であるリゴールさん、エミリアさん、アリエスさん、それからぼくです。犯人である可能性がある人物は、この六人に絞られました」

　こう告げられても、フローレンスとリゴール、エミリアの表情は特に変わらなかった。泥のついた靴から、ここまでは考えが及んでいたのだろう。だから、この先が犯人特定の推理となる。

「しかし、改めて考えてみてください。どうして犯人は、雨が降ってぬかるんでいる外に出なければならなかったのか。もしフローレンスさんが犯人であれば、そんなことはしなかったはずです。なぜなら、梯子があることを知っていたからです」

　この説明には、フローレンスがわずかに反応した。目を見開いたのだ。確かにそうだ、と思ったのかもしれない。

「梯子は屋敷側にありました。折り畳み式なので、屋敷の物置に置いてあったのです。つまり、雨が降っている夜に離れに行きたければ、梯子を使って倒木を乗り越えればよかったわけです。何もわざわざ、リゴールさんの靴を盗むような危険は冒《おか》す必要がありませんでした」

　梯子があることを知っていれば、リゴールの部屋に忍び込んで靴を盗むという発想はそもそも出てこないだろう。まず真っ先に、梯子で倒木を乗り越えようと考えるはずだ。寝ているリゴールを起こしてしまう危険性を考慮するなら、梯子の存在を知らない人に容疑を向けさせるためという説もあり得ない。人はそこまで非合理的な行動はとらない。靴を盗む現場をリゴールに見ら

れてしまうリスクは、あまりに大きすぎるのだ。

「そして実は、このぼくも梯子があることを知っていたのです。鴉が糞をして廊下の屋根が汚れたため、庭師が梯子を使って掃除しました。その様子をぼくも見ていたからです。ならば、ぼくも容疑圏外となる。三番目に殺されたランキンさんも除けば、残りはリゴールさん、エミリアさん、アリエスさんの三人になります。この三人の中の誰かが犯人なのです」

エリックは堂々と宣言した。

49

今のところ、瀧川が推理したとおりだった。そう、まずは梯子がキーだったのだ。梯子の存在を知っていたか否かで、容疑者が二分される。梯子があることを知らなかった人が、三人。いや、主人公は間違いなく犯人ではないから、プレイヤー視点では実質リゴールかエミリアのどちらかだ。梯子ひとつで、かなり絞り込めた。

物置を勝手に開けて梯子を見つけた、という主張も当然成り立つが、おそらくゲーム内でそれはないのだろう。物置はドアの取っ手が小さく、そこに物置があるとは一見してわからなかった。客が勝手に屋敷内のあちこちを開けて見て回るという状況は、通常あり得ない。まあ、ＲＰＧならば逆によくある行動だが、それは主人公の場合であって、客はそのような非常識な行動は想定されていないはずだ。もしそういうキャラクターなら、これまでに説明があったはずである。そんなことを考えている間にも、エリックは推理を続けた。

「少し話は逸れますが、なぜアリエスさんではなくぼくが皆さんに推理を披露しているか、ここでご説明しましょう。今申し上げたとおり、三人に絞り込まれた容疑者の中にアリエスさん自身が残っているからです。容疑が晴れないのに推理を続けては、皆さんに信じてもらえません。そこで、早々に容疑圏外となるぼくに説明役を代わって欲しいとアリエスさんは申し出られたのでした」

なるほど、うまい辻褄《つじつま》合《あ》わせだ。主人公はプレイヤーが感情移入しやすいように、ゲーム内では言葉を発しない。そのお蔭でプレイヤーは、自分自身がゲームに入り込んだ感覚でいられる。だが、喋らない人に探偵役は務まらない。どうするのかと思っていたら、この処理だった。推理とは直接関係しないものの、瀧川は「ほう」と感心の声を漏らした。

問題は、次のステップだ。ここが少し、難易度が高かった。

「さて、第三の事件であるランキンさん殺しに触れる前に、そもそもの話をしましょう。事件は三つとも、魔法を使って殺したかのような状況でした。だから犯人は魔法使いと思われましたが、この屋敷内に魔法使いがいる気配はありません。隠しているのだとしても、果たして完全に隠しきれるものでしょうか。魔法の修行には人生の大半を費やさなければならないため、剣士の振りをするために剣技を磨く余裕はありません。体を鍛えている暇もないはずです。ならば、剣の腕が確かなエミリアさん、体つきが逞しいアリエスさんは魔法使いではないことになります。残るのはリゴールさんですが、否定しますか？」

エリックが、リゴールに問うた。リゴールはぶんぶんと首を横に振る。

「もちろん違います。魔法使いは私のように太っていないはずです」

面白い否定だった。その説得力がどれくらいあるのかわからないが、エミリアは苦笑し、使用人たちもなんとか笑いをこらえているように見える。魔法使いに体を鍛えている暇がないなら、飽食《ほうしょく》で太る余裕もないのだろう。

「太っているから魔法使いではない、とは言い切れないと思いますが、まあいいでしょう。誰が魔法使いかを突き止めようとしているのではなく、犯行の際に魔法が使われたのかどうかを問題にしているのです。三件の事件の殺害方法は、本当に魔法使いでないと不可能なのでしょうか」

そここそが、発想の飛躍を求められる点だった。製作陣はその伏線を、かなり前から張っていた。それに気づいたとき、瀧川は驚いた。まさか以前のクエストが、この屋敷での出来事に関わってくるとは予想もしなかったのだ。

「ヴァリスさんは炎塵魔法によって殺されたと思われました。たとえ油をかけて火を点けたところで、あそこまで完全に焼きつくされはしないからです。あの燃え方は、尋常ではありませんでした。だからこそ、魔法で焼き殺されたのだと頭から信じてしまいました。しかし、実はあのような焼死体を作る方法はあるのです。アリエスさんは長い旅の過程で、その方法を知ったとのことでした」

そう、もはやずいぶん前の出来事に思えるが、元刀鍛冶に迦具土石を探して欲しいと頼まれたことがある。いい刀を打つためには、高温を発する迦具土石が必要だと老人は言った。迦具土石が高温を発するなら、それを刀を打つために使うのではなく殺人に用いれば、まるで魔法で殺したかのように人を焼き殺せるのではないか。そのことに気づくと、他の事件の真相も芋蔓式にわかった。

「二番目のダレス殺しはどうでしょう。ダレスの死は、殺し方だけ見ればさほど不可解ではありませんでした。ダレス殺しを不可解に見せていたのは、あのときの状況です。エミリアさんもアリエスさんもぼくも、剣をランキンさんに預けていました。それなのに、刃物で刺されたかのような傷口を残してダレスは死に、そして凶器は見つかりませんでした。今に至るも見つからないのですから、凶器を巧妙に隠したというより、凶器が消えたかのようです。ここでまた、アリエスさんの見聞が役に立ちました。アリエスさんによれば、日の光を浴びると溶けてしまう物があるそうです。クリスタルの一角獣の角です」

　クリスタルの一角獣は、生きている限りは日中でも動けるらしい。だが死んでしまうと、日の光を浴びて溶ける。だからこそ、一角獣の角を持ち帰れというクエストにはタイムリミットがあったのだ。あのクエストもまた、ずいぶん前にクリアーした気がする。

「一角獣の角は、日の光で溶けてしまいますが、逆に言えば日光に晒さなければそのままの形を保っているのです。犯人は何か筒状の物に角を入れて屋敷に持ち込み、凶器として使ったのでしょう。そしてダレスの部屋のカーテンを開けておけば、朝日が昇るとともに凶器は消える。凶器がないのに刺されて死んでいるから、犯人が疾光魔法を使ったのだとぼくたちは考えてしまいました。もちろん、ヴァリスさんの死に様が念頭にあったからこその思い込みであるのは間違いありません。犯人はそこまで計算していたのでしょう」

　ついでに言うなら、武器を屋敷の主人に預ける展開になることも、犯人は予想していたのではないか。そうならなければ、武器を預かったらどうかとランキンに進言すれば済む。もしも拒否する剣士がいたなら、その人に濡れ衣を着せられるので、どちらに転んでも犯人にとってはかま

わなかったはずだ。

「三番目のランキンさん殺しは、密室の中で首を絞められて殺されていたので、召喚魔法が使われたのだと思いました。あったはずの抜け穴はなくなっていて、ランキンさんの部屋は本当に密室でした。しかし、あったはずの抜け穴がなくなっているとは、奇妙ではありませんか。もしも工事で穴を塞いだなら、フローレンスさんが気づかなかったはずはありません。では、抜け穴があったというのはフローレンスさんの勘違いなのか。完全に否定はできませんが、魔法以外の方法を使ったと考えれば説明がつけられます」

　これもまた、以前のクエストが伏線だった。そして、このクエストを思い出してようやく、瀧川は犯人を特定できたのだった。

「この世には、水をかけると瞬時に固まる粘土があるそうです。そんな物があるのであれば、壁の抜け穴を塞いでしまうことも可能ではないですか。実際、抜け穴はあったのです。その抜け穴を塞いでいた石は、裏の林で見つかりました」

　推理を確かめるために屋敷の裏に行った際に見つけたのが、もともと抜け穴を塞いでいた石だった。本当は抜け穴があったのではないかと気づいたきっかけは、地面を掘った跡だった。抜け穴を塞いでいた石を外側に押し出したなら、それをどかさなければならない。しかし、石は人ひとりが通り抜けられる穴を塞いでいたのだから、かなり大きい。その大きさの石を担いで運ぶのは、屈強な男であっても大変だろう。犯人は地面を掘り下げ、そこに細めの丸太でも置いて、コロの要領で石を運んだのではないか。そんな方法を使えば、非力な人でも石をどかすことができる。

エリックもまた、犯人がどのようにして石を移動させたかを説明した。そして、少し声を大きくする。

「この点が重要です。犯人は魔法を使ったのではなく、抜け穴を通り抜けたのです。ここで、アリエスさんが犯人ではないと判明します。なぜなら、アリエスさんの肩幅では抜け穴を通れないからです」

フローレンスの部屋の抜け穴を通ってみようとしたが、無理だった。フローレンスの部屋とランキンの寝室は同じ構造だというから、抜け穴の大きさも同じはずだ。ならば、主人公はランキンの寝室の抜け穴を通り抜けられない。あそこで好奇心を発して抜け穴を通ろうとしなければ、真相には辿り着けなかったのだろう。ＲＰＧはなんでも試してみないと駄目だ。

抜け穴を塞げるほどの量の粘土をどうやって持ち込んだのか、と突っ込むのは野暮だろう。そもそも主人公は、あり得ないほどの量の武器防具やアイテムを持ち歩いている。そこはＲＰＧのお約束として、深く考えないでおくべきところだ。

あえて物語内のリアリティーにこだわるなら、屋敷のそばに拠点を作り、あらかじめ運んでおいたと推理すべきか。屋敷は閉ざされていたわけではなく、出入り自由だったのだから、夜中に粘土を持ち込むことは可能だ。あくまで解釈に過ぎないので、ゲーム内ではいちいち説明されないが。

「さて、推理はいよいよ最終局面に達しました。もう一度繰り返します。犯人は魔法を使ったのではないのです。ならば、犯人はランキンさんの首を自分の手で絞めたことになります。では、そんなことが腕を骨折した人にできるでしょうか」

リゴールは驚きを露わにして、エミリアから身を遠ざけた。フローレンスは目を大きく見開き、口許に手を当てた。使用人たちはいっせいに、エミリアに視線を向けた。当のエミリアは、不自然なまでに平静を保っていた。

「エミリアさん、犯人はあなたですね」

エリックは指摘した。

50

そう、これが真相だった。犯行には魔法が使われたわけではない、という一点に気づけば、論理的に真犯人に行き着けた。なまじ剣と魔法のＲＰＧだからこそ、魔法の存在を自明の理と捉えてしまい、難易度が上がっていた。魔法が存在する世界ならではの推理であり、製作陣のこだわりに感嘆する。

エミリアは肯定も否定もせず、まるで何も聞いていなかったかのように泰然としている。エリックは再度、確認した。

「エミリアさん、否定しないということは、自分が犯人であると認めたと受け取っていいんですね」

この念押しに対し、エミリアはようやく表情を崩した。苦笑したのだ。

「どうやって言い逃れをしろと？　推理が見事すぎて、反論の余地もないよ」

「ならば、なぜこんなことをしたのか、お話しいただけますか」

あくまでエリックが探偵役を務める。ゲームシステムの都合など度外視し、実際に起きていることと仮定して考えるなら、これほど整然と推理を語るのはそう簡単ではない。推理の披露はエリックが代行してよかったのだろう。

「別に私は、最初から隠していない。私は父の敵《かたき》を討つために旅をしていると言っただろう」

　エミリアは動揺するどころか、むしろ堂々としていた。己の行いをまったく悔いていないと、その態度から感じ取れた。

「つまり、お父君の敵がヴァリスさん、ダレス、ランキンさんだったとおっしゃりたいわけですか」

「そうだ。ランキンは若い頃、見聞を広めるための旅に出ていたと言ったな。そのときに、ダレスだけでなくヴァリスとも知り合ったようだ。父に不正の汚名を着せて金を持ち逃げしたのは、ヴァリスだった。だがヴァリスひとりでやったことではなく、裏にはランキンとダレスがいた。ふたりがヴァリスを唆《そそのか》して、父を陥れたのだ。許せないのは、ランキンが裕福な家の息子だったことだ。金に困っていたとは思えない。つまり、面白半分にやったことだったんだろう。死は、私に言わせれば当然の報いだ」

　エミリアは正面だけを見据えて淡々と告白し、横に坐るフローレンスを一顧《いっこ》だにしなかった。フローレンスは顔を青ざめさせ、わずかに震えている。若いときの父の罪を知り、明らかに動揺していた。

「ヴァリスさんがこの屋敷を訪れたときにあなたもやってきたのは、偶然ではありませんね。あなたはヴァリスさんと知り合いだったんですか」

エリックが冷静に、事件の背景を問い詰める。エミリアは気《け》怠《だる》げに頷いた。

「ああ、そうだ。ヴァリスは私のことを、自分が陥れた男の娘だとはまるで気づかなかったからな。私は父の敵を探す旅を続けて、ようやくヴァリスだけは見つけていたのだ。正体を隠して接近し、ランキンとダレスの名も聞き出した。ヴァリスがランキンを訪ねるようにし向け、私も客として滞在した。もちろん、三人をまとめて殺すためだ」

「領主の部屋に抜け穴があることを知らなければ、準備はできなかったはずです。ヴァリスさんから聞いていたんですね」

「鼻の下を長くしたヴァリスから情報を引き出すのは、まったくもって簡単だったよ」

たっぷりと皮肉を込めた物言いを、エミリアはした。これで、事件の不明点はすべて明らかになった。後はエンディングだ。

「さて、エミリアさん。ご自身の身をどう処されます？　腕ずくでここから逃走しますか。それとも、正当な罰を受けますか。領主不在ですから、誰があなたを裁くことになるのかわかりませんが」

　エリックが問うた。エミリアは軽く肩を竦めた。

「さあ、どうするか。もとより、罰を受けずに生きていくつもりはなかった。だが、領主に罰せられるのも面白くない。新しい領主が来ようと、フローレンスさんが女領主になろうとも、な。私を罰することができるのは、私自身だけだ」

　エミリアはそう言い切ると立ち上がり、フローレンスに向かって深々と頭を下げた。そして誰の顔も見ようとせず、悠然と食堂を出ていった。クエスト終了のファンファーレが鳴り、「領主

屋敷の殺人事件　Complete」と表示される。達成感を覚えて、瀧川は思わず「おお」と声を発した。

51

《ドラゴンズ・グレイブ》の殺人事件クエストをクリアーしたと、瀧川から連絡があった。正直に言えば、忘れていたわけではないが、期待はまったくしていなかった。ゲームのクエストをクリアーしたからといって、現実の殺人事件解決に寄与するとは思えない。感想をメッセージに書いて送ってくれ、と真萩は返事をしようとした。

「えっ、ゲーム内の殺人事件を解決したの？　じゃあ、話を聞こうよ」

　瀧川からメッセージが来たことを言うと、南条は興味を示した。予想外の反応ではないが、『なんのために』との思いは拭えない。今はそんなことをしている場合ではないのではないか。

「あれっ？　聞きたくないの？　ものすごく大事な情報かもしれないじゃないか」

　真萩の反応の鈍さに驚いているかのような、南条の口振りだった。興味を持つのが当然なのか。それが捜査一課刑事の判断であるなら異を唱える気はないが、南条は単に気晴らしがしたいだけではないかともつい疑ってしまう。まあ、万が一にも瀧川が現実の事件との繋がりを見つけていないとも限らないから、無駄と決めつけてしまうのはよくないかもしれなかった。

「わかりました。直接会いますか」

「そうだね。やっぱり顔を合わせて話をするのが一番だよな」

瀧川が警察を辞めてから、真萩は一度も会っていない。こんなときではあるが、かつての同期と会って話すのも悪くないかと考えた。

「では手配をしますが、町田署に来てもらいますか」

「うーん、町田はけっこう遠いんだよな。本庁に来てもらうか」

「いや、それは向こうがいやがるかと思いますが」

あまり愉快でない形で警察を辞めた人間にとって、桜田門の警視庁庁舎は敷居が高いのではないか。このときばかりは、瀧川の身になって反論した。

「じゃあ、どうしよう。喫茶店でもいいか」

「ゲームの話だけならそれでもいいですが、こっちのヤマにも関わってくるとなると周りに耳があるのはどうでしょう」

「そうだよなぁ。よし、わかった。ここはぼくが手配しよう」

南条は言って、どこかに電話をかけ始めた。場所を貸してくれと頼んでいる。すぐに話がついたようで、満足げに「よし」と頷いた。

「馴染みの小料理屋が、昼間に座敷を貸してくれることになったよ。営業は夕方からだから、誰もいない。店の人も外に出ててくれるって。そこならいいだろ」

「なるほど。顔が広いですね」

「まあね。年の功だ」

小料理屋は阿佐谷《あさがや》にあるという。瀧川の都合を聞くと、今からでもかまわないとの返事がすぐにあった。南条がまた小料理屋に電話をして、一時間後に店で落ち合うことにした。

「わくわくするねぇ。事件解決も目前かな」

例によって、南条は楽天的なことを口にした。ゲームのクエストをクリアーしたら現実の事件も解決するなら、それ以上に楽なことはない。そうそううまくはいかないでしょ、と内心だけで言い返した。

そもそも瀧川は、ゲーム内の殺人事件の真相がわかったと言っているだけで、現実の事件にはまったく言及していない。会ったところで、ゲームの話だけを聞かされて終わる可能性が大だった。とてもではないが、捜査会議で報告できない。遊んでいたと思われるのが落ちだ。

少し早めに阿佐谷に着き、駅から三分ほどの距離にある小料理屋を訪ねた。小料理屋の主は五十絡みの男で、南条とはなにやら気安いやり取りをした。「じゃ、悪いね」という南条の軽い挨拶を受けて、主は外へと出ていく。水も出さなくていい、と頼んだと聞いていたので、飲み物は駅前のコンビニエンスストアで買ってきた。南条はカップのコーヒーを、真萩はペットボトルのジャスミン茶を飲みながら、瀧川の到着を待つ。

「失礼しますぅ」

約束の時刻の十分前に、遠慮がちな口調の声が外から聞こえた。店の引き戸が、ゆっくりと開く。顔を覗かせたのは、懐かしい同期だった。

「久しぶりだね。元気だった？」

真萩は立ち上がり、瀧川を出迎えた。瀧川は身を屈め、首を竦めて中に入ってくる。こちらが真萩だけでなく、捜査一課の刑事も一緒だと伝えてあったから、臆しているようだ。

「やあやあ、どうもどうも。君が瀧川君だね。ぼくは一課の南条だ」

対照的に南条は、いつもどおりの陽気な出迎えをした。かえって瀧川は、何かの間違いではないかとばかりに硬直する。それはそうだろう。本庁捜査一課の刑事が来ると聞けば、もっと強面の人を想像する。南条の口振りには、かなり意表を衝かれたはずだ。

「は、は、初めまして。瀧川と申します」

瀧川の声は完全に上擦《うわず》っていた。今は引き籠りも同然の生活をしているというから、他人と言葉を交わすこと自体が久しぶりなのかもしれない。うまく発声できずにいるかのようだった。

「なんだなんだ、緊張しないでくれよ。君も元サツカンだろ。って、だからむしろ緊張するのか。まあ、ここに坐って、坐って」

南条の態度は、気さくな兄貴といったふうである。だから瀧川が戸惑っているのだが、南条当人はまるでわかっていない。真萩も南条の人となりをうまく説明できないので、瀧川の戸惑いは放っておくことにした。そのうち、南条の振る舞いにも慣れるだろう。

「飲み物、買ってきた？　何も出ないよ」

南条はそんなことを心配する。瀧川は首を突き出すようにして「はあ」と応じると、バッグから炭酸飲料のペットボトルを取り出した。ひとまず、話を聞く態勢が整った。こちらは勤務中だから、無駄なお喋りをしている暇はない。さっそく始める。

「ゲーム内の殺人事件、真相が全部わかったんだろ。現実の事件と関係あると思える箇所はあったか？」

直截に尋ねた。知りたいのはそこであって、他のことはどうでもいいという思いがある。

「えっ、そんなこと言われても、こっちは報道されてることしか知らないんだからわからない

よ」

瀧川は真萩相手なら緊張しない。もっともなことを言い返され、自分が性急だったと反省した。南条も「まあまあ」と割って入る。

「瀧川君の言うとおりだ。まずは瀧川君の話を聞こうじゃないか。ゲーム内の殺人事件はどんな展開で、どういう真相だったの？」

南条は一から話を聞くつもりらしい。それにどんな意味があるのかと思ったが、逆らうわけにはいかない。口は挟まないことにした。

「はい、ええ、あの、ずいぶんとよくできたシナリオでした」

南条に対してはおどおどしていながらも、瀧川は訥々《とつとつ》と語り始めた。殺人は三件、それぞれに魔法によると思われる殺害方法だった。だが実際はそうではなく、ゲーム内の特殊な自然現象を利用したものだったという。理詰めで犯人を特定するプロセスを聞かされているうちに、真萩もすっかり引き込まれた。現実には推理だけで犯人を特定できることなどめったにないが、フィクションとしては納得できる解決だった。

「へー、面白いね。今どきのゲームはすごいね。それを解いたんだから、瀧川君は名探偵だな」

南条は素直に感心する。喋っているうちに緊張がほぐれたのか、瀧川は「いえ、それほどでも」と言って頭を掻《か》いた。南条はそんな瀧川に、さらに語りかける。

「やっぱり、ちゃんと話を聞いてよかったよ。手を骨折してるから扼殺はできない、なんて現実の事件と共通した推理だもんな。偶然だろうけど、そうだよなと思った」

「えっ、現実にも手を骨折してる人がいるんですか」

瀧川は驚きを示した。驚くのも無理はない。真萩もゲーム内の話を聞いていて、そんな偶然があるのかと思った。

「そうなんだよ。三件目の殺しが起きる前日に骨折してるから、その人に扼殺はできないと見做した」

南条はためらうことなく、捜査状況を瀧川に話した。厳密には瀧川はもう警察の人間ではないのだから、これは捜査情報の漏洩《ろうえい》に当たる。だが、南条はまるで気にしていない。真萩が上に報告しなければ、問題になることはないと考えているのだろう。もちろん、真萩にはこのことを告発する気はなかった。

「へえっ、そんなところまでゲームどおりなんですね」

瀧川も不可解そうに呟く。もちろん、明らかに犯人の意図とは違うのだから、ただの偶然に過ぎないのだが。

「面白いよな。でも、ゲームと現実の共通点は、それだけかな。他に何か、思いつく？」

「いや、すぐにはありません。わざわざ時間を割いていただいたのに申し訳ないのですが、どうして現実の事件の犯人がゲームの見立て殺人をするのか、まるで見当がつかないんです」

「謝ることはないよ。ぼくたちだってそれは同じなんだから。ホシはすっごいゲーム好きで、それが高じてなんじゃないか、とぼくは推理してるけど、どう？」

南条はいかにも南条らしい、雑な推理を披露した。瀧川は一瞬言葉に詰まり、「そうかもしれないですね」と無難な受け答えをした。やはり捜一刑事には気を使っているようだ。

52

捜査一課の刑事も同席すると聞いて、瀧川は会う約束をしたことを悔いた。本庁捜査一課の刑事といえば、警視庁のエリート中のエリートである。片やこちらは、スキャンダルの末に警察を辞めた交番巡査に過ぎない。月とすっぽんどころか、太陽とミジンコほどにも違う。顔を合わせて話ができる相手ではなかった。

それなのに真萩は、淡々と段取りをつけてしまった。いまさらいやとは言えず、家を出る前から怯え、かつ後悔していた。ゲーム内の殺人事件を解いた昂揚感は晴天の下の雪のように解けて消え、生来の卑屈さが頭をもたげていた。

しかし実際に会ってみたら、南条という一課刑事はまるで予想と違う人物だった。あまりに違うので、偽者ではないかと内心で疑った。ともかく見た感じがかなり若いし、口調も軽い。こんな人が本当に凶悪犯と渡り合っているとは、とても思えなかった。だが真萩が偽者《にせもの》を紹介するわけもなく、本物なのは間違いないのだ。本庁には様々な人材がいるのだなと、感心するしかなかった。

だからゲーム内の事件の解決について語るのは楽しくなったのだが、話が終盤に差しかかるにつれ、不安にもなってきた。自分はいったい、なんの話を聞かせているのかと思えてきたのだ。相手は連続殺人事件の捜査に当たっている、本庁捜一の刑事である。そんな人を相手に、得々《とくとく》とゲームの話をしているのだ。これが現実の事件の解決に寄与するならともかく、自分でもそんな

気はまったくしない。単に南条が物好きで、こちらの話に興味を示しているだけとしか思えなかった。そもそも、ゲーム内の真相を知りたければ、ネットで調べれば簡単にわかる。なぜわざわざ語らせるのか、南条の意図がわからず不安に苛《さいな》まれた。

「へー、面白いね。今どきのゲームはすごいね。それを解いたんだから、瀧川君は名探偵だな」

南条は含みのない口調で、誉めてくれた。これは純粋に嬉しい。「それほどでも」と謙遜はしたものの、警察を辞めてから初めて他人に誉められて、自分でも意外なほどに嬉しくなった。

続けて南条は、予想外のことを言った。現実にも手を骨折した人がいたらしい。捜査本部は動機を絞り、自殺したアイドルを誹謗中傷した人が被害者になっていると考えたという。つまりそのアイドルの熱烈なファンが容疑者で、ひとりひとり当たっていたところ、手を骨折した人もいたとのことだ。三番目の事件以前に手を骨折していたなら、リゴールと同じく犯人にはなり得ない。現実世界では召喚魔法が使えないのだから、なおさらその人物に犯行は不可能だった。

「でもなあ」

真萩たちと別れて家に向かっている途中、聞いた話を思い返してつい呟いた。電車の中だったから口に出してしまったことを恥じたが、誰もこちらに注目していない。そのことに安堵し、匿名でいられる幸せを改めて噛み締めた。自殺したアイドルは、匿名でいたくはないと自ら望んで社会に顔を出していたのだろう。だがその結果として、会ったこともない大勢の人たちに非難された。会ったことがないだけでなく、アイドルの不用意な発言によって迷惑がかかったわけでもない人が多数含まれていたはずである。彼らを動かしたのは、正義感だ。本来は人間にとって不可欠なはずの正義感が、他人を追い詰め、死に至らしめている。そのことの恐ろしさは、瀧川自

身が身をもって痛感していた。

もともとは《ドラゴンズ・グレイブ》との共通点に興味を惹かれて事件解決に貢献したいと考えたのだが、南条から捜査状況を聞いた今は、事件がまるで我がことのように感じられた。少なくとも、もし本当にアイドルの自殺が動機であるなら、犯人の気持ちが理解できるように思えた。もちろん、犯人を庇うつもりはない。殺人は重罪であり、それを三つも犯した犯人は捕まるべきである。だとしても、法廷で動機を語ることには意味があるのではないか。むしろ、犯人には堂々と動機を語って欲しいと思う。他人を安易に非難すればどういう結果をもたらすか、何も考えていない人たちに知って欲しかった。

よし、と内心で気合いを入れた。瀧川の裡《うち》で、事件に関わる新たなモチベーションが生まれている。犯人を見つけ出すのは、瀧川自身のためでもあった。この事件の解決は、真実を知らないくせに瀧川を破廉恥警官と決めつけた人たちへの反論になると考えた。

でもなあ、と口に出したのは、リゴールと同じように骨折をしたことが、あまりに都合がよすぎないかと考えたからだった。タイミングがずれているなら、まだ納得できる。だが南条から詳しく聞いた時系列によれば、骨折は第二の殺人の後、第三の殺人の前だったというではないか。第二の殺人と第三の殺人は、かなり連続して起きている。その間を縫うように骨折したことによって、容疑者になり得なかったのだ。なんだかずいぶん、当人に利益のある骨折だと思えた。

たまたまでなければ、どうなのだろう。意図的に自分の腕の骨を折ることなどできるのか。ゴーグルで検索してみたら、思いがけずたくさんの例が引っかかった。多いのは、徴兵を逃れるためにわざと骨折をするという海外の話だ。動画まで上がっているが、絶対に痛そうなので見る気

になれない。ともかく、意志さえあれば不可能でないことはわかった。

しかし、わざとであろうとなかろうと、その人物の腕の骨が折れていたのは事実なのだった。真萩たちが病院に行って裏取りをしたというのだから、間違いない。治療に来た時刻まで確定しているわけで、細工のしようがなかった。本当は病院に行った時刻よりもっと前に骨折していた、というケースならあり得るが、前にずらしたところで意味はない。第二の殺人は刃物が凶器だから片手でも犯行可能だとしても、第三の殺人が扼殺であるなら、両手が使えない人には無理だ。

第三の殺人だけは別の犯人と仮定するのも、強引すぎる。共犯者がいるなら、いくらでもアリバイが作れるだろう。何もわざわざ、自分の腕の骨を折る必要はないのだ。共犯者ではなく、模倣犯だと考えたところで、強引であることに変わりはない。模倣犯が現れることを期待して腕の骨を折るなんて、そんな賭けをする人はいない。

世の中に偶然はあるということか。そう考えて納得するしかなかった。いくら犯人を見つけ出したいからといって、冤罪はよくない。偶然によって骨折した人物が容疑圏から外れていたとしても、そのことをもって怪しいと決めつけるのはあまりいい態度ではないと反省した。

だとすると、やはりこれは警察の人海戦術で解決すべきことなのだろうか。現在はただの一市民に過ぎない瀧川は、手持ちのデータがあまりに少ない。真萩たちも、聞き込みをした容疑者全員の話をしてくれたわけではないだろう。その中に真犯人がいたとしても、話を聞いていない瀧川には推理のしようがなかった。

現実はゲームのようにはいかないな。当たり前のことだが、改めて実感した。ゲームは最初から、犯人が特定できるように組み立てられている。限られた登場人物の中に犯人がいて、推理を

積み重ねることによって犯行が可能な人物をひとりに絞り込めるようになっていた。それに対して現実は、容疑者が無数にいるのだ。推理で絞り込めるわけがない。首尾よくゲーム内の殺人事件を解決に導いたお蔭で、現実にもそれが可能ではないかと浮かれていた。まるで現実とフィクションの区別がつかない子供だと、自分に対して苦笑するしかなかった。

それでも、事件についてずっと考え続けるのを止められずにいた。帰る途中でスーパーマーケットに寄り、夕食のための買い物をして、家でそれらを冷蔵庫にしまっている間も脳裏は事件のことで占められていた。食材を冷蔵庫に入れる手が止まって、開けっぱなしの警報音が鳴る始末だった。我に返り、自分がなぜこんなにも考え続けているのか、不思議に思った。

事件の根本のところに大きな疑問があるからだ。そう気づいた。根本の疑問とはもちろん、犯人はなぜゲームを模した殺し方をするのか、だ。南条が言うような、ゲーム好きが高じてなんて理由はあり得そうにない。そんな理由で、死体を焼いたりはしないだろう。死体を焼くには、かなりの手間がかかったはずだ。そこまでのことをするからには、犯人に明確なメリットがなければならない。

ゲームの真似をして生じるメリットとは、なんだ。その疑問であれば、自力でゲーム内の殺人事件を解いた瀧川にも解答が見つけられるかもしれない。深層心理でそう思っていたから、いつまでも事件について考えていたのだ。

「ゲームの真似をするメリットか」

他のことをするのは諦め、椅子に坐って落ち着いて考えた。犯人がゲームの見立てをすることによって、警察はゲーム好きの人という人物像を思い描いているはずだ。ならば、実際はゲーム

に興味がない人が犯人なのだろうか。しかし、ゲームに興味がないかどうかは自己申告でしかわからない。ダウンロード版ではなく、パッケージ版を実店舗で買っていたら、購入履歴は残らない。ゲームを購入した痕跡がないからといって、ゲームをやっていないとは断定できないのだ。

それに、ゲームの見立てをするなら、ネットで調べればどんな殺し方をしているかすぐにわかる。つまり、実際にゲームをやる必要はないわけで、ゲームに興味があるかどうかは犯人の絶対条件にはなり得ないのだ。そんなあやふやな条件で容疑圏外になることを期待したのだとしたら、犯人はむしろ考えが浅い人物ということになる。それは、一連の事件の犯人像にそぐわなかった。

他に、ゲームを模するメリットはあるだろうか。ゲームの見立てをしているという表層のインパクトが強烈なので、ある一定のイメージを押しつけられている可能性はある。気づかないうちに、なんらかの思い込みを強いられているとしたら。その思い込みは、犯人にとって大きいメリットなのかもしれない。ならば、何を思い込まされているのか。

「……あ」

ふと、ちょっとした閃《ひらめ》きが訪れた。そうか、あり得る。だからゲームの見立てなのか。瀧川は自分の思いつきが正しいかどうか、細部を詰めるために思考に没入した。

53

夜十時に始まった捜査会議で、南条はいつもの席ではなく雛壇《ひなだん》に坐っていた。話を聞いた管理

官に、壇上から皆に説明しろと言われたのだそうだ。自分の手柄ではないが、真萩は誇らしかった。いや、事件の謎を真萩たちが解いたわけではないとはいえ、瀧川に助力を求めた功績はある。その結果、事件が解決するのなら、充分に誇っていいことかもしれなかった。

「では、捜査会議を始める。だが今日は、各自の報告を聞く前に、南条に発表をしてもらう。犯人を特定する重要な推論を、南条が思いついたんだ。見た目だけで頭の中身がない南条に思いつけたこととは、とうてい信じられないがな」

　司会をする捜査一課係長のひどい言いように、一課刑事たちは遠慮のない笑い声を発した。どうやら、同僚たちにもそういう認識をされているらしい。当の南条は怒るでもなく、なにやら照れたような表情をしている。そこは照れるところではないでしょ、と相棒としては言いたかった。

「まあ、ともかく聞いてくれ。南条、発表しろ」

　顎をしゃくった係長が着席し、代わりに南条が立ち上がる。わざとらしく「こほん」とひとつ咳払いをしてから、おもむろに語り始めた。

「一課の南条です。ええとですね、先日の会議で報告したとおり、私が聞き込みをした相手の中に腕を骨折している人がいたんですよ。第三の殺しの前に骨折していたから、扼殺はできません。よって、さいたま市の事件のホシにはなり得ません。三つの事件は同一人物の犯行であるのはほぼ間違いないので、第三の殺しのホシでないなら、一連の事件のホシではないということになります。そう考えて、一度は容疑者リストから外しました」

　瀧川から聞いた推理を、南条は正確に理解している。まるで本当に自分で考えたかのように、説得力のある話し方をしていた。

「しかしですね、実は《ドラゴンズ・グレイブ》の中での連続殺人でも、腕を骨折していたからという理由で犯人ではないと断定された人物がいたんですよ。つまりそんなところまでゲームと現実が一致していたわけで、果たしてこれは偶然なのでしょうか。いくらなんでも偶然が過ぎるのではないかと、私は疑問を覚えました」

　私は、と南条は語るが、もちろん「瀧川は」と言うべきところを置き換えているのである。そのことに罪悪感は微塵も覚えていないようで、南条の面《つら》の皮の厚さに感心した。

「とはいえ、その人物、名は吉村といいますが、吉村が骨折をしていたのは事実です。治療をした病院に確認したところ、詐病《さびょう》ではないとのことでした。骨が折れているレントゲン写真まで見せてもらいましたから、間違いありません。治療をした日時も、第三の殺しの前でした。ですから、偶然が過ぎて怪しいといっても、吉村に第三の殺しが不可能であることに変わりはないのです」

　そう思っていた。いや、思い込まされていた。なんと巧妙なことかと、その凶悪性を度外視して舌を巻いてしまう。

「ですが、ここで改めて考えてみてください。私は先ほどから、さいたま市の事件を第三の殺しと呼んでいます。それで正しいですか。本当にさいたま市の事件は、第三の殺しだったのでしょうか」

　南条の問いかけに、ざわめきが起きた。おそらく、意味がわからないのだろう。真萩も瀧川から推理を聞かされたとき、頭の中にクエスチョンマークを思い浮かべた。それほどに、一度聞いただけで簡単に理解できる話ではなかった。

「さいたま市の事件では、室内でクーラーが作動しっぱなしだったため、死亡推定時刻に幅がありました。それを絞り込んだのは、ネットを使った痕跡があったからです。ただ、ネットなんて誰が使ったかわかりません。ホシが現場にとどまり、ガイシャのゴーグルを使ってネットを見ていたとしたら、実際の犯行はもっと前だったということになります。それなのにさいたま市の事件が荒川区東尾久の事件より後だと判断してしまったのは、ゲーム内の順番がそうだったからではないでしょうか」

　息を呑む気配が、辺りに満ちた。皆、己の錯誤を悟ったのだ。真萩も瀧川から聞かされたとき、絶句してすぐには言葉を発せなかった。そして遅れて、自分が犯人の仕掛けた罠にまんまと嵌っていたことを認めた。

「荒川区東尾久の事件は、《ドラゴンズ・グレイブ》の第二の事件の見立てだった。そしてさいたま市の事件は、第三の事件の見立てだった。だからこそ、我々は東尾久の事件の方が先だったと、無条件で考えてしまった。順番が逆だったのではないかとは、疑いもしなかったわけです」

　真萩は吉村の風貌を思い出す。体つきが逞しく、知力より体力が自慢といった見た目だった。だが、人を外見で判断してはいけない。吉村は警察官全員が引っかかるほどの巧妙な罠を考え出し、実行に移した。それもこれも、好きだったアイドルを自殺に追い込んだ者たちへの怒りが大きかったからか。愛する人を奪われた者の憤りを、真萩たちは過小評価していたのかもしれない。

「これが、《ドラゴンズ・グレイブ》の見立てをした理由でした。町田の事件でわざわざ死体を焼いたのは、そうするだけのメリットがあったからなのです。吉村は最初の殺しを終えた後、さいたま市で両手を使ってガイシャを扼殺し、次に東尾久に行ってガイシャを刺殺し、それからわ

ざと自分の腕の骨を折って病院に駆け込みました。翌日は会社を休んだので、さいたま市の現場に戻ってネットを使うことで死亡推定時刻を狭めました。殺す相手をどうやって選び、住所を特定したのかわかりませんが、さいたま市のガイシャが勤め人でなかったのは選ばれた理由のひとつでしょう。すぐに死体が発見されないことが、三番目に見せかけて実際は二番目の犠牲者の条件でした」

そうなのだ。わかってみれば、細部まで考えられていたのだと気づく。東尾久の事件が匿名の通報によって発見されたのは、死亡推定時刻を絞り込んで欲しいからだ。東尾久の事件の死亡推定時刻に幅が出てしまえば、さいたま市の犠牲者とどちらが先に殺されたのか曖昧になり、仕掛けの効果が薄れる。東尾久の事件の犯行時刻がピンポイントで特定されるからこそ、このトリックは成立するのだ。だから犯人は、人が殺されていることを自分で警察に通報したのである。

「いかがでしょう。これまで申し上げてきたことには、証拠は何もありません。しかし、吉村には三件の殺しが可能であり、吉村をホシと仮定するとすべての不可解な状況に説明がつくのは事実です。吉村を最重要容疑者として洗い直すことを、私は提案します」

南条は自信たっぷりに言い切った。何も知らなければ、見事な推理だと感心するしかない態度だった。こんな真似は、真萩にはできない。一種の才能なのは間違いなかった。

「と、いうことだ」

係長が後を引き取った。南条は満足げに腰を下ろす。立ち上がった係長は、改めて気合いを入れるように声を張り上げた。

「南条の推理、大いに頷けるだろ。ホンボシは吉村と見て、死体発見現場周辺の聞き込みと防犯

カメラチェックを徹底する。あの空き地で死体を燃やせるとネットで知ったとしても、必ず下見はしているはずだ。誰かに見られている、あるいはカメラに映っている可能性はある。荒川と埼玉さんにもこの推理を話して、吉村が目撃されていないか洗ってもらおう。今どき、すべての防犯カメラをかいくぐって三つも殺しを成功させるのは不可能だ。必ずどこかで、姿を捉えられているに違いない」

　これまでは不特定多数の人々の中から、怪しい人物をピックアップしなければならなかった。だが特定のひとりを洗うだけなら、警察は徹底的に調べ上げられる。たくさんの防犯カメラの映像の中からでも、吉村の姿を拾い出せる。もはや、吉村逮捕は時間の問題だった。

54

　結局、町田では吉村の姿が目撃されていなかったものの、東尾久とさいたま市では防犯カメラが捉えていた。特にさいたま市では、東尾久の事件が起きる前の時間帯に撮影されていた。瀧川の推理どおりである。相談の上、荒川警察署が吉村に任意同行を求めることになった。吉村の住まいが東京都であるという事情も加味された。

　吉村は当初、犯行を否認したが、南条の（実際は瀧川の）推理を聞かされたとたんに諦めたという。防犯カメラに映っていただけでは直接的な証拠ではないが、警察は何もかもわかっているという現実の前に抵抗をやめたようだ。以後は、おとなしく尋問に応じているとのことだった。

　やはり動機は、自殺したアイドルの復讐だった。邪気のない失言で追い詰められて死ぬ人がい

る一方、そこまで他者を追い込んでおいてまったく咎められない者たちがいることが許せなかったという。吉村が春日井ほのかに抱いていた思いは恋愛感情ではなく、あくまでファンとしての領域にとどまっていたようだが、思い自体は相当強かったのだろう。春日井ほのかが自死してしまったことに、世界が崩壊するほどの衝撃を受けたとのことだった。何もしないでいれば、春日井ほのかの自殺を認めてしまうことになると吉村は考えたのだった。

　真萩は取り調べに立ち会っていない。だが後で聞いたところによれば、取調官はかなりいいことを言ったようだ。春日井ほのかを責めた人たちは、自分を正義と考えていた。そして吉村も、春日井ほのかを非難した者たちを殺すのは正しいことだと信じていた。ならば、そこに違いはないのではないか。正義の暴走という点において、両者は同じだ。そう指摘したところ、吉村は絶句したとのことだった。

　いくつかの不明点も、吉村が素直に尋問に答えたことで明らかになった。まず、被害者の住所氏名をどうやって特定したのか。実はこの点は、捜査会議でも特に疑問視されていなかった。ネット上の断片的な情報から個人を特定できてしまうのは、今や常識である。吉村もそのようにして、ネットの情報だけで犠牲者を選び出していた。住所氏名が判明したのは、殺された三人だけではない。実際にはもっと、匿名の仮面を剝《は》がされた人がいた。その中から吉村は、条件に合う三人を選び出したのだった。復讐は三人だけと、最初から決めていた。《ドラゴンズ・グレイブ》内の殺人事件が、三人しか殺されていないからである。

　腕の骨は、ダンベルを叩きつけることで折ったという。診察した医師にその点を確かめてみると、確かに転倒して折った状態とは違うという返事だった。骨折の理由など気にしないから、矛

盾に気づかなかったとのことだ。まさか故意に自分の腕の骨を折る人がいるとは思わないから、無理もない話だった。

町田の死体発見現場に、《ドラゴンズ・グレイブ》との繋がりを示唆するカードが置かれていなかったのは、アクシデントだったようだ。吉村はカードを置いたつもりだったが、風に飛ばされたのかついに発見されなかった。しかし吉村は、その事実を知るすべがなかった。警察は詳細を発表しなかったからである。結果、世間は《ドラゴンズ・グレイブ》の見立てとは気づかなかった。吉村が焦っただろうことは、想像にかたくない。だから吉村は自ら、ネットで《ドラゴンズ・グレイブ》との繋がりを指摘したという。吉村の発言がネット上でどれくらいの波紋を呼んだかわからないが、少なくとも最初期の指摘のうちのひとつが吉村自身によるものだったことになる。もっとも、警察はネット上の騒ぎになど当初は耳を傾けなかったのだが。

東尾久とさいたま市では、南条の推測どおり宅配便の業者を装って玄関を開けさせたそうだ。疑いなく玄関を開けた相手を、吉村は問答無用で殺した。東尾久ではナイフを使ったから一瞬のことだったが、さいたま市でも被害者はそれほど抵抗しなかったという。吉村の体格をもってすれば、女性の首を絞めて殺すのにさほど時間は必要なかったようだ。

亀沢の殺害経緯、町田に死体を運んだ手段、アクリル棒を買った店、凶器のナイフを始末した方法など、吉村が告白したことのひとつひとつを警察は裏取りした。自白に矛盾はなく、これによって世間が言うところの《ドラゴンズ・グレイブ》殺人事件は完全解決したのだった。

「いやー、今回は君とコンビを組んで、本当によかった。ぼくの株も上がったよ」

最後の捜査会議を終え、捜査本部解散が宣言された後、真萩は南条に挨拶に行った。すると南

条は、真萩を講堂の隅に連れていってから、そんなことを言った。瀧川の推理を自分の手柄としたことには、多少の疚《やま》しさがあるようだ。

「私も瀧川にはほとんど期待してなかったから、驚いています。彼にこんな才能があるとは、知りませんでした」

瀧川には聞かせられない正直なことを、真萩は口にした。本当に悪かったと、心の中で詫びる。今度、お礼として何か奢ろうかと考えていた。

「次に何か難事件が起こったら、瀧川君に協力を求めようかな。まあ、ぼくの定年までにそんな事件が起きるかどうかわからないけど」

南条の定年までなら、かなり時間があるはずだ。今回の瀧川の功績を思えば、今後も知恵を借りる局面がやってくる可能性は高い。そう考えて、応じた。

「南条さんが定年するまでなら、何度も機会はあるでしょう。瀧川も喜ぶと思いますよ」

「いやいや、そんなに先のことでもないんだよ。あと三年だからね」

すぐには、何を指してあと三年と言っているのかわからなかった。まさか、定年まであと三年という意味か。そんなはずはないだろうと思った。

「何があと三年なんですか？」

「だから、ぼくの定年まで」

「えっ」

絶句して、二の句が継げなかった。定年まで三年ということは、南条は今五十七歳なのか。嘘でしょ、と口に出しかける。南条は三十代後半だと思っていた。高く見積もっても、四十そこそ

ここにしか見えない。

「南条さん……、五十七歳なんですか」

「わはは、お恥ずかしい」

南条は頭を掻く。頭髪は黒々としていて、白髪が一本もない。もしや、染めていたのか。

「あのう、髪の毛は……」

ずばり訊くのは気が引けたので曖昧に尋ねると、「自毛だよ、禿《はげ》じゃないよ」と南条は答える。

「ただ、染めてるけどね。五十七でこんな色はあり得ないでしょ」

いやしかし、若く見えるのは髪の色のためだけではない。肌艶も、五十代後半のものではなかった。スキンケアを徹底しているのか。

「もしかして、すごくがんばってアンチエイジングしてます？」

失礼な質問とはわかっていたが、訊きたい気持ちを抑えられなかった。あまりに衝撃過ぎて、抑制が外れていた。

「がんばってるよー。ヒアルロン酸入りの洗顔料とか、コエンザイムQ10入りの化粧水とか、若さを保てそうなものはなんでも使ってるからね。何せ、一番下の子供はまだ小学生なんだ。授業参観に行って、おじいちゃんが来たなんて思われたらかわいそうだろ。若作り、がんばってるんだ」

「お子さん、小学生ですか！　一番下ってことは、何人いらっしゃるんですか」

これまで、南条の個人的なことは何も知らなかった。相手が話さないなら、立ち入ったことを訊くべきではないと思っていたからだ。こんなにも驚きの事実を告げられるとは、想像もしてい

なかった。

「子供は六人。一番上のなんて、二十六だから君とそんなに違わないよ」

「二十六——」

またしても、言葉を失う。小学生の子供がいるのも衝撃だが、二十六もそれ以上の驚きだ。自分の父親と同世代かと思うと、時間の流れが狂っているように感じられてくる。

五十七ということは、ひょっとすると捜査一課の係長よりも年上なのか。その年齢で係長にもならず現場にいるなら、出世は遅いと言うべきだ。いや、正確には出世の道はもう閉ざされたのだろう。見た目だけで頭の中身がない、と係長に言われたとき、一課の人たちは笑っていた。同僚にどう思われているか、あの反応でよくわかる。一緒に行動していて、さすがは本庁捜一の刑事と感心したことが何度もあったが、やはり本当はそれほど優秀ではないのか。何も考えていない人だと思った真萩の評価は、正しかったのか。

摑み所のない人だと、ずっと思っていた。結局それは、最後まで変わらなかった。南条はこちらの驚きを楽しんでいるようで、なにやらニヤニヤしていた。「じゃあ、機会があったらまたコンビを組もうね」と軽く手を上げて言うと、爽やかな笑みを残して去っていった。

真萩はその後ろ姿を、唖然としたまま見送った。

55

容疑者が自供して事件は完全解決したと、真萩から報告を受けた。自分の推理には自信があっ

たが、その結果として本当に事件が解決したことにはとてつもない達成感を覚える。警察官時代にも経験したことのない達成感だ。警察を辞めたのは早計だったかなと、瀧川はいまさらながら考えた。

　頭脳班みたいな部署が警視庁にあればいいのに、と自惚《うぬぼ》れ混じりで妄想した。警察官としての仕事は、交番勤務の制服業務だけだった。頭脳で事件解決に貢献する場面は、一度も訪れなかった。本庁の人事課はせっかくの人材を生かせなかったのだ。もっとも、瀧川自身が自分にこんな推理の才能があるとは、この年になるまで知らなかったのだが。

　気持ちが躁《そう》状態になってしまったので、家にいたくなかった。誰かと会って、このことを自慢したい。だが、一般の知人に話すわけにはいかない。そうなると、真っ先に思いつくのは梅沢だった。

　聞いて欲しい話があるから今晩飲まないか、と誘ってみた。急すぎるかと思ったが、「いいぞ」と返事があった。持つべき者は友である。新宿で会う約束をして、いそいそと出かけた。

　立ち入った話をするので、個室がある居酒屋を選んだ。先に着いて待っていると、意外にも時間どおりに梅沢はやってきた。開口一番、「お前から誘うなんて珍しいな」と言う。

「社会復帰する意欲が湧いてきたか。いいことだ、いいことだ」

「それがさ、聞いて欲しいんだよ」

　瀧川は前のめりになった。店員に飲み物を頼む手間すら惜しい。だが梅沢が悠然とメニューを見ているので、すべての注文を終えるまで待つしかなかった。気持ちがうずうずした。

「で、なんだ？　何があったんだよ」

オーダーを繰り返した店員が去ってから、おもむろに梅沢は尋ねてきた。待ってましたとばかりに、瀧川は語り始める。

「この前会ったとき、真萩が殺人事件の捜査をしてるって話したろ。あれ、おれが解決したんだよ」

「は？」

「いや、だからおれが解決したの」

俄《にわか》には信じられないのも無理はない。瀧川は警察を辞めて、今は一般人なのだ。どういう経緯で関わるようになったのか、最初から順を追って話した。梅沢は疑う顔をしていたのに、やがて驚きを抑えられないかのように目を何度もしばたたいた。

「ホントかよ。すげえな。推理だけで事件を解決するってのが驚きだし、その推理をお前がしたってのは魂が飛び出そうなほどびっくりだぜ」

梅沢は妙に凝《こ》った表現で、自分の驚きを言い表した。そうまで言わなくてもいいだろうと思うが、瀧川の上機嫌は損なわれない。

「自分でも気づかなかったんだけど、おれ、名探偵の才能があったみたい」

何度も思ったことなので、つい口に出してしまった。他の人がそんなことを言っていれば、何を寝ぼけているのかと思うところだが、今の自分なら言ってもいいだろうと考える。

「まあ、実際に事件を解決したんなら、そうなのかもなぁ。勉強はできなくても、推理はできるなんてこともあるんだな」

「勉強はできなくてもって、失礼な奴だな」

「なんだよ、できたのか」

「いや、できない」

すかさず答えて、梅沢とともに笑った。勉強が苦手だったからこそ、大学には行かずに警察官になったのだ。

「だから、自分の才能に気づかなかったんだよ。でも、もうわかったからには、これを生かした仕事ができないかと考えてるんだ。どうかな」

この話がしたくて、梅沢を呼び出したのである。イメージとしては、頭脳労働専門の探偵だ。推理小説にしか出てこないような、そんな仕事は成立するだろうかと相談したいのだった。

「え？　何がしたいんだ？　クイズ作家とか？」

梅沢は思ってもみなかった方向から切り返してくる。なるほど、そんな道もあるかとは思ったが、クイズ作成は別の才能ではないだろうか。

「いや、そうじゃなくて、名探偵としての仕事」

「何？　つまり、また推理だけで事件を解決して、それで金をもらおうってことか」

「そうそう」

「無理だろ」

梅沢は言下に否定した。そんなにすぐさま無理と言わなくても、と不満に思う。

「馬鹿なこと考えるな。今回はたまたまだぞ。そんなこと仕事にできるわけないし、推理だけで解ける事件なんてめったに起きないのはわかるだろ。この先何十年生きても、二度とないんじゃないか」

「そう……かな」

いきなり現実的なことを言われて、限界まで膨らんでいた楽観的な気持ちに水を浴びせられた。自分に推理の才能があったとしても、推理で解ける事件が頻繁に起きるとは限らない。確かに梅沢の言うとおり、現実の事件は散文的だ。刑事が地道に歩き回って、衝動的に事件を起こした犯人を捕まえるのが実情である。今回のような知能犯は、何十万人にひとりかもしれない。事件を起こす者は頭なんか使っていないことを、警察官時代に思い知っていた。それを忘れていたとは、自覚する以上に浮かれていたようだ。

「なあ、瀧川。今回は首尾よく事件を解決できて、現実との接点が見つかったように感じてるんだろうけど、そうじゃないぞ。お前はただ、真萩とやり取りしただけだろ。それじゃあ社会復帰とは言えないよ。その挙げ句に、職業としての名探偵になりたいなんて言い出したら、聞くこちらは不安になるだけだからな」

「――そうだな」

懇々《こんこん》と説かれると、まさにそのとおりだと思えてくる。大事件を己の頭脳で解決した昂揚感は、もはや霧散していた。

「家に籠っていたいならプログラミングでも勉強すればいいと思うけど、いまさらそれは難しいんだろ。だったら、制服警官の経験を生かせる仕事に就いたらどうだ」

「制服警官の経験？」

「ああ。おれたちは地域の地理を頭に叩き込んで、どんな問い合わせにも答えられるようにしていただろ。それって、不動産屋の仕事にも通じると、おれは常々思ってたんだ。お前も宅建取っ

て、不動産屋になったらどうだよ」

「不動産屋か」

考えたこともなかった。しかし、梅沢の言うことには一理ある。交番警官を経験した者なら、不動産屋は務まるかもしれない。厄介な相手に対応するという点でも、経験がものを言いそうだ。

「宅建ねぇ」

「不動産屋って、宅建持ってる人が何人かにひとりいなきゃいけないって決まってるんだろ。だったら、宅建持ってりゃどこかに就職はできる。毎日ゲームで遊んでるんなら、ひとまず宅建合格を目指したらどうだよ」

「うーん、そうだな」

今の怠惰《たいだ》な自分を叱咤され、目標を与えられた心地だった。宅建合格はそう簡単ではないだろうが、これから医者や弁護士を目指すよりはずっと現実的だ。目標があるのはいいことだと思う。梅沢がこちらの将来を本気で案じてくれていることも、嬉しかった。

「ありがとう。考えてみるよ」

「そうだな。お前が人間不信から立ち直ってくれたら、おれもホッとするぜ」

梅沢は自然な笑みを浮かべた。先ほどまでは、こちらの話を聞いて顔を強張らせていたのだと、ようやく気づいた。

その後はたわいない世間話をして、二時間ほどでお開きにした。駅で別れる際には、「宅建がんばれよ」と言われた。そうだな、がんばらないと、と心の中で呟いた。

家に帰って、宅建について調べるためにゴーグルをかけた。音声で宅建について知りたいと告

げればそれでいいのだが、《ドラゴンズ・グレイブ》のアイコンが目に飛び込んできた。ゲームの達成度は、四十パーセントと表示されている。あの連続殺人を解決しても、ゲーム全体としてはまだ四十パーセントしか終えていないのか。その事実に、愕然とした。すっかり、ひとつのゲームをクリアーしたつもりになっていた。

　宅建については、また今度でいいか。簡単に気持ちが切り替わってしまった。瀧川は現実の事件から、多少なりとも教訓めいたものを得ていた。犯人は世間の不寛容さに、暴力で対抗しようとした。しかしそれは、許されざることなのだ。不寛容さには、別の方法で対処しなければならない。瀧川が選んだ手段は、逃避だった。事件を解決した今、自分は正しかったのではと肯定したい気持ちが捨て切れなかった。

　躊躇なく、《ドラゴンズ・グレイブ》を起動する。たちまち眼前に、異世界の風景が展開した。これだよ、これ。やっぱりおれが生きる世界はここだなぁと、しみじみ実感した。

　馬を呼んだ。どこからともなく、愛馬が現れた。跨《また》がってから、北に進路を取る。最後に終えたメインクエストでは、龍の墓がある場所の手がかりを得ていた。ある遺跡に行って、そこに書かれている文字を読む必要があるのだった。

　龍の墓までの道のりは、まだ遠そうだ。瀧川の社会復帰も、しばらく無理そうだった。

初出
「小説推理」
2022年12月号〜2023年9月号

本作品はフィクションです。
実在の人物、団体とは一切関係ありません。

イラストレーション
緒賀岳志

ブックデザイン
浅妻健司

貫井徳郎　ぬくい・とくろう

一九六八年東京都生まれ。早稲田大学商学部卒業。九三年、第四回鮎川哲也賞で最終候補となった『慟哭』でデビュー。二〇一〇年、『乱反射』で第六三回日本推理作家協会賞、『後悔と真実の色』で第二三回山本周五郎賞を受賞。『愚行録』『空白の叫び』『光と影の誘惑』『崩れる』『悪党たちは千里を走る』『明日の空』『灰色の虹』『失踪症候群 新装版』『誘拐症候群 新装版』『殺人症候群 新装版』『新月譚』『微笑む人』『ドミノ倒し』『ミハスの落日』『北天の馬たち』『私に似た人』『新装版 修羅の終わり』『我が心の底の光』『女が死んでいる』『壁の男』『宿命と真実の炎』『神のふたつの貌』『迷宮遡行』『プリズム』『追憶のかけら 現代語版』『罪と祈り』『悪の芽』『邯鄲の島遥かなり』『紙の梟 ハーシュソサエティ』など著書多数。

龍《りゅう》の墓《はか》

二〇二三年十一月二十五日　第一刷発行

著者　貫井徳郎
発行者　箕浦克史
発行所　株式会社双葉社
〒１６２－８５４０
東京都新宿区東五軒町３－２８
電話　０３－５２６１－４８１８（営業）
　　　０３－５２６１－４８６８（編集）
http://www.futabasha.co.jp/
（双葉社の書籍・コミック・ムックが買えます）
印刷所　大日本印刷株式会社
製本所　株式会社若林製本工場
カバー印刷　株式会社大熊整美堂
ＤＴＰ　株式会社ビーワークス

落丁・乱丁の場合は送料双葉社負担でお取り替えいたします。「製作部」あてにお送りください。ただし、古書店で購入したものについてはお取り替えできません。
［電話］０３－５２６１－４８２２（製作部）
定価はカバーに表示してあります。

ISBN978-4-575-24595-7 C0093